Le volpi di Foxham

Matteo Sedazzari

Ringraziamenti

Le volpi di Foxham è dedicato alla memoria dei miei cari nonni Gladys ed Ernest Vine, che mi hanno fatto innamorare delle volpi e delle meraviglie del Norfolk, nonché ai miei nonni italiani, Ines e Mario Sedazzari, che hanno fatto nascere in me l'interesse per il loro paese d'origine e per la sua magia.

Un sentito ringraziamento va a chiunque abbia acquistato o in qualche modo sostenuto i miei precedenti lavori, per ora disponibili solo in inglese, *A Crafty Cigarette – Tales of a Teenage Mod* e *The Magnificent Six in Tales of Aggro*… Mi avete reso felice: grazie ancora!

Sono grato pure a tutti quelli che mi hanno dato una mano nel corso della scrittura del libro *Le volpi di Foxham*… Sapete chi siete!

E infine, grazie anche a te che stai leggendo questo volume! Spero ti piaccia questo racconto di volpi, streghe, orsi ed esseri umani, impegnati nella lotta del bene contro il male.

La trilogia dei racconti di Matteo Sedazzari e ZANI

*A Crafty Cigarette – **Tales** of a Teenage Mod* (UK, 2016 – Inedito in Italia)
*The Magnificent Six in **Tales** of Aggro* (UK, 2019 – Inedito in Italia)
***Tales** from The Foxes of Foxham* (UK 2021 – Ed. it.: *Le volpi di Foxham*)

Quando ho scritto il mio romanzo di debutto, *A Crafty Cigarette – Tales of a Teenage Mod*, il mio intento principale era quello di raccontare certi miei ricordi e sensazioni. Prendendo appunti su alcune mie esperienze infantili e poi giovanili, nonché sulle emozioni ad esse associate, ho iniziato a mettere a fuoco la rilevanza assunta dalla cultura di massa – oppure, se preferite, *pop culture* – nelle nostre esistenze, non solo in termini di intrattenimento, ma anche nel ruolo che essa gioca nello sviluppo e nella crescita individuale: un film coinvolgente, così come una canzone particolarmente potente e immediata, possono infatti cambiarti la vita per sempre.

Prima che cominciassi a indossare un parka, e prima ancora che imparassi a memoria tutti i testi dei Jam, questa spinta alla crescita e alla maturazione mi era stata data ad esempio dal cinema giallo americano, dalla letteratura classica per bambini, dalle commedie britanniche e dalle vacanze in Italia e nel Norfolk. Tutte queste cose, insieme a tante altre, mi accompagnano ancora, e contribuisco tuttora al mio sviluppo personale.

Come tanti altri romanzi di debutto, *A Crafty Cigarette – Tales of a Teenage Mod* è in gran parte un lavoro autobiografico. Tuttavia, più procedevo nella scrittura e più mi rendevo conto che le storie da me raccontate differivano sempre di più da ciò che avevo effettivamente vissuto: in effetti, i miei racconti rientravano a pieno titolo nel mondo della *fiction*. È vero: il succo del modernismo e la vita di un fan dei Jam, così come li ho narrati, provengono da esperienze reali, e la maggioranza dei personaggi chiave sono infatti basati su persone realmente esistenti o esistite. Nonostante ciò, gli eventi descritti sono fittizi: tanto per dirne una, mio padre non ha mai lavorato con il clown anglo-italiano Charlie Cairoli, né odiava la categoria dei pagliacci; ma soprattutto, per quanto mi riguarda, non ricordo di aver mai fatto irruzione in casa di qualche vicino.

Quando ho finito di scrivere *A Crafty Cigarette*, mi sono sentito appagato per il modo in cui avevo onorato la cultura mod e i Jam, ma soprattutto mi è venuta una gran voglia di lavorare a un nuovo romanzo. In questo secondo libro, avrei reso omaggio alle serie TV che avevo tanto apprezzato – in genere girate a Londra, come

Only Fools and Horses e *The Sweeney and Minder* – nonché ad alcuni personaggi di *sitcom* britanniche – ad esempio Fletcher di *Porridge* e Private Joe Walker di *Dad's Army*. Avrei omaggiato, inoltre, la città di Londra, nonché il movimento casual di inizio anni '80.

Ciò che volevo evitare, era narrare una serie di eventi strettamente concatenati tra loro, e inoltre desideravo spaziare più liberamente nel tempo di quanto non avessi fatto nel mio primo libro. Pertanto, ho creato sei personaggi chiave, i Magnificent Six, una gang di casual di White City, nella zona di Londra Ovest nota come Stepherd's Bush. Ho posto questi sei giovani al centro del romanzo, e a partire da loro ho potuto parlare di persone appartenenti a diverse generazioni, le cui storie si sono svolte nell'arco di alcuni decenni, rendendo di fatto il mio nuovo lavoro una vera e propria antologia.

Il titolo originale del libro era *Tales of Aggro*, e intendeva omaggiare i generi menzionati, oltre alla serie TV *Tales of the Unexpected*, uscita in Italia come *Il brivido dell'imprevisto*. La presenza, nel titolo, del termine *tales* (racconti) avrebbe inoltre costituito una costante nei miei romanzi ispirati alla cultura pop.

Preparando la seconda edizione, ho reintitolato il libro *The Magnificent Six in Tales of Aggro*, e ho quindi commissionato la nuova copertina a Andy Catling, con cui stavo già lavorando al presente lavoro, *Le volpi di Foxham*. Intendevo aggiungere un tocco di freschezza al mio secondo libro, tramite una nuova illustrazione di copertina e un titolo parzialmente modificato.

Anche *Le volpi di Foxham* appartiene alla trilogia dei racconti di ZANI: il titolo originale è infatti *Tales from The Foxes of Foxham*. In questo caso, i riferimenti sono soprattutto ai romanzi per bambini, come ad esempio *Il vento tra i salici*, *La carica dei 101* e *Il leone, la strega e l'armadio*, nonché la serie *The Faraway Tree* di Enid Blyton. Tutti questi libri mi hanno catapultato dalla mia stanza da letto alla terra delle avventure, dove i buoni affrontano i cattivi. Altre fonti di ispirazione sono state, naturalmente, le mie vacanze in Italia e le lunghe passeggiate nei boschi nel Norfolk con i miei nonni, in cerca di volpi, magia e… amore.

In breve, la trilogia di racconti è frutto della mia immaginazione, ispirata dalla cultura pop e, di tanto in tanto, da qualche fatto reale.

Buona lettura!
Matteo Sedazzari

Indice

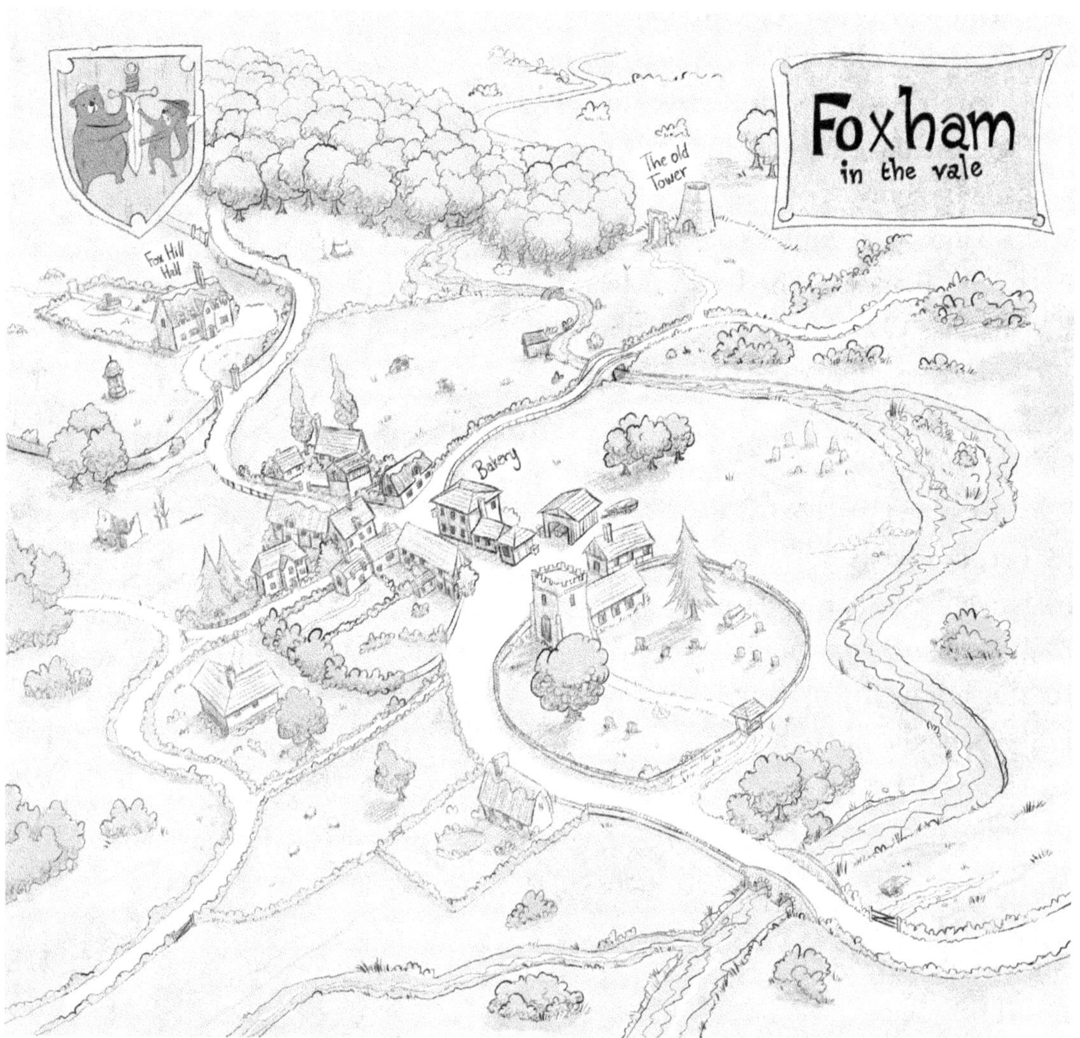

Fox Hill Hall
The old Tower
Foxham
in the vale
Bakery

1

Quando Winston incontrò Charles...

Ottobre 1943 – La luce della Luna piena si riflette sulla scintillante Rolls-Royce Phantom III nera, mentre questa percorre la lunga e tortuosa strada sterrata che conduce a Fox Hill Hall, una dimora elisabettiana edificata in cima a una modesta collina della contea del Norfolk, precisamente nei pressi del villaggio di Foxham. Dallo studio dell'abitazione, Charles Renard – il cordiale e sofisticato "signore del maniero" – gode di una splendida vista del suo amato borgo. Tuttavia, non passa certo giornate intere a controllare a distanza la comunità locale, visto che è una volpe estremamente indaffarata.

Quando sente la ghiaia scricchiolare sotto i potenti pneumatici della Rolls Royce, Charles esce dal confortevole studio per dare il benvenuto al suo ospite. Non appena apre la porta della stanza, trova di fronte a sé il suo fedele e intelligentissimo amico e maggiordomo, Boris Bates. Il tasso indossa una giacca da frac, sotto la quale risplende un'immacolata camicia bianca Windsor perfettamente stirata.

Nei primi anni di servizio, Boris indossava dei pantaloni di lana grigio scuro, ma ogni volta che si piegava questi si scucivano sulla parte superiore a causa del suo grosso fondoschiena, quindi Charles accordò al maggiordomo il permesso di non indossare più dei pantaloni. Tuttavia, a Charles piace portarli, soprattutto quelli da golf, e ne dispone di una gamma di colori per ogni occasione. Quelli che ha addosso oggi sono di un bordeaux brillante ben abbinato alla giacca da smoking in seta e raso, con un colletto di seta bordeaux, e ha in testa un cappello alla Garibaldi dello stesso colore, ricamato e con una nappa color oro.

«Signore, gradite un panino e una bibita prima dell'incontro con il primo ministro?»

Charles sorride all'amico e risponde: «Grazie, Boris, ma non c'è tempo, sento avvicinarsi la sua automobile. Potrei comunque trangugiare un sandwich al pollo e del vino di tarassaco, ma se solo mi rimanesse qualche briciola sul mento o del vino sui baffi se ne accorgerebbe, e non esiterebbe a chiederci di rifocillarlo. Boris, per cortesia, non servirgli dell'alcol per nessuna ragione al mondo, almeno finché la nostra riunione non si è conclusa. Potrai offrirgli un liquore solo se la conversazione avrà esiti soddisfacenti per noi animali».

«Mi sembra giusto, signore. È buffo notare come gli uomini siano ora in cerca dell'aiuto degli animali, e in particolare di una volpe».

«Gli uomini ricchi, Boris. I poveri sono stati quasi sempre buoni con noi. È ai ricchi che piace darci la caccia, per poi donare le nostre pellicce alle proprie mogli».

Boris annuisce col capo, trovandosi completamente d'accordo con il suo amico arrabbiato. Il premuroso maggiordomo aggiunge: «Signore, posso pregare voi e il primo ministro di non parlare a voce troppo alta, visto che vostra moglie Kaye sta cercando di riprendersi da quel brutto raffreddore?»

«Farò del mio meglio per mantenere la calma, ma trovo il primo ministro molto irritante. E a proposito di cose irritanti, dov'è quel mascalzone di mio figlio Ferdy? Non posso permettermi che quello scemo giri per casa sbattendo furiosamente le porte, tanto per passare il tempo».

«Foxy stava studiando, ma ha fatto una pausa e ha portato Ferdy a bere al Six Bells. All'ora di pranzo sono sceso in paese e ho pregato il proprietario affinché, almeno per stasera, gli revocasse il divieto a vita dal locale. Gli ho dato una corona per il disturbo».

«Ottimo lavoro, Boris. Foxy è un bravo ragazzo, e Horace un laborioso e onesto locandiere. Non ha certo bisogno di Ferdy che gira per il locale tentando di vendere carne, mollette da bucato e altro ai suoi clienti assetati. Mi spezza il cuore sapere che mio figlio è un trafficone, questo infanga il nome dei Renard. Boris, sento aprirsi lo sportello dell'auto. Vado in salotto. Per piacere vai ad aprire al signor Churchill e accompagnalo da me!»

«Certo, Charles, e buona fortuna!» dice Boris, nell'intento di incoraggiarlo.

Charles annuisce in segno di apprezzamento.

■ ■ ■

Charles Renard nacque nel 1904 nell'allora villaggio di Stoke Ham, nel Norfolk, da Jacques e Lucetta Renard, due volpi che, nel 1899, emigrarono dalla periferia parigina per cercare lavoro nelle campagne inglesi. Il lavoro, per le volpi, era ancora una novità, visto che solo nel 1801 si eressero su due zampe e iniziarono a parlare come gli umani.

Nel folclore volpino è diffusa la convinzione che la grande volpe Jasper Ludham – che era appunto del villaggio di Ludham, nel Norfolk – sia stata la prima a parlare e a camminare su due zampe, mentre veniva inseguita da alcuni aristocratici nel corso di una battuta di caccia. Secondo la leggenda, correndo nei boschi s'imbatté in una donna anziana e a quel punto si alzò sulle zampe posteriori, si voltò verso i segugi e urlò «*Tally-ho*![1]» facendo scappare terrorizzati sia loro che i cavalli. Questi

---

1 Voce usata in Gran Bretagna durante la caccia alla volpe, per annunciare l'avvistamento dell'animale.

ultimi, nel fuggire, disarcionarono i loro proprietari, alcuni dei quali, cadendo, si ruppero il collo. Il fatto fu salutato con gioia dagli abitanti del villaggio vicino, che amavano le volpi.

La storia delle volpi parlanti – iniziata ormai quasi un secolo e mezzo fa – è lunga, complessa e ricca di contraddizioni. Per non annoiarti, caro lettore, mi limito quindi a dirti che in un lasso di tempo relativamente breve, le volpi – da begli animali del bosco che erano – sono riuscite a compiere un percorso notevole.

In qualsiasi parte del mondo, molti umani hanno dato il benvenuto alle nuove volpi, offrendogli lavoro e permettendogli di sistemarsi. Tuttavia, molti altri – ad esempio i nobili – hanno continuato a pensare che l'unica volpe buona fosse quella fatta a pezzi dai segugi, oppure scuoiata, in modo che la sua pelliccia possa essere esibita in società. Di conseguenza, in alcune regioni la caccia alla volpe è ancora permessa, mentre in altre è stata proibita, ad esempio nel Norfolk, dove si ha notizia della prima volpe parlante, Jasper Ludham.

Man mano che le volpi facevano progressi, cercavano di trasmettere il proprio sapere agli altri animali dei boschi e delle foreste, e persino a quelli domestici. Tuttavia, ancora oggi, soltanto i tassi, gli orsi, i lupi e alcune razze canine riescono a camminare, parlare e persino pensare come gli umani. Mentre l'intelletto di queste specie progrediva, tanto accadeva alla loro postura, all'altezza e all'aspettativa di vita. Pertanto, oggi non è raro incontrare uno di questi animali sui cinquantacinque anni, retto sulle zampe posteriori.

■ ■ ■

Sin da piccolo, Charles ha dimostrato un gran talento nel fare i conti, e questo gli ha permesso di elevarsi al di sopra del lavoro umile in fattoria a cui sembrava destinato: finì infatti per diventare il contabile dell'allora datore di lavoro dei suoi genitori, il signore di Stoke Ham, che risiedeva a Stoke Ham Hall. Le voci sull'abilità della giovane e intelligente volpe si diffusero in fretta, e furono in molti a offrirgli consistenti somme di denaro in cambio dei suoi servizi, dai fattori ai macellai della zona. Non ci volle molto perché il ricco signore lo nominasse direttore della banca di famiglia. Tuttavia, il signore di Stoke Ham non poteva certo sapere che Charles stava tramando in segreto la sua disfatta. A quei tempi, dopo secoli di brutalità, le volpi erano ancora risentite con gli umani ricchi, nei confronti dei quali erano particolarmente scaltre: d'altro canto, era stata unicamente la loro astuzia a permettergli di sopravvivere come specie. Ancora oggi, le volpi riescono a dimostrarsi scaltre, pertanto se ve ne sono alcune nel vicinato trattatele bene, altrimenti potrebbero tramare qualcosa nei vostri confronti.

La banca prosperava, così come Stoke Ham, dato che Charles faceva il possibile per favorire le attività locali. Di rimando, si investiva più denaro nell'educazione, negli alloggi e, più in generale, nel benessere del villaggio. Il mondo bancario è simile agli altri settori dell'economia, nel senso che tutti conoscono tutti e le voci girano in fretta: così fu per i traguardi raggiunti da Charles, che un giorno ricevette una lettera dalla Banca d'Inghilterra, interessata ai suoi servizi. Charles Renard fu dunque la prima volpe al mondo a ricevere una proposta di lavoro da una grande organizzazione.

Dopo aver accettato l'offerta, Charles prese in affitto una stanza nella zona di Hackney. Il borgo londinese vantava allora la maggiore popolazione di volpi della capitale, che si definivano "volpi urbane" e frequentavano i club musicali e i pub. Gli abitanti della popolosa Hackney adoravano le volpi, visto che queste rendevano ancora più interessante la già vivace comunità locale. Charles amava Hackney: sì, talvolta il borgo era una zona difficile in cui vivere, ma la volpe fece tesoro di come persone di religioni e razze differenti potessero vivere e lavorare fianco a fianco. Vi farà piacere sapere che, ancora oggi, la comunità volpina continua a prosperare in questa parte di Londra Est e oltre.

Purtroppo, sul lavoro, Charles veniva spesso preso di mira per il solo fatto di essere una volpe. I colleghi gli urlavano «*Tally-ho!*», oppure si presentavano in ufficio indossando le pellicce delle proprie mogli e fidanzate, e gli chiedevano se la pelliccia esibita appartenesse a qualche sua zia. Charles era forte e nascondeva bene il dolore a quelle persone crudeli, che si limitava a ignorare. Nel frattempo, svolgeva bene i propri compiti, e investiva in maniera intelligente i soldi guadagnati. Tuttavia, a fine giornata, Charles non poteva fare a meno di addormentarsi piangendo.

Le cose proseguirono in questa maniera finché la volpe, un giorno, diede un bel pugno in faccia uno dei suoi più grandi tormentatori, Basil Rose, un mascalzone di Eton, nel Berkshire. Charles lo colpì così forte da farlo cadere a terra e fargli perdere la coscienza per diversi minuti. La volpe venne licenziata sul posto ma non gliene poté importare di meno, visto che ormai aveva abbastanza denaro da potersi ritirare dal mondo bancario e acquistare Stoke Ham Hall. Come Charles era venuto a sapere grazie alla corrispondenza con i suoi genitori, il signore di Stoke Ham era caduto in rovina a causa del proprio amore per il vino e per le donne. Egli era ormai a terra, e la nostra volpe stava per sferrargli un calcio micidiale.

Il signore di Stoke Ham, disperato, vendette infatti la dimora di famiglia a un prezzo decisamente inferiore a quello del suo valore reale, e quindi lasciò il Norfolk per avventurarsi in Italia, viaggiando in cerca d'ispirazione. Il giorno successivo all'acquisto, Charles ribattezzò l'abitazione Fox Hill Hall, e alla stessa maniera il villaggio di Stoke Ham divenne Foxham. Nelle sue intenzioni, il borgo sarebbe divenuto un villaggio di volpi, meta di pellegrinaggio per i loro simili, provenienti da ogni angolo del mondo. Molti umani decisero comunque di rimanere, visto che preferivano Charles al vecchio signore. Oggi, Charles Renard è considerato il leader delle volpi europee, e questo è il preciso motivo per cui Winston Churchill ha chiesto d'incontrarlo d'urgenza, visto che ha bisogno del suo aiuto per sconfiggere Hitler e i nazisti.

In Europa, le volpi non sono obiettrici di coscienza, tuttavia allo scoppio della guerra Charles gli ordinò di non combattere, poiché sapeva che durante la Grande Guerra le volpi erano state le prime a dover scavalcare le trincee. Queste non erano nemmeno armate e molte di loro furono uccise, lasciando così un gran numero di volpi femmine e volpacchiotti rispettivamente senza mariti e senza padri. Secondo Charles, si trattava di un atto deliberato dei vertici militari per far abbattere scriteriatamente quegli animali.

Comunque sia, egli permetteva invece che le volpi venissero impiegate nelle fabbriche, negli ospedali e in altre attività che in un modo o nell'altro contribuivano allo sforzo bellico. Alcune volpi si unirono addirittura alla Home Guard – l'organizzazione di difesa composta da volontari – visto che le volpi britanniche, così come gli umani dello stesso paese, temevano Hitler e i nazi.

Per un certo periodo, il mancato arruolamento degli animali non fu percepito come un grosso problema, dato che Winston Churchill e la sua maggioranza di governo non vedevano alcun vantaggio nel mandare le volpi al fronte. I loro modi astuti e maliziosi rischiavano infatti di rovinare il morale di soldati, piloti e marinai.

Adesso, però, insieme al generale americano Dwight Eisenhower, Churchill sta pianificando l'occupazione della Francia, che dovrebbe aver luogo durante l'estate. Secondo loro, l'invasione metterà fine alla guerra, e affinché un'operazione del genere abbia successo occorrerà l'impiego del maggior numero possibile di uomini, e persino di volpi. Nonostante ciò, Churchill detesta l'idea di dover negoziare con uno di quegli animali. Fu proprio Eisenhower a spingere Churchill a prendere una decisione del genere, forte del sostegno ricevuto dalla controparte statunitense di Charles, una volpe sguaiata chiamata Chuck Snack, attiva nel settore del fast food.

Chuck possiede un ristorante di grande successo specializzato negli hot dog, che si trova sulla Lakewood Boulevard, presso Florence Avenue, a Downey, in California. Non distante di lì, i fratelli Richard e Maurice McDonald gestiscono un locale simile, ma dove si cucinano hamburger. Nonostante la loro cucina inizi ad essere molto apprezzata, Chuck non li vede come una minaccia e ridacchia quando sente sua figlia Felicity affermare che il nome di famiglia dei rivali sarebbe un perfetto marchio di successo: «Figurati se qualcuno può aver voglia di dire: "Andiamo al McDonald's?". Piuttosto diranno: "Andiamo da Chuck's!"»

∎ ∎ ∎

Mentre aspetta che l'autista gli apra lo sportello, Churchill tira un'ultima boccata dal sigaro e, non appena scende dalla Rolls Royce, il grosso portone di quercia in stile elisabettiano si apre. Boris scende la scala composta da spettacolari gradini di roccia, per andargli incontro. Il disciplinato tasso si rivolge quindi all'ospite: «Signor primo ministro, il signor Charles Renard vi sta aspettando in salotto. Vi prego, seguitemi!»

Churchill è colpito dall'aspetto intelligente dell'animale e dalle sue maniere squisite, le migliori mai viste in un maggiordomo: «Chiamatemi signor Churchill, per cortesia. E voi come vi chiamate?»

«Vi ringrazio, signor Churchill. Io sono Boris Bates, capocameriere di Fox Hill Hall».

Pochi minuti dopo, arrivato in salotto, Churchill è di nuovo sorpreso nel trovarsi di fronte a una volpe ben vestita e di splendido aspetto. Charles, sorridente, gli va incontro, esibendo la sua camminata fiera. Churchill gli stringe la zampa senza esitare, visto che si rende subito conto di avere a che fare con una volpe degna di nota. Tuttavia, il politico intende condurre la conversazione, esordendo con: «Vostro figlio Ferdy si occupa anche di calze di nylon? Ne acquisterei qualche paio per mia moglie».

Un mese prima, Churchill aveva mandato in zona Dalston e Tower di Scotland Yard, con l'ordine di raccogliere informazioni su Charles e i suoi familiari. I due agenti gli avevano riferito che i Renard erano tutt'altro che simpatizzanti nazisti; tuttavia, il figlio Ferdy era attivo nel mercato nero, e Dalston e Towner chiesero a Churchill se avevano il permesso di spargli. Il politico ponderò la proposta per circa un minuto, ma poi rispose di no con fermezza.

Charles non è affatto sorpreso dalla domanda del primo ministro, poiché era certo che questi avrebbe richiesto notizie sul suo conto: «Mio figlio Ferdy è una volpe d'affari: possiede il negozio locale di *fish and chips*. So che di tanto in tanto alcuni personaggi spiacevoli si recano nel suo ristorante per mangiare un po' di merluzzo e delle patatine. Può capitare che alcune di queste persone piangano povertà, e lo preghino di accettare delle merci in cambio di cibo. Mio figlio, a quel punto, rivende quei beni alla gente del villaggio e dona la maggior parte del ricavo alla chiesa, come farebbe qualsiasi brava volpe cristiana. Comunque sia, non appena farà una pausa dai suoi studi biblici, gli chiederò se in questo momento ha delle calze di nylon sotto mano».

«Studi biblici un cavolo! Vostro figlio è un trafficone!»

Charles sa bene che Churchill sta cercando di prendere il sopravvento denigrando suo figlio, e risponde tranquillo: «Mio figlio è devoto a Dio e rispettoso della Legge, ma le pressioni della guerra e il fatto di avere spesso a che fare con dei beni rubati hanno un'influenza negativa su di lui, così come su tanti altri britannici. Sono certo che una volta che Hitler sarà sconfitto, Ferdy tornerà a comportarsi in maniera ineccepibile, così come ha sempre fatto. Per il momento, però, vi chiedo di lasciar da parte mio figlio, visto che siamo qua per parlare del conflitto, e di come le volpi possono dare il proprio contributo».

Churchill è colpito dalla risposta forte e sicura di Charles. Ora può vedere con i propri occhi come Charles sia il leader naturale della sua specie.

«Avete ragione, Charles. Sono qui per parlare della guerra. Abbiamo bisogno di una mano, anzi, di una zampa» dice Churchill, nella speranza che Charles trovi divertente la sua battuta.

La volpe, però, ricambia con uno sguardo gelido, e dice: «Voi avete già il nostro sostegno, signor Churchill: nessuna volpe britannica vuole vivere in un regime nazionalsocialista. In Germania, alcune volpi si sono schierate con Hitler, ma molte altre non lo hanno fatto. Ho ricevuto una lettera dal mio cugino francese, Marcel, che sta dando il suo piccolo contributo alla Resistenza».

«Vostro cugino è una volpe coraggiosa, pronto a mettere a rischio la propria vita per libertà della Francia e dell'Europa!» ruggisce orgogliosamente Churchill, finendo però per infastidire ulteriormente Charles.

«Sì, lui e i suoi amici sono coraggiosi, tuttavia i ricchi danno loro la caccia con i cani nelle pittoresche campagne francesi, così come accade in Gran Bretagna. Le signore sfilano per Parigi portando intorno al collo la pelliccia di giovani volpi. Vi piacerebbe se ora entrasse mia moglie indossando vostra zia intorno al collo, solo perché va di moda?» risponde Charles, a questo punto visibilmente indispettito.

«Sparerei immediatamente sia a vostra moglie che a voi!» urla Churchill, immaginando la pelle di sua zia intorno al collo di un animale.

«Ora sapete cosa proviamo noi volpi. Parliamo e ci comportiamo da umani da quasi due secoli, ma l'aristocrazia continua ad odiarci. Siamo creature della natura con un debole per la carne di pollo e la torta al cioccolato, con l'inclinazione per l'astuzia, visto che questa dote ci serve per sopravvivere. Il tormento che i ricchi ci hanno sempre riservato è a dir poco crudele, tanto che potrebbe essere stato escogitato dallo stesso Hitler» replica con prontezza Charles.

Churchill ascolta con attenzione le parole della volpe, annuendo sommessamente, e quindi risponde: «È vero, ora comprendo il vostro dolore, Charles, finora non ci ero mai riuscito. E capisco pure perché siete il leader delle volpi».

Charles sorride a Churchill, compiaciuto.

«Charles, stasera, non appena sarò di ritorno alla mia residenza di Downing Street, emetterò un decreto d'emergenza che finirà domattina stessa alla Camera dei lord, in modo di proibire la caccia alla volpe e vietare le pellicce, e chiederò ai leader dei nostri alleati di fare altrettanto. Non sono certo il tipo che supplica e implora, ma vi chiedo per l'ultima volta di convincere i vostri simili a unirsi a noi nella lotta contro Hitler e i nazisti».

Churchill siede, ormai stanco e bisognoso di un po' di alcol e di un pasto caldo. Charles, che ora sente di avere il controllo della situazione, cammina fino al centro della stanza e dice: «Noi volpi siamo disposte a dare la vita per il nostro amato paese. Vi ringrazio per la proibizione della caccia e aggiungo la richiesta di dare la possibilità alle volpi di poter comprare una casa. Sarà senz'altro un caso, ma il decreto che negava questo diritto a volpi, cani e tassi, è stato emesso proprio quando ho acquistato questa abitazione. Troppi animali vivono in povertà a causa dell'avidità dei padroni di casa. E poi ho un'ultima richiesta: vogliamo parità di salario con gli umani. Dovrete modificare la legge sui salari minimi, che afferma: "I dipendenti dotati di coda e pelliccia rallentano il lavoro e pertanto, nel nome di Dio, saranno pagati un terzo dei colleghi umani". Si tratta – stavolta sì, nel nome di Dio – di sciocchezze prive di qualsiasi senso, signor Churchill!»

Winston Churchill è felice che nessun altro umano – e in particolare il vice primo ministro, Clement Attlee – veda una volpe parlargli in maniera così aggressiva, e che inoltre sia così esigente nelle proprie richieste. Tuttavia, dimostra empatia nei confronti dell'animale, e risponde: «Chiamerò Herbert Morrison non appena sarò a casa, e richiederò che le volpi, i tassi e alcune razze canine abbiano la possibilità di acquistare una casa e godano di parità di salario con gli umani. Tutto questo con immediato effetto, nel nome… di Dio».

Charles, orgoglioso e trionfante, risponde: «Grazie, signor Churchill. Parlerò con gli altri animali, e marceremo fianco a fianco con voi umani nella lotta contro il male, che oggi è rappresentato dalla Germania nazista. Ed ora, vorreste unirvi a me per una cena tardiva a base di pollo arrosto, patate arrosto e piselli, seguiti da *crumble* di mele? Innaffieremo il tutto con qualche birra chiara».

Winston Churchill emette un sospiro di sollievo, anche perché il suo bisogno di rifocillarsi si sta facendo sempre più forte: «Charles, sarà un onore cenare con voi».

Il primo ministro e il suo nuovo amico si incamminano verso la sala da pranzo, e sanno entrambi che la loro unione permetterà di arrestare la minaccia della Germania nazista.

2

L'armata di Oliver

Oliver e Geoffrey Cambridge sono due volpi giovani e felici, proficuamente impiegate come bibliotecarie all'Università di Cambridge. I libri sono sempre stati la loro vita, sin da quando erano cuccioli: Oliver (non chiamatelo Ollie!) e Geoffrey (e non Geoff!) leggevano molto, sia da soli che insieme; in questo caso, uno dei due lo faceva ad alta voce, in modo che l'altro potesse ascoltare. I fratelli si smarrivano nelle letture di *Le avventure di Tom Sawyer*, *L'isola del tesoro*, *La maschera di ferro*, *I tre moschettieri* e Sherlock Holmes: di fatto, andava bene qualsiasi racconto poliziesco o d'avventura, purché fosse in grado di trasportare i due amorevoli animali in un mondo magico fatto di brividi e pieno di pericoli. L'adorazione di Oliver per Sherlock Holmes era tale che, da giovanissimo, iniziò a indossare un berretto da cacciatore di cervi, al quale Geoffrey preferì un malconcio cappello di paglia, come quello indossato da Tom Sawyer.

Anche se erano entrambi in salute e forti, nessuno dei due volpacchiotti era interessato a partecipare alle impegnative attività fisiche degli altri fratelli. Mentre questi, nelle calde giornate estive, giocavano a nascondino o a campana, loro preferivano andare a leggere in un paesino limitrofo, Boxworth, dove risiedeva una comunità di volpi tuttora in crescita.

I genitori dei due volpacchiotti – Irena, che faceva la contabile, e George, di professione carpentiere – erano grandi lavoratori e di buon cuore, e amavano i loro figli in egual misura. È nella natura delle giovani volpi comportarsi da animali scaltri e smaliziati, in paese così come nei boschi: Irena e George temevano quindi che Oliver e Geoffrey fossero emarginati dalla comunità, a causa del loro isolamento volontario e per la grande dedizione alla lettura.

George desiderava ardentemente che arrivasse il giorno in cui il cane poliziotto locale – un pastore tedesco chiamato Brutus – avrebbe bussato alla porta del loro piccolo ma accogliente cottage, tenendo per la collottola Oliver e Geoffrey, che erano stati sorpresi a sgraffignare delle mele. Mettersi nei guai con l'agente Brutus era considerato quasi come una medaglia al merito, data la reputazione severa che lo accomunava a quasi tutto il resto della sua razza. Anche se in tutta Europa i pastori tedeschi avevano trovato impiego fruttuosamente in polizia, nessuno di loro aveva ottenuto promozioni significative, visto che, secondo il potere costituito, il fatto che un cane potesse diventare quantomeno sergente non rientrava nella volontà di Dio.

Quando esplose la guerra, i pastori tedeschi nati e cresciuti in Gran Bretagna presero le distanze dalla Germania, e iniziarono a definirsi alsaziani in onore di Alsace, un pastore tedesco nato in un paesino dell'Alsazia-Lorena, lungo il confine con la Francia, fondato dai tedeschi nel 1871. Non soltanto Alsace è stato il primo pastore tedesco parlante, ma fu pure il primo cane a trovare impiego in polizia, per via dei suoi modi aggressivi e spregiudicati. Prima di allora, Alsace sembrava predisposto al crimine, pertanto i poliziotti locali tentarono di offrirgli un'alternativa a quello stile di vita.

Ad Alsace piaceva molto il suo nuovo ruolo, che consisteva tanto nel mantenere la pace che nel risolvere i crimini, compito in cui era favorito dallo sviluppatissimo olfatto e dall'abilità nell'interrogare i sospetti. In effetti, era così "persuasivo" che chi veniva accusato di qualcosa tendeva sempre a confessare la propria colpevolezza, anche nel caso in cui fosse innocente. Secondo quanto si diceva in giro, un esame incrociato condotto da lui era paragonabile a un'interrogazione fatta dal diavolo in persona. Alsace era temuto tanto dagli innocenti quanto dai colpevoli, e persino dai colleghi, e questo lo rendeva un pastore tedesco felice. I suoi metodi pionieristici e il tasso di condanna pari a cento spinsero le forze di polizia di tutto il mondo ad assumere altri cani della stessa razza, sia maschi che femmine. Ben presto, l'entrata in polizia dei pastori tedeschi divenne la norma, anche se molti di loro avrebbero preferito lavorare in edilizia, oppure come postini, macellai e cuochi. Nessuno, però, intendeva affidargli questi compiti, nonostante fossero animali intelligenti, forti e dediti al lavoro, oltre che molto portati per la cucina.

■ ■ ■

Oliver, con il suo berretto da cacciatore di cervi, e Geoffrey, con il suo cappello di paglia, crebbero e divennero brave volpi rispettose della Legge, il che riempiva di orgoglio Irena e George, che furono ulteriormente onorati dall'assunzione dei due figli da parte dell'Università di Cambridge, visto che si trattava delle primissime volpi ad essere impiegate dall'ateneo.

Tutto sembrava andare per il verso giusto finché, un sabato mattina, mentre la famiglia al completo stava facendo la sua bella colazione inglese, Oliver, Geoffrey e i loro fratelli Harold e Cropper ricevettero la cartolina di richiamo alle armi. Un evento del genere era temuto da tutti, ma non certo inaspettato, visto che qualsiasi volpe al mondo sapeva dell'incontro tra Winston Churchill e Charles Renard, e del consenso di quest'ultimo all'entrata in guerra delle volpi, allo scopo di fermare i nazisti. Pertanto, tutte le volpi maschio, giovani e in salute vennero reclutate.

George e Irena piansero tutto il giorno e tutta la notte.

■ ■ ■

Oliver, con il suo berretto malconcio, entrò nel British Army con Harold e Cropper, mentre Geoffrey, con ancora il cappello di paglia addosso, entrò nella Royal Air Force. Sin dall'inizio della guerra, Geoffrey si era dedicato alla lettura di libri sull'aeronautica, e la sera costruiva modellini di aerei, per la gioia dei cuccioli e dei bambini di Boxworth, così come degli adulti.

Oliver, Harold e Cropper iniziarono l'addestramento con la Royal Fox Artillery. Inizialmente, i tre erano nervosi, ma il coraggio, la destrezza e l'intelligenza che caratterizzano la maggior parte di quegli animali non tardarono a uscire allo scoperto, e nel giro di un mese diventarono tutti dei veri e propri soldati. Tra loro, ma anche tra le altre volpi soldato, Oliver spiccava per le sue doti di leader.

Alle volpi donavano molto le giacche e i pantaloncini militari, con le code arancione vivo e la punta bianca che sporgevano delle uniformi. Charles Renard aveva richiesto che le volpi arruolate potessero indossare i pantaloncini e non fossero obbligate a indossare il cappello, e Churchill aveva accettato senza fare obiezioni. Questo dettaglio fu particolarmente gradito da Oliver e Geoffrey, che potevano continuare a indossare i propri copricapi preferiti.

Mentre i fratelli Cambridge continuavano a fare progressi, Geoffrey si distingueva per le innate capacità di pilota, che lo accomunavano alle altre volpi del Fox Squadron. Inizialmente, gli animali venivano impiegati come osservatori, marconisti e mitraglieri sui bombardieri, e non certo come piloti o secondi piloti. Nonostante ciò, molte volpi avevano dimostrato l'inclinazione al volo e si erano dette disposte a pilotare un aereo, pertanto Churchill ordinò che venissero costruiti il prima possibile cinquecento piccoli Spitfire per il Fox Squadron. Inizialmente, i piloti umani incoraggiarono i nuovi colleghi, ma questo non durò a lungo, visto che ogni volta che potevano le volpi indugiavano in manovre acrobatiche come il giro della morte, la vite e la scampanata, e questo divenne il più frequente motivo di scazzottate tra umani e volpi pilota della Royal Air Force.

Alcune volpi furono arruolate nella Royal Navy. In genere, le volpi non sono affatto amanti dell'acqua: in qualsiasi centro britannico vi troviate, potrete sentire urlare di disperazione le vostre vicine volpi, quando arriva il momento del bagno. Tuttavia, le volpi della Royal Navy impararono presto ad amare il mare, così come il cameratismo con i marinai umani, soprattutto in occasione delle partite a carte che si svolgevano nelle cabine, dalle quali le volpi uscivano con le tasche piene di monete.

Caro lettore, ricordati di non giocare mai a carte con una volpe: non avresti alcuna possibilità di vincere!

■ ■ ■

Tra Winston Churchill e Charles era nato un legame di fiducia e rispetto reciproco. Non si trattava di amore, ma poco ci mancava: il rapporto era infatti così stretto che il primo ministro insistette affinché Charles potesse presenziare agli incontri sul D-Day, che chiamavano in codice "operazione Overlord", e che si svolgevano alla St. Paul's School di Hammersmith Road. La presenza della volpe infastidì re Giorgio VI, il generale Dwight D. Eisenhower e il generale Bernard Montgomery, ma si trattò comunque di una fortuna per loro, così come per il resto del mondo: se Charles non avesse partecipato a quelle riunioni, l'operazione Overlord non avrebbe mai avuto luogo.

A più riprese, Derek – un bassotto sordomuto – entrava nella classe della St. Paul che era stata adibita a sala operativa, e serviva tè e cibo ai presenti. Visto che gli umani credevano che Derek non avrebbe potuto comprendere i loro discorsi, parlavano liberamente mentre questi gli versava il tè e serviva loro le vivande, che andavano dai rustici con salsiccia detti *sausage rolls* a dolci come gli *sticky buns*, con un sorriso di circostanza stampato in faccia. Charles, grazie al suo istinto animale, notò invece che le orecchie del bassotto si drizzavano lievemente quando Montgomery descriveva una possibile manovra, e il suo olfatto sviluppato gli permetteva di odorare il sudore di Derek nei momenti in cui Eisenhower parlava al resto della squadra dei suoi piani. La volpe, prima della guerra, era stata numerose volte a Francoforte per sbrigare faccende relative al suo impiego alla Banca d'Inghilterra, e aveva imparato un po' il tedesco. A un certo punto, rivolse una domanda a Derek: «*Wie geht es deiner Mutter?*»

«*Gut, danke. Ihre Haufen werden besser*» rispose il bassotto.

Charles gli aveva chiesto come stesse sua madre e questo, istintivamente, lo aveva ringraziato e gli aveva risposto che stava bene, e che ultimamente pure le emorroidi le davano meno problemi.

Derek, dopo un forte sussulto, si precipitò verso la porta, ma Charles – che era un amante del rugby, e si destreggiava nello sport – placcò la spia, facendola cadere a terra.

«Ben fatto, ragazzo!» urlò Montgomery.

«Accidenti, che volpe eccezionale!» gridò Eisenhower.

«Charles, come diavolo facevate a sapere che sua madre aveva le emorroidi?» gli chiese Churchill, che conosceva bene il tedesco.

«Grazie, generale Montgomery, generale Eisenhower e signor Churchill! Per la verità non lo sapevo, ma la maggior parte degli esseri umani e animali tiene alla propria madre, quindi ho tirato a indovinare!» rispose Charles.

Tutti i presenti presero a ridere, tranne Derek, ancora a terra e in lacrime.

Dopo essere stato ammanettato, Derek fu condotto alla Torre di Londra, ma gli venne risparmiata l'esecuzione poiché la Germania nazista aveva catturato il beagle

Bill Bangs e la volpe James Slough – entrambi spie britanniche – e Churchill voleva scambiare il bassotto con loro.

Nell'alloggio di Derek – che si trovava nella dependance della St. Paul – Charles e gli altri trovarono degli appunti sull'operazione Overlord, con tanto di date e orari. Il bassotto avrebbe dovuto inviare quelle note in Germania la notte precedente, tramite una rete di contatti che partiva da Londra, ma mancò l'appuntamento in quanto si trovava al vicino pub The Red Cow, ed era piuttosto allegrotto. Grazie alla sbornia di Derek e alla prontezza di Charles, l'operazione Overlord poté proseguire secondo i programmi.

■ ■ ■

Oliver si trova sulla motosilurante Higgins e, con il suo berretto addosso, guarda il cielo, mentre l'imbarcazione si avvicina alla costa della Normandia. Oliver desider-erebbe tanto vedere l'amato fratello alla guida della flotta aerea delle volpi volanti, ma – almeno in questo momento – non ha questa fortuna. La volpe singhiozza, e immagina di trovarsi in compagnia di Geoffrey alla biblioteca di Cambridge, en-trambi impegnati a passare libri a insegnanti e studenti, oppure a ritirarli, mentre parlano piacevolmente tra loro; invece, si trovano entrambi in guerra. Oliver ha paura di non poter più rivedere i suoi fratelli e il resto della famiglia e degli amici, e inoltre teme che il D-Day fallisca, e che pertanto la Gran Bretagna e gli Alleati saranno costretti ad arrendersi ai nazisti. Tuttavia, egli sa bene che deve nascondere i propri timori. Osserva quindi il plotone, composto da 34 volpi giovani e coraggiose, tra le quali Harold e Cropper: i suoi soldati sono pronti a sbarcare su una spiaggia in cui, solo pochi anni prima, si sarebbero udite le risate dei bagnanti, e non certo degli spari.

La prua solca con decisione le acque marine e gli schizzi di acqua salata colpis-cono in faccia Oliver e i suoi amici. Egli imbraccia il fucile, digrigna i denti e poi urla «*Tally-ho!*», che era ormai diventato il grido di battaglia delle volpi britanniche. A quel punto guida i suoi simili in acqua, e insieme guadano verso la riva, destreg-giandosi tra gli spari.

«Vorrei tanto un gelato!» dice scherzando Archie di Bristol, il buffone del plotone.

Ridono tutti, incluso Oliver, sapendo bene che un po' di spirito potrà aiutarli a salvare la pelle, nella fatidica giornata del 6 giugno 1944.

Oliver e le altre volpi sono state istruite da Montgomery ed Eisenhower in persona: questi gli hanno detto di dirigersi con il mezzo da sbarco verso il lato destro della spiaggia di Normandia, per poi andare verso la città di Caen. Qui, si sarebbero dovuti impossessare del maggior numero possibile di mortai e carri armati, in modo di limitare il fuoco nemico che avrebbe colpito gli umani della 3° Divisione, nel momento in cui questi sarebbero sbarcati nella parte centrale della spiaggia. Data l'altezza delle volpi e la capacità di camminare a quattro zampe – anche se negli ultimi due secoli la maggior parte di loro aveva preferito usare solo quelle posteriori – i tedeschi avrebbero incontrato delle difficoltà nel notare gli animali procedere carponi, e questo li avrebbe inoltre distratti dall'invasione principale. I proiettili sibilavano tra le temerarie volpi, mentre queste si destreggiavano tra le dune.

«Giù la testa e giù la coda, volpi! Poco più avanti, ci sono dei cespugli di ammofila! Continuate a gattonare e, per Giove, non alzate la testa!» ordina Oliver alla truppa obbediente.

Come previsto, le volpi riescono facilmente a raggiungere i cespugli, tra i quali si nascondono in attesa di qualche carro armato nazi, oppure di un piccolo plotone dotato di mortaio. Non appena Oliver e il suo plotone prendono a sorseggiare dell'acqua dalle borracce militari – con un pugno di volpi che ne approfitta per dare un morso a un sandwich al pollo – la loro breve e meritata pausa finisce, visto che sentono avvicinarsi un carro armato Renault R35.

Il carro armato si avvicina rumorosamente e con lentezza, e l'autista e il suo compagno non hanno idea di essere osservati da alcune volpi del British Army, nascoste tra i cespugli. All'improvviso, una bomba a mano lanciata da Mortimer – una volpe di Brighton, appassionata di cricket – finisce dritta dentro al portello del carro armato, esplodendo sul colpo tra le urla dei due uomini.

Come previsto, l'efficacia del colpo è paragonabile a quello di una granata fumogena: la fabbrica di Portsmouth in cui le volpi femmina e i loro cuccioli fabbricavano le armi per volpi soldato, era infatti a corto di polvere da sparo. Secondo il piano di Oliver, gli umani dovrebbero a questo punto fuggire dal carro armato nell'intento di salvarsi da eventuali altri bombe a mano; ad attenderli, troveranno le volpi, con le armi puntate contro di loro. Fortunatamente, il piano funziona, e i due tedeschi non hanno altra scelta che arrendersi, con fastidio e grande imbarazzo.

«Oh, no! Non possiamo dire di essere stati catturati dalle volpi! Non ce la faranno certo passare liscia!» sussurra il carrista – ovviamente, in tedesco – al suo amico.

«Fate silenzio!» ordina Cropper, che poi guarda suo fratello. Oliver annuisce con il capo, in segno di approvazione.

Scioccamente, le volpi abbassano le armi per finire di mangiare i sandwich al pollo e le torte salate *pork pie*[2], e solo Cropper e Oliver continuano a tenerle puntate su di loro. Harold – che preferirebbe mangiare con i suoi amici – si occupa di legare i prigionieri.

All'improvviso, i nostri sentono un distinto fruscio tra i cespugli: questi si aprono al passaggio di cinquanta volpi della Wehrmacht, che puntano i fucili Mauser su Oliver e sul resto della truppa. Il loro capo mette giù il fucile, fa un passo avanti, e dice in inglese, ma con un marcato accento tedesco: «Volpi, ogni resistenza è inutile. Oggi, molti di voi – umani e animali – moriranno sotto i colpi dei vostri fucili. Per piacere, alzate le zampe e lasciate andare i vostri prigionieri. Vi prometto che l'esecuzione sarà indolore. La prima volpe a morire, sarà quella che pensa di essere Sherlock Holmes».

A quel punto si volta verso la sua truppa e ripete ai suoi, in tedesco, ciò che ha detto ai nemici. Le volpi tedesche iniziano a ridere, e ridono così a lungo e così forte da non sentire un rumore che Oliver e i suoi conoscono bene, quello prodotto dalle eliche e dai motori dei piccoli Spitfire.

«Abbassatevi!» urla Oliver. Le volpi britanniche obbediscono, e gli Spitfire scaricano le munizioni .303 British sulla truppa della Wehrmacht.

«Correte!» ordina la volpe della Wehrmacht, e i suoi si liberano delle armi e delle uniformi.

Quando i piloti vedono le volpi tedesche fuggire senza niente addosso, decidono di cessare il fuoco, e danno modo a Oliver e al suo plotone di ricomporsi e di prendere il controllo della situazione. Oliver sa bene che a salvarlo è stato il suo amato e fedele fratello Geoffrey, ma ora non c'è tempo per i sentimenti: c'è una battaglia da vincere.

■ ■ ■

Purtroppo, Archie e Mortimer sono rimasti uccisi, e Cropper ha perso una gamba. Il

---

2 Si tratta di un pasticcio di maiale tipico della cucina britannica. In questo stesso testo, il nome *pork pie* può anche indicare un tipo di cappello a falda stretta, la cui forma ricorda questo tipo di torta salata.

loro coraggio non sarà certo dimenticato, visto che loro – insieme ad altri animali e esseri umani – hanno impedito a una maligna dittatura di impossessarsi del mondo intero.

■ ■ ■

8 maggio 1945: Oliver, Geoffrey, Harold e Creeper, quest'ultimo con le stampelle, si allontanano dai gioiosi festeggiamenti che hanno luogo a Trafalgar Square. Hanno bisogno di un po' di ristoro, e magari di una birra fredda e del buon cibo. Desideravano ardentemente che arrivasse quel giorno, come del resto auspicato dall'intera Europa. Era stato bellissimo vedere la famiglia reale, Winston Churchill e Charles Renard rivolgersi a uomini, donne, bambini, volpi e tassi, oltre che ai coraggiosi orsi bruni e alle volpi d'Europa, che avevano viaggiato fino a Londra per i festeggiamenti. Finalmente, regnavano pace ed eguaglianza, ma purtroppo c'era voluta una guerra per arrivarci.

I fratelli si recano a piedi – o sulle zampe posteriori, per la precisione – nel piccolo pub Crown & Sceptre, situato a Fitzrovia, un quartiere centrale della città. Prima e durante la guerra, il locale era vietato agli animali, senza eccezioni, ma ora sono tutti felici di veder entrare le quattro volpi, per poter celebrare insieme a loro la giornata della vittoria. I fratelli si abbracciano e scambiano battute e racconti, ballano e cantano insieme agli umani, con Geoffrey in uniforme e cappello di paglia in piedi sul pianoforte verticale, che invoglia tutti a intonare canti da pub, come *Knees up Mother Brown*, e altri pezzi popolari, come *Roll Out the Barrel*.

Oliver sarà pure una volpa felice e orgogliosa, ma ha pur sempre fame, e purtroppo per lui le scorte di cibo del pub sono esaurite. Il locandiere gli suggerisce quindi di comprare qualcosa al negozio di sformati e torte salate che si trova proprio dietro all'angolo; potrà poi mangiare in tutta tranquillità all'interno del suo locale. La volpe lascia quindi che i suoi fratelli continuino a festeggiare, e si reca con entusiasmo al negozio, per acquistare tutti gli sformati di pollo e funghi e tutto il pasticcio di manzo che potrà permettersi, o che riuscirà a trasportare.

Non appena entra nel negozio – che si stupisce di trovare vuoto – vede una bella e giovane volpe dietro il bancone, che gli dice: «Santo cielo, sembri davvero affamato! Ti andrebbe uno sformato?»

«Sì, grazie! E… Mmh… Ti andrebbe…»

La volpetta ridacchia giocosamente vedendo il soldato che rimane senza parole. A quel punto Oliver si fa coraggio, e le dice: «Ti andrebbe di unirti a me e ai miei fratelli per una bevuta al Crown & Sceptre?»

«Sarebbe meraviglioso, grazie per l'invito. Mi chiamo Victoria. Spero di riuscire a diventare una giornalista. Sarei la prima volpe a fare questo lavoro».

«Ed io mi chiamo Oliver. Un giorno possiederò una libreria. Sarò il primo della mia specie a possederne una».

Ridono entrambi. È tempo di pace, e Oliver sa bene che questo è il momento giusto per vivere e per coltivare i propri sogni.

3

Alberto e le streghe di Benevento

«Che bella volpe giovane e grassoccia! Non vedo l'ora di farcirla con le noci del nostro albero, e poi di arrostirla viva per la cena di Natale!» ridacchia Diana, una strega bionda, bella e vestita di bianco, rivolgendosi ad Adriana, Benedetta, Caterina e Carlotta, note anche come le streghe di Benevento, di cui Diana è a capo.

La mistica Adriana, con la sua gonna ricamata a colori, la blusa e un foulard in testa, sembra una chiromante da luna park. Rivolgendosi a Diana, dice: «Non dimenticarti di tagliare la gola a quel cucciolo ciccione: dobbiamo drenare il suo sangue».

«Adriana, sei la solita rompiscatole! Certo che Diana se ne ricorderà!» risponde indispettita Benedetta. Anche lei, coi suoi capelli corvini, ha un abbigliamento da maga da baraccone.

Sin da quando si sono unite alla congrega – cinquant'anni prima, precisamente il 31 ottobre 1907 – Adriana e Benedetta sono in forte competizione tra loro, e questo infastidisce profondamente le altre streghe.

«Volete chiudere il becco? Dobbiamo pensare a quella volpe e all'incantesimo» intima Caterina, la più anziana, leggermente in sovrappeso, con i denti marci e vestita interamente di nero, con una sciarpa dello stesso colore. Anche se non è lei la leader, viene percepita come una figura materna per via dell'età e dalla saggezza, e inoltre sua madre Monica era a capo della congrega originale.

Nel 1837, Monica e le sue streghe vennero condannate al rogo nel vicino villaggio di Sant'Agata de' Goti. Caterina fuggì insieme al gatto nero Ettore, il famiglio della congrega, in seguito a un'incursione della popolazione locale nel castello di Montesarchio, dove vivevano le incantatrici. La folla era composta soprattutto da umani, ma anche da una parte delle volpi che si erano di recente evolute: le due specie si erano infatti coalizzate nella lotta al maligno che stava terrorizzando la zona.

La giovane Caterina, in compagnia di Ettore, osservò a distanza l'esecuzione della madre e delle sue amiche. Quella notte, mentre le fiamme lambivano il cielo, la ragazza giurò che un giorno le streghe di Benevento sarebbero tornate. Molti anni dopo, Caterina conobbe la giovane Diana sul lago di Como, mentre viaggiava per l'Italia in cerca di adesioni a una nuova e più spietata congrega.

Diana divenne sempre più forte, e si mise alla ricerca di nuove streghe da reclutare. Per molti anni, lo spietato duo – sempre in compagnia del gatto nero – viaggiò in lungo e in largo per il bel paese in cerca di autentiche streghe, e non di aspiranti tali. Seppero dell'esistenza di Adriana quando a Verona, nel 1901, iniziarono a girare voci sul suo conto: la donna si trovava nella città veneta con una fiera itinerante, presso la quale lavorava. Le tre incantatrici, pochi anni dopo, riuscirono a far evadere Benedetta dal carcere di San Vittore, a Milano, dove era detenuta per un piccolo furto: le nostre erano al corrente dei suoi grandi poteri di strega.

Subito dopo la guerra, Caterina ed Ettore smisero di nascondersi e tornarono a Montesarchio, i cui abitanti precedenti erano misteriosamente svaniti nel pieno della notte. Ai vicini, Caterina disse che era una vedova di guerra, e che le sue tre cugine stavano per trasferirsi da lei: anche loro avevano perso i mariti durante il conflitto. Il giorno dopo, Diana, Adriana e Benedetta giunsero a Montesarchio.

Alla popolazione locale non passò neanche lontanamente per il cervello che si trattasse, in realtà, della nuova generazione delle streghe di Benevento: per loro si trattava di un comune gatto nero e di quattro donne innocue e in lutto, il che lasciò modo alle temibili streghe di portare avanti il loro spregevole piano di conquista del mondo. Secondo Diana, era opportuno reclutare un'altra strega, e nel 1955 Carlotta – che Diana aveva conosciuto durante una visita a Napoli – si unì alla congrega.

Nel 1955, il mondo intero era impazzito per il rock 'n' roll, compresa la diciannovenne Carlotta, il cui piacere più intenso era ascoltare i nuovi dischi di Elvis Presley e di Buddy Holly, di sera, in compagnia del resto della congrega. Tuttavia, il suo amore per la musica rumorosa infastidiva le altre streghe, ma lei non dava loro ascolto, essendo pur sempre un'adolescente.

Ora, all'età di 21 anni, Carlotta non riesce a riposare la notte, visto che continua ad avere visioni di Buddy Holly in pericolo. A differenza delle altre, che vestono in maniera più tradizionale, lei preferisce indossare pantaloni lunghi fino al polpaccio e ballerine dai colori sgargianti. I suoi capelli sarebbero castani, ma essendo una grande ammiratrice di Marilyn Monroe se li è tinti come l'attrice, e potrebbe addirittura essere scambiata per la sua gemella.

Comunque sia, Carlotta non si è ancora data anima e corpo al lato oscuro della stregoneria, come invece hanno fatto le altre. Diana è però certa che lo farà, visto che anche lei, da giovane, era più interessata al proprio aspetto che al sacrificio di poveri animali innocenti da utilizzare in incantesimi malevoli. Inoltre, quando una strega passa al lato oscuro, può vivere almeno fino a trecento anni di età, a meno che non venga arsa viva, gettata in mare o giustiziata in qualche altra maniera.

■ ■ ■

In quanto all'animale che sarà sacrificato per Natale – ossia il giorno dopo – si tratta di una volpe grassa ma felice e gentile, Alberto Bandito, imprigionata in una grossa gabbia d'acciaio appesa sopra un calderone di acqua bollente, situato nella stanza adibita a cucina, all'ultimo piano del castello.

Il padre di Alberto è Mario Bandito di Napoli, un boss della malavita temuto e rispettato in tutta la città e oltre. Sin dalla nascita, Mario è cresciuto nel crimine, visto che suo padre Lorenzo era la migliore volpe borseggiatrice della città campana; oltretutto, questi gli aveva orgogliosamente insegnato a sottrarre i portafogli alla gente.

Mario imparò ben presto a destreggiare la nobile arte, così come a rubare automobili e motociclette, nonché a taccheggiare. Tuttavia, lui e i suoi amici non derubavano mai i negozi della zona, né i propri vicini, ma solo i turisti e i locali frequentati dai ricchi. Mario si paragonava a Robin Hood, che rubava ai ricchi per dare ai poveri, ma a differenza di quest'ultimo egli dava esclusivamente a se stesso. A lui piaceva molto la vita da piccolo criminale, e fu soltanto dopo la terza incarcerazione per un furto di motorini che decise di diventare un vero e proprio criminale.

Anche se Mario era ancora giovane, il giudice Azeglio Vicini pensava che il carcere minorile non fosse adatto a lui, visto che – secondo il magistrato – alla volpe il carcere minorile piaceva. In effetti era proprio così, visto che l'incarcerazione dava a Mario la possibilità di incontrare i suoi amici già condannati, e giocare con loro a carte nel dormitorio, a pallone nel cortile e a biliardo nella sala comune. Inoltre, le giovani volpi, mentre si preparavano da mangiare, parlavano dei prossimi lavoretti.

Il giudice Vicini fece quindi recludere il giovane Mario nella Casa Circondariale di Napoli-Poggioreale, che era considerata la peggiore prigione italiana, visto che era piena di gente incattivita – uomini, volpi, cani, lupi o orsi che fossero. Mario, però, non era spaventato dalla condanna, visto che suo padre Lorenzo aveva qualche amico lì, e uno di questi era Vittorio Mosele, un boss della camorra che lo rispettava e aveva simpatia per lui.

Mosele fece in modo che Mario fosse destinato alla sua grande cella, insieme al resto del suo gruppetto. Nel loro caso, il coprifuoco era meno rigido, visto che Vittorio e i suoi non erano obbligati a spegnere le luci. All'interno della cella, Mosele e il suo seguito – composto soprattutto da uomini e volpi – potevano cucinare, bere vino, giocare a carte e cantare, con i secondini che finivano regolarmente per unirsi a loro. Mario passò ben presto da piccolo criminale a membro a pieno titolo della gang di Mosele, che all'uscita dalla prigione gli chiese di lavorare per lui. La condanna di Mario era di soli dodici mesi, e Mosele stava invece finendo di scontare una pena di due anni per aver contraffatto dell'olio extravergine di oliva di marca Bertolli.

A Mario piaceva essere un gangster, soprattutto per via dell'abito fatto su misura e delle camicie di seta, ma anche perché era rispettato da genitori, amici e vicini. Tuttavia, egli credeva che Mosele lo pagasse meno di quanto gli sarebbe spettato, visto che non solo era bravo a eseguire gli ordini, ma ideava spesso dei piani in grado di far fruttare denaro all'organizzazione. Mario viveva ancora con i suoi e ogni giorno si doveva recare in bici dai Quartieri Spagnoli all'abitazione di Mosele, che si affacciava sul mare e si trovava a viale Anton Dohrn, nel quartiere Chiaia, nella zona esclusiva di Napoli. Secondo Mario, le cose dovevano prendere un'altra piega.

La giovane volpe sapeva che il suo capo era appassionato di pesca, pertanto un sabato mattina gli propose di andare a pescare nel golfo di Napoli, e Mosele accettò con gioia. Mario, come molte altre volpi, temeva l'acqua, ma aveva bisogno di un'occasione trovarsi da solo con il boss, e per poter finalmente discutere le questioni che gli premevano.

Vittorio Mosele non fu più visto da anima viva. Mario raccontò che Mosele era caduto in mare, e che la corrente l'aveva trascinato via. Anche se nessuno, dentro di sé, credeva alla versione dei fatti raccontata dalla volpe, la sua verità non venne mai messa in discussione pubblicamente. L'animale si proclamò leader dell'organizzazione e si trasferì a casa di Mosele, dove vive tuttora. Mario non era uno scemo, e sapeva bene che doveva pagare i subalterni meglio di quanto non facesse il vecchio boss. Aveva comunque bisogno di un braccio destro, che trovò in Diavolo, un Dobermann.

Poco prima di conoscere Diavolo, Mario si era innamorato di Silvia, una volpe forte e grintosa, proprietaria dell'Antica Trattoria e Pizzeria da Donato. Fu proprio lì che si conobbero. Silvia, che si trovava in cucina, sentì il boss che – insoddisfatto del cibo – urlava contro i suoi dipendenti, e lo andò a colpire in testa con una padella: fu amore al primo colpo.

Nel corso di uno dei loro primi appuntamenti, Mario e Silvia – dopo aver mangiato – stavano facendo una piacevole passeggiata lungo il golfo di Napoli, e in spiaggia trovarono un Dobermann dal muso livido e in fin di vita. Il cane era quasi annegato: i due lo soccorsero e lo portarono a casa di Mario.

■ ■ ■

Quel cane era Diavolo, e proveniva dalle strade di Tirana, in Albania. Si trattava di un cane duro, nato da una famiglia dura, che aveva voglia di girare il mondo. Pertanto, dopo la guerra si era imbarcato come mozzo su un peschereccio chiamato Viaqua, nell'intento di inseguire i propri sogni e per potersi godere il Mediterraneo.

Purtroppo, lui e gli altri animali che si trovavano a bordo – i lupi Wilfred e Winston, l'orso Rocco e la volpe Rossi, che al contrario di altri suoi simili non aveva paura dell'acqua – venivano maltrattati dai tre umani dell'equipaggio. Questi erano il capitano Izet, il marinaio Koll e suo fratello Krojan, che aveva un occhio solo. Gli uomini costringevano Diavolo e i suoi nuovi amici a dormire sul ponte, e gli servivano del cibo freddo per colazione, pranzo e cena, mentre loro dormivano in belle cabine accoglienti e mangiavano del buon pesce fresco di giornata.

Una notte – mentre Wilfred, Winston, Rocco e Rossi dormivano rannicchiati uno addosso all'altro per riscaldarsi – Diavolo decise di introdursi in cucina per preparare ai suoi cari amici del buono sgombro e delle patate sauté. Non appena il pesce finì in padella, Krojan entrò di corsa in cucina, brandendo una spada. Diavolo cercò di fuggire e chiamò in soccorso gli altri animali, ma purtroppo non appena giunto sul ponte fece uno scivolone, finendo così per fare un gran tonfo nel mare gelido e nero.

Rocco – il leader naturale degli animali – vide il suo amato amico finire in mare e, dandolo per spacciato, urlò: «Ammutiniamoci!» Gli altri risposero alla chiamata alle armi, e la rivolta si concluse in neanche mezz'ora, visto che Izet e i suoi erano ubriachi fradici, e non potevano certo competere con quattro animali forti e coraggiosi. Per fortuna degli umani, le loro vite vennero risparmiate. Rocco divenne capitano, ma lui e i suoi amici non riuscirono a recuperare Diavolo, che passò una settimana in acqua, galleggiando sul dorso, privo di sensi.

Alla fine, la fortuna sorrise al povero cane, visto che le onde lo stavano trascinando nel golfo di Napoli: un altro po' di tempo, e Diavolo sarebbe morto. Mario e Silvia si presero cura del Dobermann, e si affezionarono subito a lui.

Diavolo, una volta ripreso e tornato in forze, provò subito un forte legame con le due volpi, come se le conoscesse da sempre. Mario gli chiese se avrebbe preferito essere impiegato nel ristorante di Silvia, oppure lavorare per lui. Il cane scelse di entrare nella squadra di Mario, e ben presto si fece un nome nell'ambito della malavita napoletana, per via dei suoi modi spregiudicati e della sua presenza imponente. La volpe sapeva che Diavolo sarebbe stato sempre dalla sua parte.

Di lì a poco, Mario e Silvia si sposarono, e il Dobermann gli fece da testimone. Diavolo, con il suo discorso, commosse i presenti fino alle lacrime, e dopo cena attirò di nuovo l'attenzione con le sue danze. Mario era felice e desiderava una famiglia più ampia.

Alberto Ernesto Bandito è nato il 1 ottobre 1947. Suo padre era in estasi, e così sua madre, e Diavolo lo vedeva come un fratellino minore. Alberto è nato in un mondo fatto di amore, protezione, cibo e, naturalmente, crimine. Tuttavia, crescendo, egli non ha mostrato alcun interesse nel furto, ma piuttosto nel disegno e nella pittura, visto che in questo campo ha un talento naturale. I suoi genitori e Diavolo sono contenti di vederlo felice e lo assecondano nel desiderio di diventare un pittore famoso, il primo tra le volpi.

C'è qualcosa, però, che alla sua famiglia non piace: il suo amore per il cibo, dalla pasta al gelato. A causa di questa sua inclinazione, Alberto sta diventando obeso, ma riesce comunque a risparmiarsi le attenzioni dei bulli, non solo per via di suo padre e di Diavolo, ma anche perché sa tirare di boxe: il Dobermann lo ha infatti istruito quando era ancora molto giovane. A parte ciò, Alberto ha un animo gentile e gioioso e ride e scherza in continuazione: purtroppo, però, sono proprio le sue risate ad attirare le attenzioni sbagliate, quelle di Caterina e Carlotta, le streghe di Benevento.

Un sabato mattina, Caterina e Carlotta si trovano a Napoli per fare acquisti in un mercato all'aperto che si tiene lungo la baia. Caterina vuole acquistare delle candele importate da Haiti e certe erbe che non riesce a trovare a Benevento, mentre Carlotta vuole comprare qualche disco rock 'n' roll e dei nuovi indumenti. A Caterina sarebbe piaciuto poter andare a Napoli volando sulla scopa, ma Diana ha proibito questa pratica. Dopotutto, a Napoli – così come nel resto d'Italia – le streghe sono assai temute, anche se la gente pensa che siano state tutte giustiziate. Diana crede che sia meglio così, e che gli italiani dovrebbero continuare a credere che le streghe non esistono più, fino al giorno in cui queste – insieme ai loro malvagi amici – non saranno pronte a tornare allo scoperto e a conquistare il mondo.

Di conseguenza, Caterina si è trovata suo malgrado a occupare il sedile posteriore della Lambretta Innocenti 150 LD bianca di Carlotta. La giovane aveva visto girare in scooter non soltanto dei ragazzi, ma persino delle famiglie. La prima volta che aveva ascoltato Elvis, se ne era innamorata, e lo stesso è accaduto con la Lambretta e con l'immaginario che la circonda. Carlotta ama la vita.

Mentre passeggiano tra le bancarelle, le due streghe sentono una risata fragorosa. Si voltano entrambe e vedono Alberto che scherza con il pescivendolo: «È perfetto per il sacrificio che ci permetterà di far avverare la profezia» sussurra Caterina a Carlotta.

«Io lo trovo carino!» risponde Carlotta, anche lei bisbigliando.

«Taci! Sai bene che se nel giorno della vigilia di Natale dreneremo il suo sangue e mangeremo la sua carne, potremo fare l'incantesimo chiamato *i sogni dei bambini.*

Questo farà addormentare i bimbi, che avranno incubi fino a morire. A quel punto, potremo finalmente conquistare il mondo. Andiamo ad acciuffare quella volpe cicciona e portiamola a casa!»

«Caterina, è ancora ottobre, dovremmo tenere imprigionato quell'animale per ben due mesi. Nel frattempo, la polizia o la camorra lo ritroveranno, ne sono certa. Guardalo: è il figlio di un boss! Possibile che i tuoi poteri non te lo dicano?»

«Per essere così giovane e sciocca, parli in maniera saggia. Incaricherò il nostro gatto nero, Ettore, di seguirlo e di dargli da mangiare: più ingrassa e meglio è. L'astuzia e le abilità di Ettore gli permetteranno di sopravvivere in strada nei prossimi mesi. Ora, voliamo di nuovo a Benevento e parliamo a Diana del nostro piano!»

Carlotta ride, poi le risponde: «Siamo venute in scooter. Le nostre scope si trovano ancora nella torre. Da quanto tempo devi volare?»

«Dal primo dopoguerra. E tu?»

«Io non l'ho mai fatto, e non so nemmeno se, così su due piedi, ne sarei capace. Appartengo a un'altra generazione, ricordi?»

Di ritorno al castello, l'intera congrega ride in maniera sinistra, con la sola eccezione di Carlotta, che è però piuttosto brava a non lasciar trasparire le sue preoccupazioni. Per quanto riguarda il famiglio, Ettore, non è certo felice di dover passare i due mesi successivi alle calcagna di una volpe giovane e grassa. Quando poi viene a sapere che la sua guardia del corpo è un Dobermann, si sente mancare.

■ ■ ■

A neanche una settimana dall'inizio della missione, Ettore si è già guadagnato la fiducia di Alberto, presentandosi alla finestra della sua stanza quando dormono tutti, oppure sono fuori casa.

«Buonasera, Alberto! Sono io, Ettore, il tuo migliore amico! Ho con me del cibo: non voglio certo che tu muoia di fame. Devi mangiare, Alberto, e poi mangiare ancora, e ancora!»

Alberto non ha certo bisogno di simili incoraggiamenti, visto che il cibo è la sua passione, tanto quanto la pittura. Infatti, il suo amore per la cucina italiana – quella più semplice, così come la più raffinata – sta mettendo a dura prova la famiglia Bandito. Mario, Silvia e Diavolo non vogliono essere cattivi con il più giovane di casa: lo amano molto, e vogliono il meglio per lui. Tuttavia, dopo lo spuntino notturno, Silvia chiude a chiave la cucina, perché non vuole che suo figlio mangi il cibo destinato al giorno successivo. Gli vuole però così bene da lasciargli sempre qualche biscotto in camera, in modo che possa resistere fino all'ora di colazione.

Il giovane è tutt'altro che un eremita: durante l'estate, gli piace giocare a pallone in strada con gli amici. Diavolo lo tiene costantemente sott'occhio, non solo per proteggerlo, ma anche per assicurarsi che non se la svigni per procurarsi un pezzo di pizza. Nei mesi invernali, quando Mario e Diavolo sono fuori per "affari", passa il tempo con sua madre in salotto, oppure rimane nella sua stanza a disegnare. Nell'inverno del 1957, preferisce senz'altro quest'ultima opzione, visto che Ettore si presenta regolarmente alla finestra per portargli dei regali, che possono andare dagli arancini alle lasagne.

La notte della vigilia, il gatto gli chiede: «Ti piacerebbe venire con me nella terra delle torte e della pizza? È qua vicino, e sarà possibile visitarla solo stanotte. Ti va?»

«Sì, ti prego!» risponde la giovane e impressionabile volpe.

«Allora vieni con me, Alberto! Vieni con me!»

Il volpacchiotto, sorridente ed entusiasta, esce dalla finestra, al di sopra della quale, non viste, Adriana, Benedetta e Caterina librano nell'aria, a cavallo delle scope. Quando le streghe lo afferrano, la sua gioia si trasforma in terrore.

Diana aveva detto: «È ora che Napoli sappia che le streghe di Benevento sono tornate!». Questo aveva riempito di gioia Adriana, Benedetta e Caterina. Diana era rimasta a Montesarchio insieme a Carlotta, alla quale – in cuor suo – non piaceva l'idea di rapire una volpe giovane e innocente. Tuttavia, aveva assicurato alle sue compagne che si sarebbe occupata dei preparativi per il sacrificio.

Adriana spinge la volpe scalciante in una balla di iuta tenuta da Benedetta. A quel punto le streghe si allontanano in volo, ridendo fragorosamente. La vista delle creature demoniache che volano nella notte sopra la città di Napoli, così come le loro risate, spaventano i bravi cittadini. Alcuni gli sparano contro dei colpi di pistola, e molti altri urlano: «Le streghe sono tornate!»

Il frastuono proveniente dalla strada allarma Silvia, che sta leggendo in salotto. Il suo intuito di madre le dice che Alberto è in pericolo, e si precipita quindi nella sua stanza, che trova vuota. A quel punto, Silvia cade in ginocchio e scoppia in lacrime…

4

Il terrore delle streghe di Benevento

Alberto, pietrificato dal terrore, si aggrappa al freddo acciaio della grossa gabbia per uccelli che pende sopra il calderone, all'interno della cucina della congrega, che si trova all'interno della torre del castello. Il vapore soffia sul bel muso peloso della volpe, impaurita dalla vista di teschi animali posizionati a mo' di ornamento – insieme a vecchi libri rilegati in pelle – sul mobile di rovere scuro che si trova di fronte alla caldaia nera.

Sulle travi sopra la testa di Alberto sono appese delle erbe, secche ma ancora verdi, che emanano un odore amaro, a differenza del profumo invitante di quelle che usa sua madre in cucina. Sparpagliate in giro per la stanza ci sono innumerevoli grosse candele, la cui luce tremola, apparentemente attraversata da una lieve corrente. Alberto inizia a piangere, perché pensa che quello sfarfallio sia l'ultima cosa che potrà mai vedere, alla fine della sua breve permanenza sulla Terra.

«Guardate, il ciccione sta piangendo!» osserva la malvagia Adriana, facendo scoppiare in una fragorosa risata le altre streghe, con la sola eccezione di Carlotta, che sta volgendo le spalle al resto della congrega, così come al prigioniero. Poi si volta verso le altre, troppo prese dal ridere per rendersene conto. Quando si accorge che Alberto la sta guardando, accenna un breve sorriso, e poi si allontana.

Alberto, da giovane animale astuto quale egli è, sa bene che ricambiare il sorriso sarebbe un errore, perché le altre streghe se ne potrebbero accorgere. Capisce che quello di Carlotta è un sorriso benevolo, e ha bisogno di qualcosa per sopravvivere a questo terribile calvario: una speranza a cui aggrapparsi.

Il volpacchiotto ha sempre saputo della leggenda delle streghe di Benevento, e di come un giorno Caterina sarebbe tornata in Campania per vendicare l'esecuzione di sua madre, Monica. Ma fino a stanotte, ha sempre pensato che si trattasse soltanto di una credenza locale. Quando gli capitava di sentire qualche napoletano che parlava del ritorno delle streghe, si limitava a sorridere e annuire, visto che la sua immaginazione gli suggeriva ben altro: divenire la prima volpe giocatrice di calcio, e quindi diventare capitano del Napoli e della nazionale, oppure vedere i suoi quadri esposti alla Galleria degli Uffizi, a Firenze, dove sarebbero stati la più grande attrazione e gli avrebbero permesso di guadagnare qualche milione di lire. Una volta diventato ricco, avrebbe potuto acquistare la migliore pizzeria della città, e mangiare pizza a colazione, pranzo e cena.

Alberto riflette sulla spaventosa situazione in cui si trova, e una voce nella testa gli dice: «Alberto, non rinunciare ai tuoi sogni: puoi battere le streghe in astuzia! Sei una volpe giovane e furba, sei un Bandito». Alzando la testa, incrocia lo sguardo di Carlotta, che si trova qualche passo più indietro del resto della congrega. Lei gli fa cenno col capo, per fargli capire che è il momento che lui faccia qualcosa. Lui non risponde al gesto, ma sa che deve agire in fretta per salvare se stesso e – anche se non lo sa – il resto del mondo.

A quel punto la volpe, con tono umile, chiede: «Visto che voi meravigliose streghe state per sacrificarmi, posso almeno saperne il motivo? Vi chiedo soltanto questo, e per favore chiamatemi per nome: Alberto!»

«Molto bene, Alberto, come desideri!» risponde provocatoriamente Diana. «Noi incantatrici – e non "streghe", come ci chiama lo sciocco popolo campano – siamo simili a voi volpi. Anche noi siamo creature della natura, e la luce lunare è la fonte dei nostri poteri magici: infatti, grazie al suo bagliore, siamo in grado fare incantesimi. Tantissimi secoli fa, quando l'uomo muoveva i primi passi sulla Terra, i nostri antenati proposero alle volpi di unirsi a noi, ma queste rifiutarono, poiché – dissero – le loro anime appartenevano alla luce, e le nostre all'oscurità. Fu allora che noi…»

«Streghe!» grida Alberto, interrompendola, dando così sfogo alla sua natura sfacciata.

«Non essere insubordinata, brutta volpe cicciona!» ruggisce furiosamente Caterina.

«Caterina, ti prego di calmarti. Ad Alberto non rimane molto da vivere. Ci ha mancato di rispetto perché è nervoso, visto che sa bene che sta per essere sacrificato» risponde Diana in un raro momento di empatia. Quindi riprende il racconto: «Alberto, ti stavo dicendo come, di fronte al vostro rifiuto, vi condannammo a rimanere per sempre delle creature dei boschi, cacciate dall'uomo. Abbiamo spinto gli umani a darvi la caccia, uccidervi e scuoiarvi, nella speranza che un giorno vi sareste estinte, come i dodo. Questi uccelli avevano la magia e la luce nell'anima, quindi convincemmo i marinai olandesi a sterminarli».

Diana prende a ridacchiare, seguita dal resto della congrega, inclusa Carlotta, ma Alberto sa che la ragazza ride per non destare sospetti. La giovane volpe, seduta nella gabbia a zampe incrociate, è sinceramente interessata al racconto di Diana, e la invita a proseguire.

«All'epoca non potevamo sapere che i tuoi simili si sarebbero fatti furbi e, con il tempo, avrebbero imparato a sopravvivere alle battute di caccia».

«La caccia alla volpe era un atto di crudeltà da parte dei ricchi», risponde prontamente Alberto.

«No, Alberto, la caccia veniva condotta da incantatrici e stregoni, uomini e donne nobili che controllavano le campagne, così che i contadini del luogo gli permettessero di abbattervi nel nome dell'onore e della tradizione. Purtroppo, il nostro piano di sterminio fu fatto saltare da un tuo simile, il potente mago Jasper Ludham. Come abbia potuto acquisire i poteri mi è ignoto, ma si dice che una strega ci abbia tradito, e gli abbia infuso della magia nell'anima. Una volta in grado di camminare e comportarsi da umano, conquistò la simpatia del patetico uomo comune, e ben presto la caccia alla volpe venne percepita come una crudeltà, anche se – al contrario – si trattava di qualcosa di grandioso. Pertanto, ora che volpi, orsi, lupi e alcune razze canine camminano su due zampe e parlano come gli umani, il nostro potere si è indebolito, e continua ad affievolirsi ogni giorno di più. Dopo tutto questo, a noi incantatrici cosa rimane? Soltanto dei gatti, stupidi ma obbedienti» ruggisce Diana, puntando il dito contro un Ettore piuttosto impaurito. Poi prosegue: «Comunque sia, secondo la profezia, riavremo indietro i nostri poteri, a patto di trovare la volpe più grassa che si sia mai vista, cucinarla viva e berne il sangue allo scoccare della mezzanotte della vigilia di Natale, per poi fare l'incantesimo *i sogni dei bambini*».

Alberto sussulta, e chiede impaurito: «Cosa significa *i sogni dei bambini*?»

«Sono felice che tu me lo chieda, Alberto. Questa magia farà addormentare i bambini e i cuccioli di volpe, orso, lupo e cane, che inizieranno a fare sogni terribili finché non moriranno. Una volta morti i giovani, da questa Terra spariranno anche gli umani, le volpi, gli orsi, i lupi e i cani. A quel punto saremo noi a governare il pianeta, e i nostri sudditi saranno i *ghoul*[3], i goblin e altre creature della notte. Tuttavia, terremo in vita un po' di umani e alcuni animali, che ci faranno da schiavi.

---

3 Il termine *ghoul* designa, in questo caso, delle creature umanoidi che si cibano di carne umana. Sebbene la voce derivi dall'arabo *ghul* o *gul* – che fa riferimento a entità demoniache femminili – gli esseri malevoli menzionati dalla strega sono più simili agli zombie dei moderni film horror che non ai demoni della tradizione preislamica e poi musulmana.

Ci pensi, Alberto? Il battesimo di questo nuovo mondo più oscuro sarà possibile grazie alla tua carne e al tuo sangue».

Alberto adesso è più infuriato che impaurito, ma da animale astuto quale è riesce e celare le proprie emozioni, e simula un pianto.

«Guardate, piange di nuovo!» ride Benedetta.

«È un peccato che non possiate fare un brindisi alla nuova era» piagnucola Alberto.

«Per quale motivo non potremmo brindare? Se vogliamo bere, lo faremo eccome!» sbotta Diana.

La giovane volpe è felice, perché sa di aver catturato l'attenzione della strega. Quindi le risponde: «Beh, nei bar di Napoli, quelli che si ubriacano con un solo bicchiere di vino, oppure con una birra, vengono presi in giro dagli altri, che gli danno delle streghe, perché – secondo una credenza popolare – le vostre simili non reggono l'alcol».

«Che cosa? Certo che reggiamo l'alcol!» urla furiosamente Adriana.

Alberto, sicuro di sé, risponde: «Beh, se lo dici tu! Io, comunque, resto della mia opinione. Quando ero piccolo, mio padre mi diceva sempre che le donne che barcollavano in strada, ubriache, erano delle streghe».

«Taci, volpe cattiva! Carlotta, vai a prendere del vino in cantina! Facciamo vedere a questa volpe cicciona che sappiamo bere!» ordina Diana.

«Va bene, Diana! Prendo una bottiglia? Due?»

«Prendile tutte! Sì, tutte, e fatti aiutare da Ettore! Faremo una festa» dice la leader delle streghe di Benevento.

■ ■ ■

Neanche un'ora più tardi, e dopo aver bevuto non più di tre bicchieri a testa, Diana, Adriana, Benedetta, Caterina ed Ettore hanno perso i sensi, e ora si trovano a terra, svenuti. Il fatto che le streghe non reggessero l'alcol era quindi la verità, e non solo una credenza popolare. La diceria derivava a sua volta da una leggenda locale: una sera Monica – la madre di Caterina – e le altre streghe di Benevento si sarebbero ubriacate dopo un solo bicchiere di vino in una piccola locanda di Sant'Agata de' Goti, e avrebbero cominciato a vantarsi delle loro vere identità d'incantatrici. La faccenda finì con il loro arresto, seguito dal processo e dall'esecuzione. Il fatto che gli abitanti del paesino fossero tanto coraggiosi da riuscire a respingere le forze oscure è stata un'autentica benedizione: né le streghe né i loro alleati possono più metterci piede, pena la loro sconfitta.

Carlotta, che dopo il primo bicchiere di vino è passata una bibita alla ciliegia, è ancora in piedi, perfettamente sobria. Si precipita quindi alla gabbia, apre lo sportello e il giovane, coraggioso e intelligente – ma in netto sovrappeso – Alberto salta fuori e cade a terra sul proprio posteriore, mancando per poco il calderone.

«Forza, Alberto, dobbiamo scappare! Quando si riprenderanno dalla sbornia, si accorgeranno della nostra fuga e ci verranno a cercare».

Detto ciò, Carlotta tende la mano verso la volpe, che l'afferra con una zampa.

«Useremo la tua scopa?»

«No, non è possibile. Non sono ancora abbastanza brava, ma in compenso con lo scooter me la cavo alla grande. Forza, andiamo, non c'è tempo da perdere!»

Ora che ha ritrovato la speranza, Alberto tiene per mano Carlotta mentre lei lo porta fuori dalla cucina, verso l'entrata principale del castello. Tuttavia, l'ottimismo dei due viene messo a dura prova quando sentono una voce familiare, quella di Ettore, il perfido gatto nero: «Non così in fretta! Hic! Carlotta, ci hai tradito! Tu e il ciccione sarete confinati negli abissi, dove vagherete in eterno… Hic! Come anime smarrite!»

Alberto – la gentile ma combattiva volpe delle strade di Napoli – ricorda bene gli insegnamenti di Diavolo. Si volta quindi verso il malefico famiglio, e gli dice: «Ti reputavo un amico». Con questo non intende certo cercare rassicurazioni, ma spera di confonderlo abbastanza da impedirgli di dare l'allarme.

«Amico? Chi vorrebbe mai essere amico di un idiota ciccione come...»

Ettore non riesce nemmeno a finire la frase che Alberto gli sferra un pugno potentissimo, proprio come aveva fatto l'anno prima il campione dei pesi massimi Rocky Marciano. Il pugile era nato in America, ma Silvia – la madre di Alberto – conosceva sua madre, visto che era originaria di San Bartolomeo in Galdo, un paese della provincia di Benevento, non troppo distante da Napoli. Ancora oggi, le due sono buone amiche e si scrivono regolarmente.

«Bravo, Alberto, ma ora dobbiamo andare: sento mormorare le streghe» dice Carlotta, e afferra la volpe in modo che possano raggiungere porta maestra prima che le streghe finiscano di riprendersi.

I due si precipitano giù per le scale più velocemente che possono, perché da quella fuga non dipende solo la loro sopravvivenza, ma anche quella del resto del mondo: lo stesso Jesse Owens si sarebbe complimentato per quella corsa. I nostri spalancano quindi l'enorme portone di legno rinforzato con l'acciaio, ma non sono ancora liberi, visto che davanti a loro si erge una saracinesca di bronzo. Fortemente determinati, e animati da una forza che non sapevano neanche di possedere, l'animale e la strega gentile riescono ad aprire anche il pesante cancello, sciogliendo le catene che lo tenevano chiuso. Alberto e Carlotta escono finalmente al chiaro di luna, i cui raggi brillano sulla carrozzeria bianca e nera della Lambretta Innocenti 150 LD.

«Wow! Questo sì che è un bellissimo scooter, ma dovrebbe essere azzurro come il Napoli, e invece ha i colori della Juventus» commenta Alberto, sputando a terra in segno di stizza nei confronti della squadra rivale.

«Taci, Alberto! E sappi che sono juventina!» risponde con orgoglio Carlotta. Vedendolo tornare verso il castello, la giovane prosegue: «Dove stai andando adesso?»

«Non intendo certo farmi dare un passaggio da una juventina: mio padre e Diavolo mi disconoscerebbero».

La ragazza furbamente risponde: «Se non vieni con me, non vedrai più la tua famiglia e – a dirla tutta – neanche il resto del mondo. Quindi stanotte – e stanotte soltanto – sforzati di essere amico di una tifosa della Juventus!» La volpe sa che Carlotta ha ragione, perciò la raggiunge di corsa e salta sul sedile posteriore. La giovane strega gli spiega: «Se facessi partire la Lambretta a pedale, il rumore finirebbe di svegliare le streghe, perciò andremo a motore spento fino al fondovalle. Reggiti forte, amico volpacchiotto, sarà divertente!»

■ ■ ■

Gli urli acuti di Alberto divertono Carlotta, che guida lo scooter spento giù per il fianco dell'altura su cui sorge Montesarchio. La ragazza inchioda alla vista di due eleganti lupi in giacca a tre bottoni, ognuno dei quali è alla guida di una Vespa VNB1 di colore azzurro; al loro seguito, due FIAT 500 Topolino e un'Alfa Romeo 1900 SS Cabriolet color argento.

Quando i mezzi si avvicinano, Alberto urla: «Padre!»

«Don Mario Bandito» bisbiglia Carlotta.

I lupi in Vespa accelerano, per poi frenare di fronte alla Lambretta di Carlotta, impedendone così la fuga, anche se in realtà né lei né Alberto hanno alcuna intenzione di scappare. Le ruote delle tre auto slittano in seguito alla brusca frenata, e dagli sportelli salta fuori una piccola legione di volpi e di umani, con l'aggiunta di un cane. Alcuni di loro impugnano delle pistole, mentre altri hanno il fucile.

Alberto salta giù dalla Lambretta, alza le zampe e chiama ad alta voce suo padre e Diavolo, correndogli incontro. Mario e il Dobermann mettono giù le armi e sorridono, e il boss si prepara ad abbracciare suo figlio. Gli uomini e le volpi di Mario puntano le pistole sulla disarmata Carlotta, mentre i lupi ringhianti la tengono d'occhio. Uno dei due le chiede, facendola scoppiare a ridere: «Non tiferai mica Juventus?»

«No, non sparatele! È la mia amica Carlotta, mi ha aiutato a fuggire. Sta scappando anche lei dalle streghe: non le sparate!» supplica Alberto, staccandosi dall'abbraccio del padre.

«Uomini! Volpi! Abbassate le armi! Leonardo e Francesco, calmatevi!» ordina Mario. I subalterni obbediscono: i lupi smettono di bloccare il passaggio a Carlotta e i ringhi lasciano il posto ai sorrisi, visto che ora Leonardo e Francesco sanno che la sosia di Marilyn Monroe è dalla loro parte, e soprattutto ha salvato la vita ad Alberto, il futuro boss.

«Come siete riusciti a trovarmi così in fretta?» chiede Alberto, piangendo di gioia.

«Quando ha iniziato a girare la voce che ti avessero rapito le streghe, l'intera Napoli e il suo circondario ci sono venute in aiuto» risponde Diavolo.

«Sì, questi due lupi di Benevento ci hanno detto che le streghe vivono qui, e che si fingono vedove di guerra» dice Mario, indicando rabbiosamente il paese.

«Bruciamo il castello con tutte le streghe!» latra uno dei lupi.

«No, Leonardo!» dice Carlotta.

«Come fai a sapere il mio nome?» le chiede Leonardo.

«Beh, ho tirato a indovinare. Mario vi ha chiamati entrambi per nome – Leonardo e Francesco – perciò potevo contare sul cinquanta per cento di possibilità» risponde Carlotta, sarcastica.

I due lupi prendono a ridere, seguiti da Mario, da Alberto e dal resto del gruppo.

«Leonardo, Francesco: devo dire che i vostri completi sono bellissimi» osserva Alberto.

«Grazie, signor Alberto!» risponde con fierezza Leonardo.

«E mi piacciono pure i vostri scooter, colore compreso. Tifate Napoli?» chiede la volpe, sempre più curiosa.

«Sì, signor Alberto! Siamo fratelli e tiferemo per il Napoli per tutta la vita» dice orgogliosamente Francesco.

«Carlotta tifa per la Juventus» dice con innocenza Alberto. Nel momento in cui i subordinati di Mario sentono nominare il loro nemico calcistico, tornano a puntare le armi contro la ragazza.

«No!» grida Alberto, e si piazza davanti a Carlotta con le zampe alzate.

Lei, impassibile, guarda Mario e la sua gang, e dice: «Se volete spararmi perché tifo per un'altra squadra fate pure! Se invece preferite che vi dica come sconfiggere le streghe statemi ad ascoltare, anche se non sarà una cosa semplice. A voi la scelta!»

Di fronte alla risposta sicura di Carlotta, gli scagnozzi abbassano di nuovo le armi, rendendosi conto di essersi comportati da sciocchi.

«Vi ringrazio! Allora, come cercavo di dire a Leonardo, non possiamo bruciare il castello. È protetto da un oscuro campo di forza: nel momento in cui le fiamme lambiranno il legno della costruzione, pioverà intensamente, così forte da creare un fossato difensivo. Per quanto riguarda i vostri proiettili, sarebbero perfettamente inutili, a meno che non siano già stati immersi nell'acqua santa, oppure benedetti da un prete: le streghe sono protette dal potere del male».

«E tu? Anche tu sei protetta da questo potere?» le domanda Diavolo.

«No, l'ho perso nel momento esatto in cui ho salvato Alberto, ma per me è una benedizione, perché significa che non mi trovo più dalla parte del male. Sì, sono una strega, una strega buona, ma giovane, e i miei poteri sono limitati. Ma adesso basta parlare di me: presto le streghe si riprenderanno con un bell'*hangover*».

«Quanto hanno bevuto?» chiede Mario.

«Non più di tre bicchieri di vino» risponde Carlotta, divertita.

«Quindi è vero che le streghe non sanno bere» commenta Francesco, facendo ridere gli altri così forte da poter essere uditi in tutto il resto della Campania.

«Smettete di far chiasso, oppure finirete per svegliare le streghe! Se c'è una cosa che odiano, sono gli schiamazzi di gioia» dice la ragazza, quasi bisbigliando.

Tuttavia, l'avvertimento di Carlotta è un po' troppo tardivo: un lampo improvviso, seguito dal fragore di un tuono, annuncia la voce forte e spaventosa di Diana: «Carlotta! Alberto e i tuoi amici moriranno: ho richiamato un esercito di goblin».

Carlotta mette in moto la Lambretta, e Mario e Leonardo fanno lo stesso con i propri scooter, mentre Mario e gli altri corrono verso le auto.

«Dobbiamo andare a Sant'Agata de' Goti, dove i poteri delle streghe non funzionano» ordina Carlotta.

«E se non ci riusciamo?» le chiede Alberto, saltando sul sedile posteriore.

«Allora moriremo per mano dei malefici goblin» risponde Carlotta, allarmata.

5

La grande fuga

Alberto serra le zampe anteriori intorno ai fianchi di Carlotta, mentre piccoli pezzi di terra, sollevati dalla Lambretta, schizzano in aria. La volpe è al corrente della leggenda secondo cui se le streghe di Benevento si dovessero infuriare, un esercito di goblin assetati di sangue si precipiterebbe in Campania. Fu questa la profezia fatta da Monica nel 1837, quando venne arsa viva a Sant'Agata de' Goti, mentre l'altro pronostico, già avveratosi, riguardava appunto il ritorno della congrega. Quella notte, la folla urlante rise della profezia: gli umani, infatti, pensavano che si trattasse di un tentativo estremo di salvare la pelle, e che le sue parole fossero condizionate dall'enorme rabbia e delusione causate dalla cattura. Infatti, dopo aver esercitato per secoli i suoi grandi poteri di strega in giro per la regione, Monica era stata acciuffata a causa di una semplice sbornia. Ma quando, in tempi più recenti, uomini e animali della Campania hanno iniziato ad avvertire una forza oscura nell'aria, in molti hanno cominciato a pensare che la profezia si stesse avverando.

Oggi, alla vigilia di Natale del 1957, le nuove streghe di Benevento non potrebbero essere più infuriate, visto che un'appartenente alla congrega, Carlotta, le ha tradite ed è fuggita con la volpe che avrebbero dovuto sacrificare. Alberto non ha mai avuto tanta paura in vita sua, neanche quella volta che il Napoli stava vincendo in casa uno a zero con la Juventus, e a un minuto dalla fine fu concesso un rigore alla squadra torinese. Per fortuna del giovane animale e degli altri tifosi napoletani, Giampiero Boniperti non riuscì a segnare, e l'intero stadio Arturo Collana esplose in urla di gioia. Ripensando a quella volta, Alberto vorrebbe tanto che, anche oggi, il fato fosse di nuovo dalla sua parte.

• • •

La Lambretta di Carlotta continua a prendere velocità lungo la strada tortuosa e polverosa che collega Montesarchio a Sant'Agata de' Goti. Anche gli eleganti Leonardo e Francesco decidono di accelerare, finendo per sorpassare la giovane, non per spirito di competizione ma per poter difendere lei e Alberto nel caso in cui vengano attaccati di fronte. L'Alfa Romeo 1900 SS Cabriolet argentata – guidata da Diavolo, con Mario come passeggero – e le due Topolino con quattro umani e quattro volpi a bordo affiancano lo scooter della ragazza, anche in questo caso per proteggere lei e il futuro boss.

Mentre l'inusuale convoglio formato da lupi, umani, volpi, un Dobermann e una strega continua ad accelerare, dieci esseri dalla pelle grigia e dai penetranti occhi rossi balzano sulla strada, proprio di fronte al gruppo. Le creature indossano degli elmetti larghi e arrugginiti, giacche e pantaloni verdi – consunti e delle taglie sbagliate – e impugnano delle spade.

Leonardo e Francesco sono due pugili molto rispettati, per via della loro impavidità, tenacia, tecnica e forza. Si sono appassionati alla boxe perché il loro padre e allenatore, Pepe Pugile, è stato il primo lupo napoletano a diventare campione di questo sport. Nel 1948, Pepe andò a New York coi suoi due figli per combattere contro Hans Wolff, un lupo di origine tedesca che era allora il campione locale di pugilato. Si trattò della prima competizione transatlantica tra animali di quella specie, che aprì la strada ai campionati mondiali di boxe per lupi che hanno luogo oggi. Pepe sconfisse l'avversario per KO alla terza ripresa. Più tardi, mentre si stava riposando nello spogliatoio, disse ai suoi figli che, in combattimento, non si sarebbero mai dovuti tirare indietro, e avrebbero sempre dovuto colpire per primi. I due lupi hanno fatto tesoro delle parole sagge del padre, che ora gestisce una palestra di pugilato a Napoli, che nel corso degli anni è stata frequentata da Mario, Diavolo, Alberto e dagli altri scagnozzi. Data la situazione, finora nessuno di loro ha avuto modo di parlare di sport e palestre.

«Nel nome di papà!» ululano Leonardo e Francesco, mentre accelerano più che possono per investire i goblin. Le creature, alla vista dei due lupi in scooter, feroci ma ben vestiti, lasciano cadere a terra le armi e si nascondono tra gli alberi all'argine della carreggiata.

«Vigliacchi!» urla Leonardo, seguito dal potente ululato di Francesco. Diavolo suona il clacson dell'Alfa Romeo argentata, mentre Mario – per schernire i goblin – imita meglio che può il verso dei polli. Le volpi e gli umani all'interno delle Fiat, urlano e applaudono alla stessa maniera in cui fecero quando la Juventus sbagliò il rigore all'ultimo minuto. Alberto stringe amorevolmente i fianchi di Carlotta, e inizia finalmente a godersi questa avventura prenatalizia.

«Sbrighiamoci! Questi erano solo dei goblin esploratori, il peggio deve ancora arrivare» urla Carlotta quando il resto della squadra si è calmato. La ragazza viene presa sul serio, perché gli altri ormai sanno abbastanza di lei: la giovane è infatti nata nel mondo della magia e sa come funziona la stregoneria, buona o cattiva che sia.

«Vuoi dire che arriveranno altri goblin?» le chiede Alberto, che dopo la breve ebbrezza della vittoria è tornato ad avere paura.

Carlotta, rassicurante, risponde: «Ne arriveranno moltissimi, Alberto, ma mantieni la calma! Anch'io, come voi volpi, faccio parte della progenie dei boschi incantati. Ascolta: "Orsi della Campania, chiedo il vostro aiuto! I goblin sono risorti insieme alle streghe, nemici che un tempo hanno ucciso e scuoiato i vostri antenati. Vi chiedo di proteggerci dal loro male"».

La ragazza recita la formula urlando: si tratta del suo primo incantesimo dopo l'uscita dalla congrega. Leonardo e Francesco, che sono ancora al suo fianco, prendono a ululare, ma non in segno di approvazione: lupi e orsi campani non sono certo in buoni rapporti. Alberto decide di ignorarli e tra sé e sé borbotta: «Per piacere aiutateci, orsi della Campania!»

All'improvviso, da dietro gli alberi, si vedono volare delle frecce, e gli scooter e le auto serpeggiano per evitarle. Carlotta sospira mestamente, perché teme che l'incantesimo non abbia funzionato. Quando la strada curva a destra, torna ad accendersi un lume di speranza: l'appiglio è costituito da una chiesetta di pietra scura, che si trova accanto a un pittoresco cimitero.

Carlotta torna ad accelerare e, mentre tenta di evitare le frecce, si posiziona di nuovo tra Leonardo e Francesco. A quel punto solleva la mano sinistra dal manubrio della Lambretta e indica con decisione la chiesa. I lupi fanno cenno di aver capito e la seguono insieme alle macchine. Ci vorrà meno di un minuto per raggiungere la costruzione.

Quando sono finalmente arrivati, i tre scooter e le tre auto parcheggiano più velocemente che possono, e l'intero convoglio si incammina alla volta della costruzione. Diavolo, a testa bassa, si pone alla testa del gruppo e si dirige verso il vecchio portone di quercia. Quando si trova di fronte ad esso, lo apre con una veloce e potente testata, permettendo così a Carlotta e ai suoi nuovi amici di mettersi finalmente al sicuro.

«Per fortuna, dopo secoli di sonno profondo, i goblin arcieri sono fuori allenamento: in caso contrario, saremmo tutti morti. Cioè, tutti tranne te, Alberto, visto che gli occorri per il sacrificio» dice una Carlotta appena sollevata, convinta che la sua magia non abbia avuto effetto. Alberto singhiozza per la paura, cosciente del fatto che lui, la sua famiglia e i suoi amici sono ancora in pericolo.

Diavolo si gratta la testa, che macina vorticosamente, e finalmente rompe il silenzio: «Guardate, c'è un'acquasantiera! Immergiamo i proiettili nell'acqua e facciamo fuori i goblin! Propongo di uscire senza farci vedere, salire sulle colline e attaccare le creature alle spalle. Siete d'accordo?»

«Sì, Diavolo!» rispondono all'unisono gli uomini e le volpi di Mario.

Carlotta, riflessiva e sicura di sé, risponde: «Diavolo, i goblin possono essere uccisi con normali pallottole. Non si tratta di streghe, quindi non c'è bisogno che i proiettili vengano benedetti o immersi nell'acqua santa, e comunque sia i colpi potrebbero soltanto ferirli, e non farli fuori. Quelli che ci aspettano fuori sono gli arcieri che precedono i Berretti Rossi; questi ultimi sono goblin che uccidono umani e animali, e poi intingono il copricapo nel loro sangue. Sono demoni grossi, forti e spietati, che traggono piacere dalla morte. Propongo di lasciare qua i nostri mezzi e sgattaiolare all'esterno, per raggiungere Sant'Agata de' Goti con il favore delle tenebre. Il paese è protetto dal maligno, e lì potremo pianificare le prossime mosse. Non possiamo agire istintivamente, oppure per vendetta, perché non si tratta solo di salvare Alberto, ma di proteggere il mondo dal buio perpetuo».

Diavolo ha una certa esperienza nei combattimenti, pertanto annuisce: ricorda bene come lui e i suoi uomini abbiano spesso sconfitto i nemici pianificando le loro azioni. E infatti, i suoi libri preferiti sono *L'arte della guerra* di Sun Tzu e *The Enchanted Wood* di Enid Blyton.

Alberto, perplesso, commenta: «Perché non ci hanno attaccato le streghe sulle loro scope, insieme a quell'orribile gatto? Dovrebbero averne la capacità, visto il modo in cui mi hanno rapito».

«Qualche strega sulla scopa potrebbe sempre farsi viva, tuttavia le incantatrici preferiscono osservare il caos che hanno provocato dalla sicurezza del castello. Pensa ad esempio alla malvagia Strega dell'Ovest con le sue scimmie volanti! Sto parlando del libro di L. Frank Baum, e non del film di Hollywood» taglia corto Carlotta.

«Chi è L. Frank Baum? È la prima volta che lo sento nominare» chiede Franco, uno degli scagnozzi umani di Mario.

Carlotta sospira, e quindi risponde: «È l'autore del libro *Il meraviglioso mago di Oz*. Con quel romanzo, intendeva avvertire il mondo che le incantatrici e la stregoneria sarebbero tornati. Tuttavia, ad Hollywood trasformarono il suo racconto in un fantasy, facendo credere a tutti che si trattasse di pura e semplice finzione. Scommetto fino all'ultima lira che alcune streghe riuscirono a partecipare alla realizzazione del film».

«Parlavi di scimmie volanti? Esistono veramente?» chiede Marcello, una delle volpi al seguito del boss.

«Sì, esistono, ma non credo che ne incontreremo qualcuna, ammesso che le streghe richiedano i loro servizi. Nikko – il loro capo nel film e nella vita reale – vuole essere pagato profumatamente: lavorare ad Hollywood deve senz'altro avergli dato alla testa. Ho saputo tutto questo da Sophia, una cugina che vive a Los Angeles. È una strega buona, come me» risponde Carlotta, un po' sconfortata.

Alberto, con aria innocente, le chiede: «Somiglia anche lei a Marylin Monroe?»

«No, ma somiglia a Jane Russell» replica l'incantatrice, sinceramente divertita, facendo fare grosse risate a Leonardo e Francesco.

«Tacete, voi due, e fatemi la cortesia di ascoltare Carlotta!» grida Diavolo, interrompendoli. Il lupo ormai sostiene la ragazza in tutto e per tutto.

«Grazie, Diavolo! Non sento più il sibilo delle frecce. Questo significa che presto arriveranno i Berretti Rossi. Dobbiamo sbrigarci!» dice Carlotta.

All'improvviso, la terra inizia a tremare ed è possibile udire il suono di passi pesanti che si avvicinano al portone aperto e danneggiato della chiesa. Leonardo, Francesco, Diavolo, Mario, Carlotta e Alberto, insieme alle altre volpi e agli altri umani, guardano verso l'entrata, pronti a combattere la legione di goblin in arrivo.

«Sono gli orsi della Campania!» grida gioiosamente Alberto.

Carlotta manda un bacio in cielo, mentre Leonardo e Francesco bofonchiano e Mario, Diavolo e il resto della gang abbassano le armi. Un orso vestito con dei jeans di classe, una camicia button-down azzurra con le maniche corte e una spada in mano, entra dentro la chiesa, si piega su un ginocchio e dice: «Signora Carlotta, siamo qua per proteggere lei e don Bandito. È un onore per la nostra banda servirla: siamo venti orsi, ma ne ho convocati altri».

Dopo che l'orso si è presentato, diciannove suoi simili entrano nella chiesetta, che a questo punto è sin troppo affollata. Sono tutti ben vestiti con camicie a maniche corte, pantaloni chino in denim, e alcuni di loro impugnano delle spade, mentre altri hanno dei bastoni. «Che schifo!» sussurra Leonardo a Francesco. Subito dopo, Carlotta gli dà un colpetto sulle costole.

«La tua banda di orsi è la benvenuta. Come ti chiami?» chiede Mario, facendosi avanti. L'orso risponde: «Mi chiamo Giorgio Colombo. Io e i miei fratelli Giuseppe e Giovanni siamo qua per servirvi. Qualche anno fa abbiamo avuto il piacere di ridipingere il vostro ristorante sul golfo di Napoli. Ci avete pagati bene e vostra moglie ci ha fatto mangiare da re».

«Avranno senz'altro fatto un lavoraccio. Gli orsi sono dei furfanti. Ricordi quelli che volevano costruire un muretto per zio Tommaso?» dice Francesco a bassa voce, rivolgendosi a Leonardo.

Carlotta si volta verso i due fratelli e, con aria minacciosa, gli dice: «Se sento un altro commento sugli orsi, vi trasformo entrambi in rospi». Leonardo e Francesco sussultano per la paura, non sapendo che Carlotta non ha ancora imparato l'incantesimo per mutare i lupi in rospi.

Il vigile Giorgio, accortosi del piccolo diverbio tra la strega e i due animali, si alza in piedi e si avvicina al gruppetto, dicendo educatamente: «Leonardo e Francesco, i lupi beneventani campioni di pugilato! È un onore incontrarvi». I commenti lusinghieri di Giorgio fanno apparire dei sorrisi raggianti sul muso dei fratelli. Carlotta ridacchia sommessamente: esaltando l'ego dei due, sarà più facile collaborare con i loro nella lotta contro i goblin.

«Mi ricordo di voi: siete i fratelli Colombo, maestri artigiani. Il vostro nome è rispettato in tutta Napoli, per via della vostra bravura. Una volta risolto questo problemino, vi affiderò qualche altro lavoro. Prima, però, usciamo da questa chiesa e raggiungiamo Sant'Agata de' Goti a piedi!» dice con tono autorevole Mario. Accanto a lui, il suo braccio destro Diavolo, che annuisce con il capo. Dopo i complimenti e gli ordini di Mario, anche Giorgio china la testa.

Carlotta si avvicina al boss, e chiede di poter intervenire. Lui si limita ad annuire: sa bene quanto la ragazza tenga alla sicurezza del gruppo, e soprattutto a quella di suo figlio. La giovane procede: «Siamo a meno di dieci minuti da Sant'Agata de' Goti. Al mio fianco voglio Francesco, Leonardo, Diavolo, Giorgio, Giuseppe e Giovanni. Alle nostre spalle l'armata degli orsi, e dietro di loro Mario e i suoi. In questo modo, creeremo intorno ad Alberto una barriera difensiva formata da una strega, un cane, due lupi, venti orsi e cinque volpi, oltre ad Alberto stesso e a quattro umani. Avverto la presenza Berretti Rossi fuori dalla chiesa: ci stanno aspettando. Da quanto ne so, sono spietati, ma non impavidi quanto si potrebbe pensare. Noi siamo forti e coraggiosi, e sconfiggeremo il maligno».

Carlotta ha parlato come una vera guerriera, e le sue parole sono state accolte da rugli, ululati e applausi dall'ardito esercito che l'incantatrice sta per condurre in battaglia. Quando Carlotta e la leale legione da lei guidata escono nel cortile, si trovano di fronte ciò che si aspettavano: circa trenta goblin che indossano copricapi rossi e armature leggere, armati di asce da guerra. Sopra di loro un'Adriana dall'aspetto mistico, che libra nell'aria a cavallo della propria scopa. Carlotta e Adriana si guardano in cagnesco, e quest'ultima urla: «Traditrice!»

La giovane ride, e poi replica: «Non sono una traditrice: ho visto la luce! Se non altro, non sembro un'indovina da due soldi che si esibisce al mercato».

Adriana sibila, e quindi risponde: «Se ci restituite il volpacchiotto ciccione, le vostre vite saranno risparmiate».

I Berretti Rossi iniziano a battere i piedi per terra brandendo le asce, nell'intento di intimidire la truppa di Carlotta, che è però composta da animali e umani forti e temerari, disposti a rischiare la vita per una nobile causa.

La giovane, orgogliosa e a testa alta, risponde: «Risparmiarci le vite? Ah! Ah! Ah! Mi ricordi la malvagia Strega dell'Ovest descritta da Baum. Non sono solo i tuoi gusti nel vestire sono fermi a secoli fa, ma anche le tue armi. Voi disponete delle accette, mentre noi...»

«Abbiamo delle pistole!» grida Diavolo, completando la frase di Carlotta. Il Dobermann estrae la pistola dalla giacca a tre bottoni dell'elegante ma ormai malconcio completo marrone chiaro, e spara per primo contro un goblin, sfiorandogli la testa senza ferirlo. Tuttavia, l'amato berretto della creatura vola via, facendola urlare di rabbia.

«Saremo pure senza pistole, ma disponiamo del fuoco degli inferi!» urla Adriana, mentre estrae una palla di vetro dalla borsa di pelle che porta a tracolla sulla spalla sinistra. La strega, che è incredibilmente forte, lancia la sfera con grande energia in mezzo agli orsi. Quando l'oggetto cade, si ode un boato, simile a quelli che accompagnano le eruzioni dei vulcani, e subito dopo un fulmine rosso illumina il cielo. Quando iniziano a piovere fiamme, gli orsi scappano per evitare di esserne colpiti e bruciare vivi.

Marcello, che a Napoli gode la fama di un buon tiratore, punta il fucile e fa fuoco contro la strega, colpendola in pieno ma senza riuscire a ferirla. «Stupida volpe, i vostri proiettili sono inutili contro di me. Prendi questo!» urla Adriana allo scagnozzo, per poi gettargli contro una cordicella, che si trasforma in un cobra reale. Marcello lascia cadere la pistola e si rifugia dentro la chiesa, inseguito dal velenosissimo rettile.

«Mario, tornate insieme ai vostri nella chiesetta e aiutate Marcello! Alberto, segui tuo padre!» ordina Carlotta. Parlando a bassa voce, esorta Diavolo a intingere i proiettili nell'acqua santa, e quindi torna al suo tono autorevole: «Lasciate con me due volpi o due umani armati. Giorgio, vai a cercare i tuoi orsi! Francesco, Leonardo, Giuseppe e Giovanni: restate con me!»

Il plotone ormai ridotto di Carlotta fronteggia un'Adriana dall'aria compiaciuta, che vola sulla scopa al di sopra dei Berretti Rossi, uno dei quali è senza berretto, grazie a Diavolo. Le creature hanno un aspetto feroce e sono pronte alla battaglia. La giovane non aveva previsto che, insieme ai goblin, sarebbe arrivata pure la sua nemica, con a tracolla una borsa di cuoio contenente un intero repertorio di incantesimi infernali.

«Carlotta, ti concedo un'ultima possibilità: restituiscimi quella volpe cicciona di Alberto, oppure i miei goblin uccideranno sia te che i tuoi amici! Sai bene che le vostre pistole non possono nulla contro i miei poteri. Arrenditi, Carlotta, finché puoi!» dice con aria sinistra e trionfante Adriana.

Carlotta si asciuga una lacrima, e poi si rivolge a Francesco, Leonardo, Giuseppe e Giovanni: «Non possiamo perdere! Non ce lo possiamo permettere!»

Adriana, dopo aver udito le parole dell'ex-appartenente alla congrega delle nuove streghe di Benevento, ridacchia come solo una strega sa fare, e poi dice: «Mi sembra che abbiate già perso!»

6

La battaglia di Sant'Agata de' Goti

Dopo aver ascoltato la presuntuosa dichiarazione di Adriana, Carlotta lancia un'occhiata a Francesco e Leonardo, e dice: «Allora, ragazzi: chi vuole tentare la sorte?»

Leonardo, il più grande, si toglie con calma la giacca a tre bottoni fatta su misura, la piega accuratamente e l'appoggia con delicatezza a terra, quindi risponde: «Ci provo io!»

Il temerario lupo corre verso i Berretti Rossi, che fuggono in ogni direzione per paura di quello spaventoso animale. Adriana lo guarda sorpresa, ma lo stupore si trasforma in sconcerto nel momento in cui lui salta in alto e afferra il manico della scopa.

«Lasciami andare, lupo pazzo e schifoso!» urla la strega, ma il coraggioso e forte Leonardo, sospeso a mezz'aria, continua a scrollare la scopa, mettendo in pericolo anche se stesso. L'obiettivo dell'animale è quello di far cadere a terra la borsa di cuoio di Adriana, contenente i suoi potenti incantesimi. Il coraggio ripaga: la scopa oscilla tanto che l'incantatrice è costretta ad afferrare il manico con entrambe le mani, e la sacca scivola lungo il braccio sinistro, fino a cadere tra i cipressi che costeggiano la strada.

«No!» urla Adriana. La borsa, precipitando, spezza diversi rami e poi esplode al contatto col duro suolo polveroso, impedendo così alla strega di utilizzare le armi magiche di distruzione.

Mentre le fiamme si innalzano tra gli alberi, Leonardo – che si trova ancora a mezz'aria, aggrappato alla scopa – fa un salto mortale all'indietro e atterra in strada, finalmente al sicuro.

L'esplosione e l'acrobazia del lupo fanno trasalire tutti, dalla piccola truppa di Carlotta ai Berretti Rossi assetati di sangue. Fa eccezione Adriana, che salta giù dalla scopa nel momento in cui le fiamme le lambiscono il sedere, facendole così fare una capriola volante. Mentre in una gara di atletica l'acrobazia di Leonardo gli avrebbe fatto vincere la medaglia d'oro, l'atterraggio della strega è piuttosto maldestro, visto che cade sulle ginocchia, urlando per il dolore. Quando riesce ad alzarsi, spazza via la polvere dal vestito e guarda con odio Leonardo, orgogliosamente in piedi di fronte a lei. Si volta poi verso i disorientati goblin, e gli impartisce un ordine: «Uccidete tutti tranne quel sudicio lupo: a lui ci penso io!»

I goblin dal berretto rosso – compreso quello che, grazie a Diavolo, è rimasto senza berretto – innalzano le accette verso la luna e gridano: «Uccidere! Uccidere! Uccidere!»

Giuseppe, che si trova di fronte a Carlotta, impugna la spada con coraggio e determinazione, guarda in cielo e grida: «Fratelli orsi della Campania, noi non scappiamo dal fuoco! Vi ordino di tornare: dobbiamo lottare contro il maligno!»

Qualcuno si rivolge a Giuseppe: «Risparmia il fiato, orsacchiotto! Ti ucciderò a colpi di accetta, e stanotte la tua pelliccia mi farà da coperta!»

La voce malvagia appartiene a un goblin: l'orso lo guarda senza mostrare alcun timore, ma in cuor suo spera che i suoi animali obbediscano e ritornino in fretta.

■ ■ ■

Leonardo guarda la malridotta Adriana e, con calma, le dice: «I tuoi incantesimi sono finiti, non puoi farmi più niente. Vattene, prima che ti sistemi a dovere!»

«Ah, so chi siete tu e tuo fratello, e conosco pure vostro padre, Pepe: siete dei *boxeur* dilettanti! Fatti avanti! Non arriverai alla fine del primo round» risponde un'Adriana sicura di sé, mettendosi in posizione di guardia destra, come un'autentica pugile.

Leonardo non sa che Adriana, mentre era in cerca di una congrega che le permettesse di potenziare le sue capacità, aveva fatto l'indovina in una fiera itinerante: ecco perché si concia ancora in quella maniera. Adriana, però, non era in grado di indovinare nemmeno quale lavoro svolgessero le persone che si rivolgevano a lei – e non ci riesce tuttora – pertanto il suo stand era sempre vuoto. Fu quindi costretta a imparare la nobile arte e divenne campionessa di boxe da fiera, in modo da guadagnarsi di che vivere. Ebbene sì, quando le streghe hanno bisogno di denaro, se lo procurano a modo loro.

I combattimenti si svolgevano più o meno in questo modo: gli uomini, nella convinzione di poter rimanere in piedi fino alla terza ripresa contro una donna vestita da zingara, finivano per mettersi in imbarazzo di fronte alla propria partner o alla propria famiglia, visto che venivano regolarmente sconfitti e perdevano il proprio denaro. Adriana vinceva sempre al primo round, mettendo KO gli avversari.

Leonardo è cresciuto nel mondo del pugilato, e vista la posizione assunta dall'incantatrice capisce subito non si tratta di una dilettante. A quel punto si rimbocca le maniche della camicia bianca – ormai sporca e un po' bruciacchiata – e assume la sua solita posizione di guardia mancina.

Adriana e Leonardo si avvicinano con cautela, muovendo lentamente le braccia come farebbe qualsiasi altro pugile. Leonardo attacca per primo con tre rapidi colpi, ma Adriana si muove con grande rapidità e risponde con un montante destro allo stomaco. Se il lupo non si tirasse leggermente indietro, rimarrebbe senza respiro, ma in questo modo riesce ad assorbire il colpo, e poi contrattacca con un gancio sinistro. Per quanto la strega abbia una certa esperienza, è comunque troppo lenta per bloccare o evitare il pugno, che le arriva dritto al lato del costato.

Stupidamente, Leonardo crede che questo basti a mettere fuori combattimento la navigata pugile. Lei, invece, si mette a ridere nel momento esatto in cui viene colpita: «È questo il massimo che sai fare, lupacchiotto?»

Subito dopo, colpisce duramente Leonardo con un montante sinistro proprio al centro del suo grosso muso nero. Gli occhi del lupo lacrimano per il dolore, impedendogli di vedere bene, e la strega gli sferra un classico gancio sinistro al lato della testa. Leonardo barcolla fin quasi a cadere, ma le zampe posteriori rimangono ancorate saldamente a terra. Come il lupo aveva sottovalutato Adriana, pensando di averla sistemata con un pugno sul costato, così l'incantatrice si illude di averlo messo KO. Ma Leonardo, al contrario di lei, invece di perdere tempo a schernire l'avversario, reagisce in fretta con una combinazione diretto mancino, gancio e cross, tanto potente da far cadere al suolo Adriana.

«Brutto lupaccio!» urla la strega, ancora seduta a terra.

Leonardo, devoto alle regole del marchese di Queensberry, rimane in piedi di fronte a lei, e inizia a contare ad alta voce: «Uno, due, tre, quattro… Ahi!». La strega gli ha sferrato un calcio con la gamba destra, proprio dove fa più male. Il lupo vola letteralmente in aria e poi cade sul fianco destro. Adriana, vedendo l'avversario a terra, inerme, si alza più in fretta che può, raccoglie il sasso più grande che riesce a trovare e si dirige verso di lui per ucciderlo.

■ ■ ■

«La tua accetta dovrà fare fuori venti orsi, e non solo me!» grida Giuseppe al Berretto Rosso, indicando gli orsi della Campania che tornano verso la chiesa, dopo aver rischiato di essere arsi vivi dalle fiamme dell'inferno.

«Ti stai dimenticando delle volpi e degli uomini armati!» si sente urlare, mentre Diavolo, Alberto, Mario, Marcello – che tiene in braccio la carcassa del cobra reale – e il resto della gang marciano solennemente fuori dalla chiesetta.

«Ci sono pure gli abitanti del villaggio!» grida a sua volta Alberto, alla vista della grande folla di umani, volpi e cani che scendono dall'altura su cui sorge Sant'Agata de' Goti, impugnando delle torce.

I goblin dal berretto rosso guardano prima il piccolo esercito di Mario e Carlotta, e poi osservano la moltitudine di abitanti del luogo, che continuano ad avvicinarsi urlando: «Uccidiamo la strega! Uccidiamo i goblin!»

A quel punto i Berretti Rossi lasciano cadere le accette e urlano: «Scappiamo!»

«Dobbiamo inseguirli, signora Carlotta?» domanda Giorgio.

«No, recuperiamo Alberto e gli altri e mettiamoci al sicuro a Sant'Agata!» risponde la provata incantatrice, e le sue parole sono accolte da sonori applausi. Dato il trambusto, sembrano tutti essersi dimenticati del combattimento tra il lupo e la strega.

All'improvviso, con la coda dell'occhio, Diavolo vede Adriana che regge una pietra sopra la testa, davanti a Leonardo, ancora privo di sensi. Come lo sceriffo di un film western, il Dobermann tira fuori la pistola e le spara nel didietro, usando un proiettile che aveva immerso nell'acqua santa. La strega grida per il dolore acuto e lascia cadere il sasso.

Adriana, che era fin troppo presa dal tentativo di uccidere il lupo, si rende finalmente conto della fuga dei goblin, e capisce di essere sola e impotente. A quel punto mette l'indice e il pollice in bocca, e fischia: la scopa volante ricompare per magia, illuminata dalla luce lunare, e poi vola giù fino all'altezza della sua vita. L'essere malvagio salta sopra la scopa e scuote il pugno con rabbia in direzione di Carlotta e Alberto, e quindi fugge nel buio della notte.

«Uccidila, Diavolo!» grida Marcello.

«No! Non di fronte ad Alberto!» urla severa Carlotta.

«Già, lasciala perdere! Ci occuperemo di lei in seguito. Ora andiamo in paese e festeggiamo la vigilia!» dice Mario. Non vuole certo che il suo amato figlio assista alla morte di qualcuno.

Le parole del boss vengono accolte con un'ovazione sia dalla gang che dagli orsi, mentre Alberto esegue dei passi di bebop, facendo sorridere tutti.

«Don Bandito, vi diamo il benvenuto a Sant'Agata de' Goti» dice una voce autorevole, sovrastando il rumore dei festeggiamenti.

Mario esercita il ruolo di leader alzando le zampe al di sopra della testa, e quindi abbassandole, facendo così cessare gli schiamazzi. Quando si volta, vede un uomo corpulento e ben vestito, con un paio di grossi baffi neri: «Sono Enzo Robotti, il capo del paese. Il mio bis-bisnonno coprì il mio stesso ruolo, e pose fine al regno del terrore in cui vissero i nostri antenati a partire dall'arrivo delle streghe di Benevento. Vi prego di seguirci nel nostro umile villaggio, dove prepareremo una festa. Vi ospiteremo nelle nostre case, e lì potrete fare un bagno e dormire. Domani, festeggeremo il Natale nella piazza principale, insieme a voi».

Tutti quanti, dagli abitanti del centro agli orsi della Campania, applaudono come non hanno mai fatto prima, e quindi seguono Enzo e Mario lungo la strada che conduce al paese.

. . .

«Mamma, sono salvo!» dice un trionfante Alberto a sua madre, approfittando della presenza di un telefono pubblico all'interno della pizzeria di Lorenzo, a Sant'Agata de' Goti.

Il locale è di Salvatore Cameriere, un morbido e peloso cane maremmano. Suo nonno Paride non ne poteva più di avere a che fare con le pecore, quindi iniziò a lavorare lì come dipendente. Non ci volle molto, però, prima che Paride imparasse alla perfezione l'arte della pizza, capacità poi trasmessa al primogenito Lorenzo, che nel dopoguerra acquistò la pizzeria. Una volta andato in pensione, il locale passò a Salvatore, che oggi è probabilmente il miglior pizzaiolo della regione. Il maremmano è stato corteggiato dai proprietari di tutte le pizzerie delle vicinanze, con l'inclusione di Napoli, ma lui non ha mai neanche considerato l'idea di trasferirsi, tanto ama il suo paese. Inoltre, il simpatico e talentuoso cane trema al solo pensiero di dover vivere e lavorare nel capoluogo campano.

Alberto ha fatto i salti di gioia quando ha saputo che lui e Diavolo avrebbero dormito nell'appartamento che si trova sopra la pizzeria di Lorenzo, e che Salvatore avrebbe preparato della pizza per loro, per festeggiare il Natale. Tuttavia, da bravo volpacchiotto quale egli è, il suo pensiero maggiore era quello di contattare sua madre, visto che – soltanto tre ore prima – pensava che non l'avrebbe più potuta abbracciare.

Silvia cade in ginocchio dalla commozione nel sentire la voce dolce e un po' stridula del figlio, e dice: «Alberto, ero sicura che stessi bene. Sei un Bandito, e sei all'altezza del nome della famiglia. Sapere che ora sei del tutto al sicuro è il miglior regalo di Natale che avrei mai potuto ricevere».

Alberto avverte l'amore di sua madre e inizia a piangere così forte da non poter parlare, e passa quindi il telefono a Mario, che si trova dietro di lui: «Silvia, chiama Vincenzo e digli di portarti qui in serata! Digli che voglio venti delle mie volpi e dei miei uomini, e che questi devono immergere i proiettili nell'acquasantiera più vicina! Voglio un convoglio di sette automobili, e tu devi trovarti in quella al centro. Io e il resto della banda ci dirigiamo verso Napoli: ci incontreremo lungo la strada. Alberto qua è al sicuro, e inoltre Diavolo baderà a lui».

«Va bene, Mario, chiamo subito Vincenzo. Ci vediamo presto! Ti amo» dice con gioia Silvia, incredibilmente sollevata. Non vede l'ora di passare la sera della vigilia e il giorno di Natale con suo figlio e suo marito in un bel posto, circondata dall'amore e dalla felicità.

Mario e il suo gruppo formato da quattro volpi e quattro umani salutano gli altri e vanno incontro a Silvia, per poterla poi scortare fino a Sant'Agata. Salvatore e Diavolo promettono a Mario che nel frattempo si prenderanno cura di Alberto, che sta trascorrendo il miglior Natale della sua vita.

Il volpacchiotto trangugia un altro pezzo di pizza, ed è felice di veder entrare nel locale tre orsi della Campania – i fratelli Giorgio, Giuseppe e Giovanni Colombo – e i due lupi di Benevento – Leonardo e Francesco Pugile – che scherzano e ridono tra loro.

«A quanto pare siete diventati amici» dice con gioia Alberto.

«Quando si combatte il maligno insieme a qualcuno – umano, volpe, lupo o orso che sia – si diventa amici per sempre» risponde Leonardo, di buon umore e leggermente ubriaco.

«Salvatore, cinque pizze con la cipolla, per piacere!»

«Accomodatevi pure al tavolo del signor Alberto e del signor Diavolo. Vi servirò la migliore pizza che abbiate mai assaggiato» dice Salvatore, indaffaratissimo ma ancora di buon umore, mentre sua moglie Monica – anche lei di razza maremmana – esce dalla cucina e apparecchia per i nuovi arrivati.

Alberto guarda Leonardo e Francesco e poi, con tono innocente, gli dice: «Credevo che i lupi fossero "creature della notte", come diceva Bela Lugosi in *Dracula*. Quando vedevamo un lupo passeggiare per Napoli, mio padre citava sempre quella battuta».

«Ah, Bela Lugosi! È così fifone che non ha avuto neanche il coraggio di rispondere, quando mio padre, ad Hollywood, gli ha bussato alla porta» risponde Francesco, leggermente scocciato.

Leonardo conferma: «È vero, Alberto. Non solo la nostra famiglia, ma qualsiasi lupo al mondo odia quella battuta, perché fa pensare alla gente che siamo cattivi. Siamo ancora in contatto con un avvocato di New York: abbiamo intenzione di citare in giudizio Bela Lugosi e il regista Todd Browning per discriminazione ai danni dei lupi. Siamo creature della natura – esattamente come le volpi e gli orsi – e non della notte. E poi, come dovrebbe sapere chiunque, qualsiasi nostro simile, di notte, preferisce fare una bella dormita» conclude il lupo, chiudendo il discorso con una frase scherzosa, tanto per non rovinare la bella atmosfera.

«Ecco, capisco… Ma dov'è Carlotta?» chiede Alberto, rendendosi conto che l'eroina che lo ha salvato non si è ancora fatta vedere.

«Non preoccuparti: è qua fuori, sta chiacchierando con degli uomini del paese» lo rassicura Giovanni, mentre mangia dei grissini in attesa della pizza.

«Grazie, Giovanni!» dice Alberto, e si precipita all'esterno del locale per cercare la sua nuova migliore amica.

La ragazza è seduta con disinvoltura su un muretto, a ridosso delle mura cittadine, mentre due begli uomini del posto cercano di attirare la sua attenzione. Alberto non è affatto sorpreso, visto che ai suoi occhi Carlotta è la risposta italiana a Marilyn Monroe. Quando i due vedono avvicinarsi il figlio ed erede del boss, lo salutano educatamente e gli augurano un buon Natale, poi si allontanano in fretta.

Alberto dice: «Mi dispiace di aver spaventato i tuoi ammiratori. Vuoi che gli chieda di ritornare?»

Carlotta ridacchia e lo accoglie tra le braccia. I due si stringono affettuosamente, e poi la giovane – con tono gioioso – gli dice: «Grazie per avermi salvato e per avermi donato il miglior Natale di sempre».

«Io ti avrei salvato? E come?» le domanda il sempre curioso volpacchiotto.

«Quando in ottobre ti ho visto al mercato…»

Alberto, eccitato, la interrompe: «Ora mi ricordo di te: ti avevo scambiata per Marilyn Monroe».

«Che Dio ti benedica, Alberto! Ti ho visto ridere e mi sei sembrato così innamorato della vita, non ho potuto far altro che ammettere di non essere una persona cattiva. So che sono una strega: me ne resi conto quando avevo solo tre anni. Tuttavia, avevo imboccato la strada sbagliata, e per qualche tempo mi sono arresa al maligno. Ma dopo aver visto un volpacchiotto allegro come te, ho dovuto mentire al resto della congrega, raccontando che un contadino stava cercando insistentemente di comprare il terreno di una mia zia povera, e che pertanto sarei dovuta tornare a casa per maledirlo. Non tornai affatto a casa: presi il traghetto per la Sardegna, per passare del tempo da sola, immersa nella natura. Sotto il cielo stellato, evocai i miei avi per capire veramente chi sono, ed ebbi la risposta che cercavo: Alberto, io discendo da una lunga stirpe di streghe buone, protettrici della natura e nemiche del male. Sono l'ultima della progenie a conservare un aspetto umano. Fu la mia trisnonna Luna a dare a Jasper Ludham la facoltà di camminare e parlare da umano. Sapeva che delle volpi evolute avrebbero potuto portare bellezza e amore al mondo».

«Oh, cavolo!» esclama Alberto.

«Oh, cavolo veramente! Una volta venuta a sapere della mia vera identità, mi sono informata sull'incantesimo chiamato *i sogni dei bambini*. Quando mi hanno spiegato che avrebbe portato l'oscurità sul mondo intero, ho capito che il mio destino era fermare questo sortilegio. Ora dimmi: quando Ettore ti ha attirato fuori di casa, ti ha graffiato?» chiede Carlotta, con aria preoccupata.

«Sì, quel gatto ciccione mi ha graffiato. Guarda, ho ancora il segno sulla guancia sinistra!» risponde con rabbia Alberto.

«Questo significa che sei stato maledetto dalle streghe, e che non si fermeranno finché non saranno riuscite a sacrificarti» gli spiega Carlotta.

«Oh, no! E tu non puoi liberarmi dalla maledizione?» chiede Alberto, che ovviamente dopo la rivelazione è piuttosto preoccupato.

«No, non posso: dev'essere un'altra volpe a farlo. Come ti dicevo, sono l'ultima della mia stirpe sotto forma umana, ma oltre a me c'è un'altra discendente, l'ultima con aspetto di volpe. L'unico problema è che non sa di essere una strega… O meglio, lo deve ancora scoprire! Solo lei può sciogliere il sortilegio e salvare il mondo» dice Carlotta, rinnovando il sostegno all'amico peloso.

«Trovala, e mio padre le offrirà qualsiasi cifra gli chieda! Altrimenti prenderemo in ostaggio i suoi amici» dice il figlio del boss.

«Alberto, in questo caso i metodi di tuo padre non funzioneranno. Dobbiamo andare a Foxham, un paesino del Norfolk, in Inghilterra».

«I miei genitori ci sono stati,» risponde con un pizzico di vanità Alberto, «ma ero troppo piccolo per andare con loro».

«Bene. A Foxham ci sono un antico manoscritto e una bottiglia contenente del liquido magico di colore blu. Questi oggetti provengono dalla Barbagia e permettono di annullare il sortilegio. Ad usarli, però, deve essere Trudi Milanesi, una volpe originaria di Milano. Dopo la guerra, Trudi ha lasciato l'Italia con sua nonna, anch'ella una strega, ma senza poteri. Ora le due gestiscono una casa di cura per volpi ferite e un caffè».

«Ma è di Milano! Mio padre lo dice sempre: mai fidarsi di un milanese!» enuncia Alberto.

Carlotta, ridacchiando, risponde: «Lascia da parte i pregiudizi regionali!»

«E questo cosa significa?» chiede il volpacchiotto, confuso.

«Significa provare antipatia per qualcuno solo perché è nato in un posto diverso dal tuo», gli spiega Carlotta.

«Oh, capisco!» risponde Alberto, tanto per tagliare corto.

«Alberto, per piacere, ascolta! Si tratta di una cosa importante. Appena trascorso il Natale, tu e la tua famiglia dovrete andare a Foxham, e rimanere lì fino al giorno di Pasqua, che sarà il 6 aprile. La sera di quel giorno, dovrai entrare nella torretta che si erge sul municipio medievale di Foxham. Una volta lì, ti sdraierai con il muso rivolto verso la luna, e ti farai versare addosso il liquido magico. Quando mancherà un minuto a mezzanotte, Trudi leggerà il testo del manoscritto: si romperà l'incantesimo e le streghe saranno sconfitte, e con loro i malvagi alleati. Ma finché il portale magico rimarrà aperto, le incantatrici avranno la possibilità di sopraffare Trudi e sacrificarti sul posto. Se questo accadesse, perderemmo sul serio. Le streghe stanno diventando sempre più forti: l'esercito che abbiamo sconfitto oggi era debole, ma entro una settimana o due le cose cambieranno. Gran parte della gang di Mario dovrà rimanere in Campania, per difendere la regione» dice Carlotta. Poi, riflettendo, aggiunge: «È importante, però, che gli uomini e gli animali di tuo padre non sappiano della profezia: se avessero troppa paura, non riuscirebbero a difendere Napoli, né tantomeno le zone circostanti».

Alberto deglutisce, e poi dice: «Oh, cavolo! Verrai anche tu in Inghilterra? Ti prego!»

«Alberto, sono la tua amica e la tua protettrice. Fino ad allora, sarò con te».

«Questo significa che dopo il 6 aprile non saremo più amici?»

«Saremo sempre amici. Ma ora basta, godiamoci il Natale! Presto tua madre sarà qui e festeggeremo come si deve. Quella pizza ha veramente un buon profumo!»

«Sì!» grida Alberto, saltando di gioia.

7

Trudi Milanesi e Charlie il ribelle

«Sei una piccola volpe malvagia, Charlie Renard! Sei la vergogna di tutte le volpi di Foxham!» urla l'altrimenti amabile e premurosa Trudi Milanesi, una volpe allegra e un po' in carne che nel dopoguerra, quando era ancora una cucciola, lasciò l'Italia con sua nonna Anna, in seguito alla morte di nonno Silvio.

Anna e Silvio erano gli umili ma fortunati proprietari di Palazzo Silvio, un pittoresco ed elegante hotel ristorante nella zona di Porta Magenta, a Milano. L'albergo vantava quattordici lussuose camere con letti giganteschi e bagni indipendenti, e il ristorante era noto per la deliziosa cucina tradizionale e casereccia: un *must* per i milanesi. Quando si trovavano lì, i giocatori del Milan e dell'Inter mettevano da parte la rivalità calcistica, vista l'atmosfera serena e divertente che li circondava: chiunque, dai VIP alle volpi fattorino, adorava gli eccellenti piatti di Anna Milanesi. Ma soprattutto, era proprio all'interno della cucina che la giovane Trudi si sentiva più felice e amata.

Trudi era l'unica cucciola di Gigi e Lucinda Milanesi, ma purtroppo per lei i genitori non le dimostravano molto affetto: suo padre avrebbe preferito che il suo primogenito ed erede fosse un maschietto. Quando il 1 settembre 1936 Lucinda diede la luce a una volpetta, Gigi disse che non ci sarebbero stati altri cuccioli, e che sua figlia si sarebbe chiamata Schiava e sarebbe stata cresciuta come una serva. Per fortuna della piccola, i genitori di Gigi – Anna e Silvio – si trovavano in ospedale al momento della nascita, e udirono le frasi crudeli e deplorevoli di loro figlio. Anna lo guardò e, con le lacrime agli occhi, gli disse rabbiosamente che lei e suo marito l'avrebbero allevata come se fosse loro, e che l'avrebbero chiamata Trudi. Gigi voltò le spalle a sua madre e le disse: «Allora prendetela voi! Non ho alcuna intenzione di rivederla». I nonni della piccola presero con sé la piccola e uscirono in fretta dall'ospedale. Ad oggi, Trudi e suo padre si sono incontrati soltanto poche volte.

■ ■ ■

Al momento della nascita, Anna capì subito che sua nipote era una strega buona, dato che pure lei lo era, anche se le sue capacità d'incantatrice erano molto limitate. Inoltre, la volpe era molto diffidente nei confronti del figlio, che si era venduto l'anima molti anni prima. A causa di ciò, Gigi detesta tutto ciò che è naturale, bello e gioioso, ed è proprio questo il motivo per cui ha rifiutato sua figlia. Anna sapeva che la piccola doveva essere protetta sia da lui che dalla guerra, visto che questa era già nell'aria.

■ ■ ■

Dopo la guerra, l'infanzia di Trudi poté proseguire serenamente. A scuola era benvoluta dai bambini, dagli altri volpacchiotti e da Marco, un cucciolo di orso. Tanto era forte, empatica e sicura di sé, che si affermò presto come la leader della classe, così come del cortile della scuola: in genere era lei a riportare la calma quando i suoi amici erano troppo agitati, e questo piaceva molto agli insegnanti umani, così come all'unica docente volpe.

La popolarità di Trudi non poté che risentire positivamente della sua bravura a calcio e, in particolare, a porta. Era proprio quando giocava a pallone che la sua competitività era particolarmente evidente. Un giorno vi fu una partita amichevole contro una scuola del vicinato, frequentata da teneri angioletti viziati da genitori ricchi. L'incontro si teneva in un parco, e il pubblico era costituito dai padri e dalle madri dei giocatori, da alcuni insegnanti e da un po' di gente del posto. Trudi e il resto della squadra sapevano, però, che non si trattava di una vera amichevole, convinti com'erano che la scuola per ricchi avesse corrotto l'arbitro – tale Armando Ferrario, di professione bancario – visto che due compagni di Trudi erano già stati espulsi, e che lei stessa aveva dovuto parare sette rigori, assegnati agli avversari per motivi discutibili.

All'ultimo minuto, quando le squadre erano ancora zero a zero, Trudi avrebbe dovuto eseguire un calcio di rinvio. La coraggiosa volpetta, dopo aver osservato brevemente i nonni e gli amici che si trovavano a lato del campo, decise invece di dribblare i giocatori rivali e, a meno di un metro di distanza dal portiere avversario, tocca la palla con la punta del piede, sollevandola, e poi la fa finire dritta in rete. I suoi familiari, gli amici, i compagni di scuola e la gente del posto presero ad applaudire. Armando Ferrario, invece, abbandonò il campo, e di lui non si ebbero più notizie.

Tuttavia, era in cucina che Trudi si sentiva veramente in pace, mentre aiutava sua nonna e imparava l'arte della cucina italiana. Quando Silvio scomparve all'improvviso, fu rispettata la sua volontà e Palazzo Silvio passò a Gigi. Secondo la giovane, suo padre era riuscito a ereditare l'attività falsificando il testamento, ma purtroppo non era in grado di dimostrarlo. Quindi, nel 1951, sua nonna decise di lasciare l'Italia e di portare con sé sua nipote.

Le due si trasferirono a Foxham, nel Norfolk. Alcuni anni prima, Anna aveva conosciuto Charles e Kaye Renard durante un loro soggiorno di due settimane a Milano, presso l'hotel di famiglia. Quando Charles aveva detto loro che, se mai ne avessero avuto bisogno, avrebbero potuto contare sul suo aiuto, Anna credette alla promessa.

■ ■ ■

Anna aveva ragione: Charles è una volpe di parola, e infatti affidò a lei e alla nipote la gestione della casa di cura locale, la Clinica di Foxham. Molte volpi erano state ospiti della struttura per poi essere dimesse quando si trovavano in condizioni migliori, con l'unica eccezione di Chester Brown, che si trovava lì da qualche anno. Al momento del ricovero, Chester soffriva di amnesia e aveva una brutta ferita alla zampa posteriore sinistra. Per la verità, la memoria gli è tornata da un pezzo, ma ancora non riesce a camminare bene, o almeno così dice.

Charles fu tanto generoso da prestare del denaro ad Anna e Trudi, senza chiedere gli interessi. In questo modo, le due potettero acquistare la panetteria e negozio di alimentari del luogo, Loaves, che si trova sulla Foxham High Road, proprio di fronte al municipio. Gli umani che possedevano il locale – Eric Stills e sua moglie Joan – avevano infatti deciso di andare in pensione e di trasferirsi lungo la costa. In paese si svolse una grossa festa di addio, e Charles fece loro una grossa donazione in denaro.

Loaves era un grosso punto di riferimento per la comunità di Foxham, e Charles sapeva che le due volpi italiane erano all'altezza del compito. Anna e Trudi continuarono infatti a servire cibo britannico, dai *sausage rolls* a torte dolci come la *Victoria sponge*, ma un po' alla volta introdussero pietanze italiane come la pizza, la lasagna, gli arancini e i supplì. In un primo momento, gli abitanti del centro – fossero essi umani, cani, volpi o tassi – erano diffidenti nei confronti di quella che avevano sempre chiamato "robaccia straniera", ma una volta assaggiata la cucina italiana iniziarono ad appassionarsene. La nuova gestione del locale – ribattezzato Milano's – ebbe un grosso successo, e non ci volle molto perché Anna e Trudi riuscissero a estinguere il debito con Charles.

■ ■ ■

Ormai da molti anni, l'armonia regna tra gli umani e gli animali di Foxham. Tuttavia, di tanto in tanto, può succedere che qualche forestiero in stato di ebbrezza

– in genere gente di Norwich – passi per Foxham e urli alle volpi locali «*Tally-ho!*», il peggior insulto che si possa rivolgere a quelle creature. Quando accade un fatto del genere, la gente del posto reagisce in maniera compatta, inseguendo i provocatori fino ad allontanarli dal pittoresco villaggio.

Nonostante ciò, anche Foxham ha i suoi problemi, come qualsiasi altro centro inglese. Il peggior piantagrane del luogo è Charlie Renard, nipote di Charles e figlio di Ferdy, il furfante del posto. All'inizio della primavera, Charlie – che ha subito l'influenza del rock 'n' roll, della moda e dei fumetti statunitensi – ha formato una gang di cui si è messo a capo, gli Young Rascals, con la precisa intenzione di combinare guai. Charlie ha adottato il look che James Dean – scomparso da poco – esibiva in *Gioventù bruciata*: una giacca Harrington rossa modello G9 di marca Baracuta, maglietta bianca e blue jeans. Per fortuna, a parte Charlie, la gang ha solo tre componenti: due mocciosi umani arroganti e trasandati, Matthew Wright e Billy Wells – che scioccamente idolatrano Charlie – e l'ingenuo e manipolabile Owen Cambridge. Quest'ultimo è il cucciolo più giovane del libraio Oliver Cambridge e di sua moglie Victoria, redattrice del quotidiano locale, *La Gazzetta di Foxham*. Il fratello maggiore di Owen è Thomas, una volpe studiosa, simpatica e ben vestita. La famiglia Cambridge è rispettata e benvoluta dal resto della comunità.

Il più delle volte, né gli adulti né i giovani del villaggio danno importanza a Charlie: ci vuole così poco a mettere in fuga il tredicenne e il resto della gang, la quale rappresenta più un fastidio che una vera minaccia. Charlie è piuttosto scocciato dalla situazione, dato che ambisce a diventare il nemico pubblico numero uno, non solo di Foxham ma dell'intero Norfolk. Finché la gang non avrà la fama che secondo Charlie merita, lui e i suoi continueranno a combinare guai.

Oggi la banda ha deciso di recarsi nella porzione del parco nazionale delle terre acquatiche che si trova al di là del bosco di Foxham, con l'intenzione di costruire una zattera. Secondo il programma di Charlie, la gang costruirà una zattera che gli permetterà di salpare per l'America prima ancora dell'ora del tè. Quando i giovani si rendono conto che l'impresa è fuori della loro portata, ripiegano su un piano di riserva e si dirigono verso la zona del municipio, armati di fionde e cerbottane. Il Milano's è *off limits*, visto che Trudi ha bandito gli Young Rascals dal locale, pertanto il gruppetto prende di mira Thomas Cambridge, che si trova all'ombra di una quercia, con maglia bianca e pantaloncini verdi addosso. Il volpacchiotto, appassionato di storia e strategia militare, legge un libro sulla battaglia di Waterlo.

Thomas si prende una pausa dalla lettura per fare un bel pranzo al sacco, costituito da alcuni sandwich al pollo, una torta *pork pie* acquistata da Milano's (la sua pietanza preferita), un cartoccio di patatine (con una bustina di sale a parte), una fetta di torta di mele (anche questa preparata da Trudi) e una bottiglia di limonata fatta in casa. La volpe si lecca le labbra e, nel momento esatto in cui sta per addentare un panino, Charlie sbuca alle sue spalle e glielo sfila dalle mani, esclamando con un accento americano fittizio: «Ehi, ti ho fottuto!»

L'improvvisa marachella di Charlie fa scoppiare a ridere gli scagnozzi, con l'inclusione di Owen, fratello minore della vittima. Thomas non ha paura di affrontare né Charlie né Matthew e Billy, ma il fatto che suo fratello abbia partecipato alla mascalzonata lo fa piangere per la delusione. Vedendolo singhiozzare, i teppistelli riprendono a ridere, con l'unica eccezione di Owen, che ha capito di aver sbagliato, e naturalmente vuole molto più bene a suo fratello maggiore che a Charlie.

Nel frattempo, Trudi si trova all'interno del locale, intenta a condire la sua apprezzatissima pizza con dei funghi. Sua nonna, invece, si trova alla casa di cura per prendersi cura di alcune volpi ferite. Quando Trudi sente le grida di Thomas, a cui è molto affezionata, si affaccia immediatamente alla finestra per vedere cosa sta accadendo. La volpe inorridisce nel vedere Charlie Renard, Matthew Wright, Billy Wells e Owen che si prendono gioco di Thomas, pertanto – arrabbiata e pronta ad affrontare quei bulli uno ad uno – esce di corsa dal negozio e corre in soccorso del volpacchiotto.

«Dannazione, quella volpe è una iattura per noi!» urla Charlie, ostentando la peggiore imitazione di accento americano che si sia mai sentita.

Per sfuggire all'ira di Trudi, il tredicenne prende a correre in direzione del bosco; Matthew e Billy lo seguono, da bravi pecoroni quali sono. Owen, invece, vedendo Thomas ancora scosso, si avvicina per consolarlo. I due finalmente si abbracciano, e anche il fratello minore inizia a lacrimare.

La corsa di Trudi si interrompe all'altezza della quercia, sotto la quale i fratelli si fanno coraggio a vicenda. Rivolgendosi al capo dei fuggiaschi, grida: «Sei una piccola volpe malvagia, Charlie Renard! Sei la vergogna delle volpi di Foxham!». A differenza di sua nonna, Trudi ha perso del tutto l'accento italiano.

E adesso, caro lettore, ci troviamo di nuovo all'inizio del capitolo, che ha luogo a Foxham nell'estate del 1957, sei mesi prima del rapimento di Alberto Bandito da parte delle streghe di Benevento.

■ ■ ■

«Sono venuto ad arrestare per furto Charlie Jasper Renard» dichiara un deciso sergente Ali, di razza alsaziana. Il cane poliziotto è figlio dell'ex-sergente Brutus, il quale – dopo essere stato promosso – si era trasferito da Boxworth a Foxham.

L'agente è in piedi di fronte all'imponente portone di Fox Hill Hall, in compagnia delle nuove reclute: l'agente Bryan, che è umano, e l'agente Rex, un altro pastore tedesco proveniente da Bethnal Green, nell'East End di Londra, che solo di recente si è trasferito a Foxham.

Nel dopoguerra, il governo britannico ha affidato la competenza sui fatti criminosi ai magistrati, e non più ai capi villaggio come Charles. Nel caso di Foxham, l'incarico è stato assegnato a una volpe, l'impietosa Penelope Painshill, originaria di Cobham, nella contea del Surrey. Nel 1954, in seguito alla nomina, Penelope è andata a vivere a Foxham insieme a suo marito Sebastian – un tizio piuttosto buffo, cliente fisso della taverna locale, il Six Bells – e ai loro cuccioli, l'altezzoso Henry e la spensierata Isabella.

«Sergente Ali, state dando del ladruncolo al nipote di Charles Renard. Vi invito ad andarvene, e a portar via le vostre menzogne. Andatevene, finché avete ancora un lavoro!» intima un irritato e un po' invecchiato Boris Bates, maggiordomo, amico e consigliere di Charles.

Il sergente ribatte: «Boris, vi prego di ascoltarmi. Ieri Ronald Blades, il macellaio, è andato a far visita a sua madre malata, e una volta rientrato in negozio si è accorto del furto di ventiquattro salsicce, due chili di macinato, dieci bistecche, un po' di prosciutto e una quantità imprecisata di carne di maiale. Il macellaio si è rivolto a noi, che abbiamo iniziato a fare qualche domanda in giro. Stamattina, la signora Duke ha dichiarato di aver visto entrare in macelleria Charlie Renard e Owen Cambridge – entrambi a mani vuote – per poi vederli uscire con un grosso sacco per uno».

Boris ridacchia, facendo decisamente innervosire il pastore tedesco, e quindi gli dice: «Signor agente, la madre del macellaio sta benissimo, e la signora Duke è ancora delusa e arrabbiata per la sconfitta di Hitler. Non ha visto quanto sono minuti Charlie e il piccolo Owen? Non riuscirebbero mai a trasportare tutta quella carne. Il suo deve essere uno scherzo, peraltro poco riuscito».

«Boris, state ostacolando un cane poliziotto in servizio, ed io non ho alcuna voglia di arrestarvi. Tuttavia, se non cambiaste atteggiamento, sarei costretto a farlo» dice il sergente Ali, alzando bruscamente la voce.

Boris, fedelissimo ai Renard, gonfia il petto e rimane sulla soglia, impedendo ai poliziotti di entrare. Per quanto sia devoto a Charles e ai suoi familiari, il tasso non ha mai considerato l'idea di rimanere scapolo: lui e sua moglie Wilma vivono insieme alle figlie Maria e Nancy in un accogliente cottage ai piedi di Fox Hill Hall. La struttura ospita anche lo studio commerciale di Wilma, che cura la contabilità dei negozi e delle aziende di Foxham.

«Boris, lasciaci entrare oppure dovremo arrestarti!» strepita l'aggressivo agente

Rex. Al cane poliziotto mancano le ronde nell'Est di Londra, dove pugni e manrovesci sono all'ordine del giorno.

«Ascolta bene, *cockney*[4]: le tue minacce non mi fanno paura! Puoi fare di meglio, smidollato!» grida Boris, pronto allo scontro.

Il poliziotto, che aspettava da tempo l'occasione di sferrare un bel pugno, getta l'elmetto a terra e si fa avanti. Il sergente, però, ordina: «Fermati, Rex! Dobbiamo seguire le regole». Il cane londinese abbassa la testa e inizia a guaire come un cucciolo.

«Boris, lasciali entrare! Sono sicuro che chiariremo l'equivoco» dice Ferdy – che fino ad allora era rimasto in salotto – avvicinandosi all'ingresso.

Ferdy non se n'è mai andato di casa, a differenza di suo fratello Foxy, che vive in paese insieme a sua moglie e ai loro cuccioli Hector e Arnold. Ferdy ha preferito non traslocare ed è sempre rimasto a Fox Hill Hall con sua moglie Doris e con Charlie, loro figlio. Non che Ferdy sia particolarmente devoto a suo padre e a sua madre Kaye: ha semplicemente preferito seguire la via meno dispendiosa. Non che Ferdy sia particolarmente attaccato al denaro, è solo che preferisce spenderlo in auto sportive, abbigliamento italiano, ristoranti snob e vacanze a Parigi. Per la verità, si direbbe proprio che egli sia attratto da qualsiasi cosa abbia un costo elevato, tutto fuorché comprarsi una casa o fare del bene alla comunità.

Durante la guerra, Ferdy ha accumulato una piccola fortuna come ricettatore, e ancora oggi si dedica costantemente al mercato nero. La sua attività di copertura è costituita da un negozio di *fish and chips* che ha un discreto successo. Nonostante ciò, dichiara regolarmente al fisco di non aver guadagnato un bel niente. Questa faccenda va avanti dal 1939, anno in cui la Gran Bretagna è entrata in guerra.

«Grazie, signor Ferdy!» dice il sergente Ali.

Boris, riluttante, lascia passare il pastore tedesco, e con lui gli agenti Bryan e Rex. Il sergente osserva Ferdy – che indossa dei pantaloni chino leggeri e una camicia lilla – e pensa che potrebbe essere proprio lui il vero responsabile dell'accaduto: egli potrebbe infatti rivendere la refurtiva in giro per le locande del Norfolk, con la sola eccezione del Six Bells, dal quale è bandito a vita. Infatti, l'interdizione fu sospesa solo in occasione dell'incontro tra suo padre e Churchill, e già il giorno dopo non gli fu più possibile entrare.

«Sergente Ali, siete il benvenuto: accomodatevi pure! Che ne dite di rilassarvi

---

4 Voce dell'inglese informale che designa ciò che è ritenuto caratteristico della Londra popolare e talvolta, per estensione, dell'intera capitale inglese. In questo caso, il termine viene usato con intenzione dileggiativa.

di fronte a qualche pinta di lager, o davanti a un bel bicchiere di vino, e magari a un pollo arrosto? Mi piacerebbe farvi una grossa donazione in denaro, che potreste usare per qualche opera pia a vostra scelta» suggerisce furbescamente Ferdy.

«Signor Ferdy, non starete mica tentando di corrompere un cane poliziotto? Un'altra mossa del genere e vi arresterò. Agente Rex, sali al piano superiore e arresta Charlie Renard!» urla il sergente, irritato.

«Vostro padre non ha mai rifiutato una donazione in denaro!» grida Ferdy. Quando le cose non vanno come desidera, tende sempre a diventare nervoso.

«Va bene, ve la siete cercata: agente Bryan, ammanettalo!» abbaia il cane alsaziano.

«Subito, sergente!» risponde l'uomo.

«Sono il figlio di Charles Renard! Amministro io questo villaggio!» dichiara la volpe.

«Tu non amministri un bel niente, sciocco!» urla Charles, mentre Kaye e Charlie scendono la sfarzosa scalinata di Fox Hill Hall, tappezzata di velluto e con delle belle ringhiere di quercia intagliata.

«Oh, no! I piedipiatti! Non voglio finire a Sing Sing» dice Charlie esibendo il suo accento fasullo, con il risultato di sembrare un'imitazione di quart'ordine di James Cagney.

«Charlie, non sei di New York. Quando parli, vedi di usare il tuo vero accento!» ordina Kaye.

Il giovane abbassa la testa, singhiozza e poi dice: «Hai ragione, nonna, ma non ho rubato niente. Ti prego, aiutami! Sono innocente!»

Charles interviene di nuovo: «Lasceremo che i poliziotti facciano il proprio dovere, Charlie. Mi dispiace, ma la legge è legge, e occorre rispettare gli accordi siglati da me e da Winston Churchill. Sergente Ali, potete portare via mio figlio e mio nipote, ma io e Boris verremo con voi, tanto per assicurarci che facciate le cose come si deve, e che mio nipote sia trattato bene».

«Soltanto tuo nipote?» piagnucola Ferdy.

«Ferdy, ti prego: sappiamo bene che le celle della caserma di Foxham sono la tua seconda casa» replica Charles, sconsolato.

«Grazie, signor Charles. Sapete già che dovremo perquisire la stanza di Charlie: è il protocollo. Di questo se ne occuperà l'agente Rex» dice il sergente, che ha finalmente la situazione sotto controllo.

«Agente Rex, salite le scale, girate a sinistra e percorrete il corridoio: in fondo, c'è la stanza di mio nipote» dice Charles, con aria rassegnata.

Con grande gioia, il cane corre precipitosamente su per le scale. Nel frattempo Charles si volta di nuovo verso il sergente Ali, e chiede: «Cosa mi dite di Owen Cambridge? Avete arrestato anche lui? È solo un cucciolo; sciocco, sì, ma certo non un ladro, e neanche mio nipote lo è».

«Signor Charles, in questo momento Owen Cambridge si trova alla stazione. A lui sta badando mio padre Brutus, anche se è in pensione. Non preoccupatevi: con loro ci sono anche Olivia, Victoria e Thomas. Vi devo però dire che l'agente Rex, perquisendo la stanza del volpacchiotto, ha trovato un sacco pieno di carne rubata» dice il sergente, questa volta in maniera più riflessiva.

«E lo stesso è accaduto qui, sergente: guardate cosa ho trovato sotto il letto di Charlie!» interviene con orgoglio Rex. Il cane pastore si trova in cima alle scale, con un sacco nero in mano.

«No, è una montatura! Sono innocente! Vi prego, credetemi!» supplica Charlie.

Charlie abbassa lo sguardo per la vergogna, ma è una volpe intelligente e in cuor suo sa che qualcosa non torna.

8

Charlie e Owen finiscono in tribunale

«Questo lavoro sembra fatto apposta per te, Chester. Il Comune di Foxham vuole assumere un ispettore fiscale a tempo pieno. I colloqui iniziano domani» suggerisce Trudi a Chester, il lungodegente della casa di cura per volpi.

...

Chester Brown è originario di Ipswich, nella contea del Suffolk. Egli cadde in mare una domenica d'estate, quando insieme ai colleghi braccianti – una volpe come lui, due cani e tre umani – fece una gita nella città costiera di Great Yarmouth, nel Norfolk. Dopo un'ottima cena a base di *fish and chips*, Chester decise di fare un giro da solo dalle parti del molo. Le passeggiate solitarie erano diventate una sua abitudine da quando aveva iniziato a interessarsi alla fotografia: la volpe voleva infatti approfittare della giornata di sole per fare qualche foto al mare e alla bella spiaggia sabbiosa. L'animale preferiva trascorrere quei momenti da solo, senza distrazioni.

Mentre cercava di mettere a fuoco un gabbiano che volava proprio sopra di lui, scivolò sul legno bagnato della banchina e cadde in mare, rischiando di essere risucchiato dalle acque gelide. Come se non bastasse, una grossa ondata sembrò sbucar fuori dal nulla e trascinò il terrorizzato Chester nell'impietoso e brutale mare del Nord. L'animale, credendosi spacciato, si mise a piangere, e poco dopo perse i sensi. Il suo ultimo pensiero, prima di svenire, fu che si sarebbe risvegliato in paradiso, visto che era sempre stato buono e premuroso nei confronti degli altri. Va bene, aveva anche lui qualche difetto: sapeva di essere forse un po' troppo pigro, ma nel suo animo non c'era mai stato un briciolo di cattiveria.

Il giorno stesso, Trudi e sua nonna avevano deciso di fare una passeggiata sulla spiaggia di Great Yarmouth, dopo una bella scorpacciata di pollo arrosto. Di punto in bianco, Trudi ebbe la strana sensazione che un suo simile fosse in pericolo. Guardò quindi in direzione del mare e vide una volpe alta e magra, in gilè e pantaloncini, che galleggiava sul dorso, priva di sensi, con la luce del sole che le batteva dritta sul muso.

Trudi, pronta e coraggiosa, si gettò subito in mare per salvare l'animale, altrimenti condannato ad annegare. Al contrario di tante volpi, la giovane non ha paura dell'acqua. Sua nonna Anna è stata altrettanto reattiva: è infatti andata subito in cerca della guardia costiera, e si è imbattuta in Gabriel. Il guardacoste era un lupo di origine francese, fuggito dal paese natale quando era ancora un cucciolo, durante l'occupazione tedesca: nel 1942, la sua famiglia decise infatti di attraversare il canale della Manica a nuoto. Arrivati in Inghilterra, i lupi vennero trattati da eroi, e Gabriel si innamorò presto della costa britannica e di tutto ciò che questa aveva da offrire, dalle mulattiere ai bastoncini di zucchero che tanto piacciono ai visitatori delle località di mare. Decise quindi che sarebbe rimasto a vivere lì, e che da grande si sarebbe dedicato a un lavoro in linea con la sua nuova passione. Diventato adulto, riuscì a diventare un guardacoste, oltre a dare lezioni di nuoto agli studenti di Great Yarmouth, attività che svolge ancora oggi. Gabriel è un membro rispettato della comunità locale.

Non era passato un minuto da quando era stato dato l'allarme, che il lupo si era già gettato in mare, applaudito dai bagnanti sia umani che animali. Raggiunta Trudi, l'aveva aiutata a tirar fuori dall'acqua la volpe semi annegata, mettendola in salvo sulla spiaggia per praticarle la respirazione bocca a bocca. Nel giro di pochi secondi, Chester aveva iniziato a tossire, fino a prendere finalmente coscienza: la folla era tanto eccitata nel vedere che la volpe era fuori pericolo, che un pugno di umani e di volpi sollevò il lupo in aria, portandolo in trionfo lungo la riva. Gabriel venne giustamente trattato da eroe, ma la coraggiosa Trudi fu di fatto ignorata, e questo la fece innervosire.

Qualcuno donò a Chester dei pantaloncini e una maglietta, in modo che si potesse cambiare. Anna lo invitò a salire sulla sua Morris Minor rossa e lo accompagnò a Foxham insieme a Trudi, i cui indumenti erano ancora bagnati. Chester fu ricoverato nella casa di cura: era ancora molto scosso e, soprattutto, non sapeva più chi era.

I suoi amici, per quanto affezionati e premurosi, non poterono fare niente per lui, visto che non sapevano nulla dell'accaduto. Infatti, erano andati a fare un giro al luna park, convinti di trovarlo da quelle parti. Lo cercarono per almeno un'ora e poi, preoccupati, diedero finalmente l'allarme. Purtroppo, la polizia locale non vide alcun nesso tra la denuncia di scomparsa e il salvataggio di una volpe che aveva avuto luogo lo stesso giorno.

In un primo momento, Trudi e gli altri abitanti di Foxham si rivolgevano al nuovo arrivato chiamandolo "Yarmouth", in riferimento al posto in cui era stato trovato. Non erano trascorsi tre mesi dal ricovero, che alla volpe tornò la memoria, e scrisse immediatamente agli amici della fattoria di Ipswich per dirgli che era al sicuro e in discrete condizioni. Questi non persero tempo e lo andarono a trovare: una volta a Foxham, gli ricordarono che aveva ancora un lavoro, oltre a degli amici che gli volevano bene e attendevano il suo ritorno. Chester, sinceramente commosso, disse loro che sarebbe tornato volentieri a Ipswich, ma purtroppo non riusciva ancora a camminare bene per via delle serie lesioni alla zampa posteriore sinistra, il che – all'epoca – corrispondeva a verità. Trudi disse ai braccianti che il loro amico sarebbe rimasto in clinica finché le sue condizioni non fossero migliorate: da allora, sono passati due anni.

A nove mesi dal ricovero, lo stato di salute di Chester era decisamente migliorato, ma egli ricordava bene la vita in fattoria, la fatica e le interminabili ore di lavoro; nella stagione dei raccolti, poi, i braccianti lavoravano anche sei giorni su sette. In clinica, invece, Chester si trovava così bene da non volersene più andare: gli era stata data la stanza migliore, con bagno riservato e vista sul bosco di Foxham. Dormiva in un bel lettone caldo e faceva tre pasti caldi al giorno, preparati personalmente da Trudi e Anna. Ma soprattutto, nonostante avesse dei soldi da parte, godeva di tutto ciò senza sborsare un penny, e inoltre i suoi amici – convinti che avesse ancora grossi problemi alla zampa – ogni mese gli intestavano un vaglia.

■ ■ ■

Nel momento in cui Trudi pronuncia la parola "lavoro", Chester deglutisce e– per evitare che lei le fissi un colloquio – afferra la zampa posteriore destra, urlando per il dolore (dimentica spesso quale sia l'arto in teoria dolorante). Trudi ha capito da tempo che il paziente è perfettamente in grado di tornare a una vita normale, ma questo non le ha certo impedito di diventare la sua migliore amica. Ancora oggi, a due anni di distanza dal ricovero, non se la sente di buttarlo fuori.

La giovane volpe non è preoccupata del fatto che lui non voglia tornare a fare il lavoro di una volta, ma vorrebbe almeno che si guadagnasse da vivere. La lungodegenza ha un costo elevato per la struttura, che viene finanziato da mercatini di beneficienza, maratone sponsorizzate e iniziative simili, oltre che dalle generose donazioni di Charles Renard e di altre volpi benestanti. Tutto quel denaro dovrebbe essere usato per aiutare animali veramente bisognosi, e non certo uno scroccone come Chester: non sarà certo cattivo, ma non si può negare che sia un egoista, oltre che un po' sciocco.

A inizio estate, Chester ha comprato coi propri risparmi una bicicletta di un bel rosso vivo. La usa per girare dalle parti del bosco di Foxham, dove – secondo lui – gli abitanti del villaggio non possono vederlo. Quando non ha bisogno del mezzo, lo tiene nascosto tra gli alberi, sotto un mucchio di foglie e rami. Nonostante le sue precauzioni, Trudi e Anna lo hanno visto più volte girare in bici, ma non ne hanno fatto parola con nessuno.

Prima dell'incidente a Great Yarmouth, Chester era un appassionato fotografo amatoriale. Visto che la sua vecchia macchina fotografica era finita in mare insieme a lui, lo scorso anno i suoi premurosi amici di Ipswich gliene hanno donato un'altra, con una bella custodia marrone. L'idea era di riaccendere quella sua passione, visto che Trudi aveva scritto loro una lettera disperata, in cui si lamentava del fatto che Chester non faceva altro che ascoltare la radio e leggere fumetti dalla mattina alla sera. Una volta che Chester è entrato in possesso del dono degli ex-colleghi, la giovane amica gli ha permesso di utilizzare una stanza del seminterrato come camera oscura.

Chester ha un talento come fotografo. Non solo Trudi, ma tante altre persone sono rimaste colpite dalla bellezza degli scatti, siano essi ritratti degli abitanti di Foxham che foto paesaggistiche. L'interesse riscosso è tale che Victoria Cambridge – madre di Thomas e Owen, nonché editrice della *Gazzetta di Foxham* – gli ha offerto un lavoro come fotografo. La reazione della volpe è stata la solita: ha afferrato una zampa a caso e ha iniziato a lamentarsi per il presunto dolore.

■ ■ ■

«Chester, trovati un lavoro e smetti di comportarti da cucciolo! Non ti va di tornare a fare il bracciante, e questo mi sta bene, ma sei stato uno sciocco a rifiutare l'impiego alla *Gazzetta*: Victoria non ti darà certo una seconda possibilità. Questo lavoro, però, lo puoi fare benissimo: sarò io stessa a portarti al colloquio. Foxham sta crescendo ed è importante che tutti paghino le tasse, compreso quel mascalzone di Ferdy» dice l'innervosita Trudi.

Il paziente, avvertendo la rabbia dell'amica, cammina zoppicando a testa bassa, convinto che in questo modo le farà compassione e verrà finalmente lasciato in pace. Se questa tattica ha già funzionato in passato, è stato solo perché lei, per quieto vivere, ha deciso di assecondarlo. Tuttavia, a questo punto, la misura è colma, e Trudi Milanesi non gliela farà certo passare liscia.

«Piantala, Chester! Questo trucchetto non funziona più: so bene che la tua zampa sta benissimo! Di te ho una buona opinione: sei una volpe brava e onesta, non un farabutto come Ferdy. Lui e suo figlio Charlie infangano il buon nome dei Renard. Charlie è un pessimo volpacchiotto ed esercita un'influenza negativa su Owen, che altrimenti sarebbe un cucciolo dolcissimo. Il cuore di Victoria si è spezzato nel momento in cui ha dovuto scrivere il titolo dell'articolo sul furto di carne compiuto da Owen e da quel mascalzone di Charlie» dice Trudi in tono pacato, ma ancora arrabbiata.

Chester, che è in ottimi rapporti con Charlie e Owen, scuote la testa per la vergogna. Trudi, grazie ai suoi poteri psichici, capisce che qualcosa tormenta il suo amico. La giovane volpe ancora non sa di essere una strega buona, ma le abilità latenti vanno comunque in suo aiuto: «Chester, c'è qualcosa di cui mi vuoi parlare?»

L'animale, sapendo che questa volta non potrà cavarsela zoppicando in giro per la stanza, la guarda con aria triste e replica: «Quel furto non è opera loro. Penelope Painshill, Blades il macellaio e l'agente Rex hanno pagato la signora Duke affinché dichiarasse di averli visti rubare la carne».

Trudi sa che il suo amico è sincero, e si sente mancare.

■ ■ ■

Fuori dalla corte inferiore di Foxham, si sta radunando una folla piuttosto agitata. La faccenda del furto ha purtroppo ha avuto un effetto divisivo sugli altrimenti affiatata comunità locale.

Reggie Collins – un umano vedovo e da tempo in pensione – ama alla follia le salsicce, e ogni venerdì mattina si reca da Blades a farne incetta per il fine settimana. Il giorno stesso, se ne prepara un bel piatto insieme alle patate fritte, da mangiare a cena; il sabato mattina, fa colazione con un paio di panini con la salsiccia, pranza con un pudding di salsicce e poi, a cena, ne mangia altre con il purè; la domenica mattina ne consuma una con un occhio di bue, un'altra ancora a pranzo con lo stufato di fagioli, e le salsicce rimanenti le utilizza per il suo piatto forte – salsicce in padella, da mangiare a cena – innaffiandole con qualche bottiglia di birra scura.

Quando Blades gli ha detto che le sue amate salsicce erano state rubate, e che ne avrebbe dovuto fare a meno fino alla settimana successiva, Reggie ha pianto più di quanto non fece al funerale di sua moglie. Le voci sulla colpevolezza di Charlie Renard e Owen Cambridge hanno iniziato a girare piuttosto in fretta, giungendo quindi alle orecchie di Reggie. L'uomo, furioso, si è presentato a Fox Hill Hall per protestare, con l'unico risultato di rimediare qualche pugno sul naso da Boris.

Anche se Reggie ha deciso di non sporgere denuncia, l'evento ha segnato l'inizio della discordia tra gli abitanti di Foxham. Molti umani e animali del luogo hanno simpatia per il pensionato, e si sono pertanto schierati con lui, arrivando a dire che il furto compiuto da Charlie e Owen meriterebbe una condanna di dieci anni ai lavori forzati. Altri, invece, convinti dell'innocenza dei cuccioli, hanno preso le parti dei

Renard e dei Cambridge. A Foxham, screzi e discussioni sono ormai all'ordine del giorno, e il clima conflittuale rattrista enormemente Trudi.

Charlie e Owen, spaventati, si trovano a bordo del malconcio furgone della polizia di Foxham. A scortarli in tribunale sono il sergente Ali e gli agenti Bryan e Rex. Per la verità, il percorso che collega la stazione di polizia alla corte può essere compiuto in pochi minuti a piedi, ma il magistrato Penelope Painshill ha insistito perché i cuccioli fossero trattati da galeotti, in modo di umiliare loro e le loro famiglie.

Charlie e Owen hanno trascorso le ultime due settimane in una cella della stazione di polizia, in modo da garantire la loro incolumità. L'ex-sergente Brutus, anche se in pensione, lavora ancora presso la struttura, in genere come guardiano e, di tanto in tanto, come carceriere. Il vecchio cane pastore ha costruito per i due cuccioli un letto a castello, ai piedi del quale ha disteso un tappeto, e inoltre ha comprato loro dei fumetti e gli ha sempre preparato una bella cena. Ha poi permesso alle famiglie di fargli visita ogni volta che volevano, gli ha fornito una radio e ha tenuto per tutto il tempo la porta della cella aperta, in modo che i volpacchiotti potessero girare per la stazione. Vista la bella stagione, Brutus ha persino condotto i giovani prigionieri dalle parti del municipio, per fargli sgranchire le gambe e magari arrampicarsi sugli alberi, ma questo ha fatto innervosire più di una persona. Un giorno Reggie, passando da quelle parti, ha osservato la scena disgustato, e ha quindi urlato nella loro direzione: «Impiccateli!»

■ ■ ■

«Piccoli ***! Impiccate quei due ***!» urla Reggie insieme ai suoi sostenitori, usando termini che – miei cari lettori – non ho certo il coraggio di trascrivere.

I cuccioli, incatenati e con addosso dei vestiti a righe, sembrano due condannati ai lavori forzati. Tremanti e terrorizzati, scendono dal furgone e si preparano ad affrontare la folla. L'idea di farli conciare in quella maniera è stata di Penelope Painshill, che trae un immenso piacere dal mortificare la gente.

«Salutate le vostre famiglie, visto che non le rivedrete per un bel pezzo! Nel posto in cui andrete non esiste il Natale: quando mangerò il mio bel tacchino natalizio, penserò a voi due. Sapete, conosco il giovane Bernie Matthews: alleva degli *ottimissimi* tacchini!» dice con aria lieta l'agente Rex, non accorgendosi che l'allevatore si trova proprio alle sue spalle. A Bernard Matthews non piace affatto il modo in cui vengono trattati i due volpacchiotti; tuttavia, non può fare a meno di sentirsi lusingato per il fatto che i suoi tacchini siano considerati *ottimissimi*.

Anche se l'agente Rex tenta crudelmente di demoralizzare i due cuccioli incatenati, questi traggono conforto dalle grida di sostegno – «Liberateli! Sono innocenti!» – che li accompagnano mentre salgono gli scalini in pietra del tribunale. Una volta in cima alla gradinata, Charlie si volta verso la folla, che a sua volta lo osserva, e prende a singhiozzare. «Non piangere!» gli dice Oliver, che si trova vicino all'entrata con la propria famiglia. Insieme ai Cambridge, ci sono Charles e i suoi familiari, accorsi per sostenere i due giovani.

C'è pure Ferdy, ma non come imputato. L'animale era stato portato via insieme a Charlie, ma aveva passato in cella una sola notte. La mattina dopo il magistrato Penelope Painshill gli aveva inflitto una multa di 20 scellini per disturbo alla quiete pubblica, ma l'accusa di tentata corruzione di pubblico ufficiale era stata lasciata cadere. Ferdy, sbadigliando, aveva messo mano alla tasca dei pantaloni chino per prendere i soldi, assicurandosi così altri 20 scellini di multa per oltraggio alla corte.

Penelope Painshill detesta i Renard. Trasferitasi dalla contea del Surrey insieme alla propria famiglia, era convinta che sarebbe diventata di diritto la leader di Foxham e di tutte le volpi europee, per via dell'antica discendenza sua e di suo marito. Dovete infatti sapere che Penelope proviene da una famiglia di volpi che, molto tempo prima, si era schierata con i possidenti che davano la caccia a quei loro simili che vivevano ancora nei boschi. Secondo lei, i discendenti delle volpi dei boschi non meritano i lussi a cui lei è abituata. Ciò che Penelope non vuole si sappia, è che la sua trisnonna June D'Abernons iniziò la propria carriera come lavandaia di un possidente di Esher, nella contea del Surrey. Visto che era un animale astuto, non ci volle molto perché diventasse il braccio destro del proprietario terriero.

La storia di June D'Abernons meriterebbe un capitolo a parte. Mentre lei tentava di arrampicare la scala sociale, un suo giovane simile della vicina Cobham – Victor Painshill, di professione falegname – faceva il possibile per ingraziarsi gli umani più ricchi. Suo pronipote altri non è che Sebastian Painshill, marito del magistrato. Mentre lui è un tipo spensierato e senza troppe pretese, Penelope è un'arrivista al pari della sua antenata, e come lei è disposta a qualsiasi cosa, pur di ottenere ciò che vuole. Tra lei e i suoi obiettivi, c'è tuttavia Charles Renard.

Il magistrato sa bene che Charles è una volpe intelligente e che, in un confronto diretto, lui avrebbe probabilmente la meglio. Di conseguenza, ha preferito attaccare i suoi cari, incastrando Charlie per furto e tentando di smascherare Ferdy, in quanto evasore fiscale. È stata lei, infatti, ad avere l'idea di assumere un ispettore, al solo scopo di indagare sul figlio di Charles. Penelope è convinta che, se riuscisse a condannare i due Renard, l'intero villaggio perderebbe fiducia nella famiglia, e lei a quel punto si farebbe avanti per essere riconosciuta come la nuova leader.

Per poter incastrare Charlie, Penelope Painshill ha convinto l'agente Rex a farsi trasferire a Foxham: non soltanto il poliziotto londinese è facilmente corruttibile, ma i suoi metodi brutali sono salutati con gioia dai poliziotti, dai magistrati e dai giudici dell'intera Gran Bretagna. Secondo Penelope, la condanna ai danni di Ferdy è la parte più semplice del suo piano, visto che Ferdy non paga le tasse dal 1939: siamo nel 1957 e si tratta, quindi, di quasi un ventennio di raggiri ai danni dell'Agenzia delle entrate.

Tra i deplorevoli obiettivi del magistrato, ce ne sono alcuni che non hanno molto a che fare con il suo leaderismo. Lei vorrebbe infatti trasformare la casa di cura per volpi in un residence di lusso, e il Milano's in un ristorante esclusivo. Intende inoltre fare in modo che il costo della vita salga alle stelle: in questo modo, i lavoratori di Foxham – umani, animali, cani o tassi che siano – sarebbero costretti ad andarsene, e lei potrebbe trasformare l'intero villaggio in un'area residenziale per ricchi. Penelope odia la classe operaia, e tra i lavoratori disprezza soprattutto le volpi.

A Sebastian piace vivere a Foxham, e non sa nulla dei piani di sua moglie. Anche la loro figlia Isabella ama il villaggio: ha persino tentato di unirsi agli Young Rascals, ma Charlie le ha detto che la gang ammette solo maschietti. Ultimamente, pure l'altro cucciolo, Henry – anche lui all'oscuro dei piani della madre – ha cominciato a innamorarsi del posto. Insomma, alla famiglia di Penelope le cose vanno bene così come sono, ma lei non è dello stesso avviso.

■ ■ ■

«Charlie, sii coraggioso!» dice Charles a suo nipote, nel momento in cui il cucciolo entra nell'aula insieme a Owen.

Al fianco del cucciolo c'è Arnold Layton Strong, il primo avvocato difensore di razza volpina, che può vantare un impressionante numero di vittorie in tribunale. In genere, Arnold passa il suo tempo dalle parti dell'Old Bailey, il palazzo che ospita la Corte della Corona e il tribunale penale centrale di Londra. Se non è all'Old Bailey per lavoro, si reca comunque lì per socializzare con i propri colleghi e con altra gente che lavora nei paraggi. Trascorsa la giornata, torna nella propria abitazione nel quartiere benestante di Hampstead. Quando Charles gli ha telefonato, chiedendogli di difendere suo nipote e il suo piccolo amico, l'avvocato ha accettato senza esitazioni. A quel punto, Charles ha comunicato a Oliver – il padre di Owen – che non si sarebbe dovuto preoccupare: avrebbe pagato lui la parcella, e Oliver non avrebbe dovuto in alcun modo sentirsi in debito nei suoi confronti.

Arnold e Charles sono amici da anni. Quando Charles era agli inizi della propria carriera presso la Banca d'Inghilterra, Arnold lavorava in uno studio legale proprio dietro l'angolo. Avevano entrambi preso in affitto dei monolocali ad Hackney, quindi prendevano la stessa linea della metropolitana, e spesso mangiavano insieme in un locale italiano della zona. Trascorsa la giornata lavorativa, prendevano di nuovo la metro, e quindi tornavano ad Hackney. Giunta la sera, si recavano in una taverna o in qualche negozio di torte salate, e dopo cena tornavano nei loro confortevoli mini appartamenti. Bei tempi per le due giovani e ambiziose volpi!

Arnold aveva detto a Charles di non volere denaro, ma la volpe di Foxham pretendeva di essere trattata come un suo qualsiasi altro cliente, sapendo bene che anche l'avvocato aveva delle bocche da sfamare, visto che era sposato e che sua moglie aveva dato alla luce tre cuccioli.

«Sarò coraggioso, nonno!» risponde Charlie, singhiozzando.

«Charlie, fidati di me: tu e il tuo amico sarete scagionati!» lo incoraggia Arnold. Il nipote guarda l'elegante avvocato, che indossa un completo con giacca a tre bottoni di colore blu e un orologio d'oro fissato con una catenina al panciotto.

Le parole e il modo di fare di Arnold rassicurano il volpacchiotto, finché non viene trascinato via bruscamente dall'agente Rex. Il sergente Ali, però, lo blocca all'istante: «Agente Rex, accompagnerò io i due prigionieri. Esci e vai a controllare la folla!»

«Sì, signore!» risponde l'agente, piagnucolando.

9

Il processo a Charlie e Owen

«Sveglia, Trudi! Sveglia!» grida Chester, preoccupato per la sua amica, e intanto le mette sotto il naso la bottiglietta dei sali, appena prelevata dalla cassetta di pronto soccorso. L'odore è così acuto che la volpe rinviene dopo la prima inalazione.

Trudi, di nuovo in piedi, guarda negli occhi il suo amico e dice: «Grazie, Chester! Ora dobbiamo salvare Charlie e Owen. Charlie sarà pure irritante e maleducato, ma crescendo potrà migliorare. Certo, devo ammettere che suo padre non è affatto migliore di lui: è proprio vero che la mela cade sempre vicino all'albero. Il piccolo Owen, però, è così dolce e innocente!»

Chester fa una risatina, dato che ha visto con i suoi occhi il tenero Owen proporre a Charlie qualche malefatta da compiere. L'intero paese è convinto che sia Charlie e portare l'amico sulla cattiva strada, e questo fa immensamente piacere al piccolo Owen.

Trudi prosegue: «Non c'è molto da ridere, Chester Brown. A volte sono proprio una sciocca…»

Quando Chester è preoccupato per qualcosa, tende a diventare sfacciato, e fa l'errore di interrompere l'amica prima ancora che abbia terminato la frase: «Mi fa piacere che tu lo ammetta, Trudi. Era da tempo che avevo intenzione di dirti la stessa cosa».

La giovane volpe, adirata, risponde: «Non fare il villano, Chester! Se dico di essere stata sciocca, è solo perché ho perso i sensi prima di riuscire a chiederti come fai a sapere che Penelope Painshill è in combutta con l'agente Rex e Blades il macellaio… Ora cancella quel ghigno dal muso e dimmi come sei venuto a sapere del complotto!»

Di fronte alla rabbia di Trudi, Chester assume un atteggiamento più conciliante, e riporta alla mente il momento in cui è venuto a sapere del diabolico piano: «Ero in giro con la mia bici rossa…». A quel punto s'interrompe, rendendosi conto di aver appena ammesso che la sua zampa è completamente guarita.

«Chester, so già che hai una bici. Per quanto riguarda la zampa, considerati amnistiato! Ti ricordo, però, che stiamo parlando di una faccenda estremamente seria, quindi… Continua, ti prego!»

Chester, sollevato dal fatto che non sarà punito per aver mentito per tutto quel tempo, prosegue: «Grazie, Trudi! Come ti dicevo, sono andato nel bosco, ho appoggiato la bici a un albero e ho tirato fuori la macchina fotografica dalla custodia. Era una giornata stupenda, senza una nuvola in cielo, e ho fatto qualche scatto. A un certo punto, però, ho sentito odore di carne alla brace. So che Charles Renard e il sergente Ali hanno vietato i barbecue nelle zone boscose, pertanto ho seguito l'odore per vedere cosa stesse accadendo, e ho visto l'agente Rex, il macellaio e la signora Painshill alle prese con una graticola, in uno spiazzo del bosco».

Trudi, incuriosita, commenta: «Che mossa astuta: cucinare e mangiare le prove!»

Chester risponde: «Esattamente, Trudi! Infatti ho sentito dire all'agente: "Ecco a voi l'*ottimissima* la carne rubata da quei monelli!". A quel punto, si sono messi tutti a ridere, come i cattivi dei film. Anche se ero spaventato, mi sono nascosto meglio che potevo dietro un albero e ho fatto loro delle foto. Visto mai potessero rivelarsi utili…»

«Hai avuto un'ottima idea, Chester!» riconosce Trudi.

«Poi è intervenuta la signora Painshill, che ha detto: "Agente Rex, quando perquisirai le stanze di quegli spregevoli cuccioli, porta con te un sacco nero e riempilo di giocattoli e libri! Nessuno dubiterà del braccio onesto della Legge". Dopo di che sono scoppiati di nuovo a ridere, questa volta in maniera ancora più diabolica. A quel punto, il macellaio – chino sulla graticola – ha detto: "Avreste dovuto vedere la faccia del vecchio Reggie Collins quando gli ho detto del furto! Si è messo a piangere come un bambino!". Il terzetto ha ripreso a ridere in maniera sempre più sinistra, proprio come i cattivi del cinema».

«Sì, ridevano malvagiamente, questo l'ho capito!» dice Trudi, spingendo così l'amico a continuare il racconto.

«Cercavo solo di rendere l'idea. Comunque sia, la signora Painshill ha tirato fuori degli appunti da una cartellina, e poi – richiudendola – ha detto: "Riscuoterai un bel premio dall'assicurazione, Blades: quanto basta per la casa che desideri tanto, e avanzerà qualcosa pure per una gita a Great Yarmouth. Per quanto riguarda te, agente Rex, farò in modo di far passare il sergente Ali per un'incapace: prenderai il suo posto, e con la promozione avrai ovviamente un aumento". L'agente ha risposto: "*Ottimissimo!*" e a quel punto hanno ripreso di nuovo a… Scusami, Trudi, non parlerò più delle loro risate! Beh, quando hanno smesso di… Quando hanno finalmente smesso, la signora Painshill ha aggiunto: "Con l'incarcerazione di Charlie e l'indagine fiscale sul conto di Ferdy, la gente del posto penserà che Charles Renard non è più in grado di amministrare il villaggio, e io sarò la nuova leader di Foxham. Agente, assicurati che la signora Duke impari la lezioncina a memoria: quando la chiamerò a testimoniare in aula, dovrà ripetere esattamente ciò che ha dichiarato durante le indagini. Una volta terminato il processo, le faremo fare una bella vacanza, dalla quale non tornerà più"».

«Fammi indovinare: le loro risate erano persino più demoniache di prima?» chiede Trudi.

«Come facevi a saperlo?» domanda Chester, stupito.

«Questione di intuito» risponde Trudi, con un sogghigno.

«Visto che avevo sentito abbastanza, e che avevo scattato diverse foto, ho rimesso la macchina fotografica nella custodia e sono salito di nuovo in bici per venire a riferirti tutto. Tuttavia, forse perché ero troppo nervoso, sono scivolato a terra, e la bicicletta mi è caduta addosso. Il rumore ha allarmato quei tre, che sono venuti a vedere cosa stesse accadendo, trovandomi in quelle condizioni. L'agente Rex, furioso, ha detto che mi avrebbe arrestato per frode, perché se riesco a pedalare vuol dire che la mia zampa sta benissimo, e che pertanto sto truffando la casa di cura. La crudele signora Painshill, invece, ha detto che mi avrebbe fatto sbattere in galera per sei anni, e che una volpe come me, una volta finita dentro, sarebbe stata presa di mira quotidianamente dagli altri carcerati, oltre che dai secondini. Quel bruto di Blades ha aggiunto che, una volta tornato in libertà, mi avrebbe rapito e passato nel tritacarne, se solo mi fossi azzardato a spifferare qualcosa. Quindi, Trudi, ti prego di tenere per te quanto ti ho raccontato. Ti supplico: non mi rovinare!»

Trudi, indignata per il trattamento crudele riservato all'amico e ai cuccioli, gli chiede con tono deciso: «Chester, ti hanno portato via la macchina fotografica?»

«No, è al sicuro nella mia stanza. Ieri sera ho sviluppato il rullino, perché vorrei partecipare a una competizione di fotografia naturalistica che si terrà a Norwich».

Trudi fa i salti di gioia, e dice: «Chester, vai a recuperare le foto! Ci sono due volpacchiotti innocenti che rischiano il carcere. Se ti ribelli a quei tre prepotenti, diventerai l'eroe del villaggio. Ti prometto che avrai un bel posto da guardiano in clinica, e che potrai tenerti la stanza. Ti piace così tanto la casa di cura, che occupartene ti verrà naturale. Sei una volpe buona e premurosa, ma oggi dovrai tirare fuori anche il tuo coraggio».

Chester, ispirato dalle parole dell'amica, gonfia il petto e risponde: «Vado subito a prendere le foto. La mia bici si trova nel bosco».

«Lo so, Chester: ieri sera ho chiuso persino il lucchetto, che avevi lasciato aperto».

«Grazie, Trudi! Andiamo a recuperarla, e poi corriamo in paese per salvare Charlie e Owen!»

«Così mi piaci!» dice Trudi ad alta voce, gratificandolo.

■ ■ ■

«Charlie Jasper Renard, come ti dichiari?» domanda Penelope Painshill.

«Innocente!» risponde il cucciolo, impostando la voce in modo di intenerire la corte.

«Tu! Piccolo e bugiardo ***! Condannatelo all'impiccagione!» urla Reggie Collins dalla parte dell'aula destinata al pubblico.

«Signor Collins, capisco la vostra rabbia, ma se non vi date una calmata non avrò altra scelta che incriminarvi per oltraggio alla corte! Sono stata chiara?» dice con tono autoritario Penelope Painshill.

«Siete stata chiarissima, Vostro Onore: chiedo perdono. Il fatto è che stasera, per cena, non ho neanche una salsiccia da mettere sotto i denti» risponde Reggie, sinceramente affranto.

L'agente Rex, incaricato di mantenere la calma, assesta un rapido ma potente colpo alla mascella di Reggie. Il pensionato, sconvolto e dolorante per il pugno ricevuto, capisce finalmente che in quella faccenda c'è qualcosa che non va.

«Owen Geoffrey Cambridge, come ti dichiari?»

Tremolante di paura, Owen si guarda alle spalle, in direzione dei genitori e di suo fratello Thomas, poi guarda di nuovo il magistrato e grida: «Mi hanno incastrato! Non ho mai rubato niente a Blades! Vi prego, credetemi!»

«Signorino Cambridge, un altro sbotto del genere e ti infliggerò una dura condanna, questa volta senza neanche un'udienza! È nelle mie facoltà» dice bruscamente la spietata Penelope Painshill.

«Obiezione!» ruggisce Arnold Layton Strong, determinato e sicuro di sé. Poi prosegue: «Il signorino Cambridge è molto agitato per via dell'entità delle accuse. Non soltanto lui e il signorino Renard sono – come saprò dimostrarvi – innocenti, ma è evidente come siano sin troppo spaventati dal processo e dal modo in cui sono stati dati in pasto al pubblico. Stiamo parlando di due giovani, adorabili e teneri volpacchiotti, che andrebbero trattati come tali».

Arnold, in parrucca e tunica da avvocato, si volta verso la giuria – composta da cinque volpi (due femmine e tre maschi), tre donne, due uomini e due tassi (uno maschio e uno femmina) – e quindi si inchina, riscuotendo gli applausi di una parte del pubblico.

Prima del processo, Penelope Painshill aveva scritto al dicastero competente, ottenendo la facoltà di istituire una giuria, vista la gravità da lei ravvisata nel crimine commesso. Il magistrato è infatti convinto che la giuria non potrà che ritenere colpevoli i due imputati, vista la quantità di prove a loro carico: oltre al ritrovamento dei sacchi pieni di carne da parte dell'agente Rex – che tuttavia si era dovuto liberare della refurtiva per motivi di igiene e di sicurezza – c'è pure la testimonianza della signora Duke. Secondo lei, a nessuno potrebbe mai venire il sospetto che i due cuccioli sono stati incastrati, e che l'intero processo è una farsa. Sentendosi così sicura della trama ordita, Penelope Painshill ha pertanto pensato di convocare una giuria, che agli occhi della comunità renderebbe ancora più autentica l'intera faccenda.

«Vostro Onore, a quanto pare il mio dotto amico signor Strong si diverte a mettere in pratica i suoi trucchetti da attore, peraltro amatoriale» interviene ad alta voce Gerald Viper, che rappresenta la pubblica accusa.

Viper è un husky, tristemente noto per la severità con cui tartassa gli imputati. Il suo modo di fare è così duro e pressante che i giurati hanno talvolta giudicato colpevoli persone che in precedenza ritenevano innocenti, in seguito alla raffica di domande a cui erano state sottoposte.

«Obiezione respinta! Tuttavia, signor Viper, condivido le vostre osservazioni. Signor Strong, vi ricordo che ci troviamo in un tribunale, e che non state intrattenendo i vostri cari in un bel giorno di festa. Questo è un processo, e i suoi clienti sono accusati di una cosa gravissima: quella di aver rubato. L'imputato sarà pure un po' troppo sensibile, ma d'ora in poi interpreterò le sue reazioni smisurate come un rifiuto di collaborare. Se dovesse continuare a comportarsi in questa maniera, sarò costretta a pensare che egli sia effettivamente colpevole» dice la stimata Penelope Painshill, annuendo in direzione di Viper, che sorride trionfante e torna a sedere. Viper di nome, vipera di fatto.

Arnold Layton Strong, abituato all'aggressività dei giudici e della pubblica accusa, si volta verso il magistrato e prende parola: «Grazie, Vostro Onore! Al momento, però, non potete giudicare colpevole il mio cliente, né accusarlo di furto basandovi soltanto sulla sua presunta ipersensibilità».

«Questo sì che è parlare!» urla Charles, seduto tra il pubblico. Bisbigli di approvazione vengono uditi da più parti dell'aula, per la gioia dei sostenitori più accaniti di Charlie e Owen.

«Signor Strong, so bene che siete un avvocato intelligente e navigato: la reputazione di cui godete dalle parti dell'Old Bailey vi precede. Tuttavia, se vi doveste di nuovo rivolgere a me in questa maniera, vi riterrei colpevole di insubordinazione e non esiterei a farvi rimuovere dall'incarico. Mi sono spiegata?» dice in maniera sinistra il magistrato, facendo sussultare diversi cittadini.

Arnold si sistema la parrucca e, con le zampe distese sulla tunica, si avvicina al seggio di Penelope Painshill, e dice: «Sì, Vostro Onore, vi siete spiegata benissimo, ma ricordate che ho tutto il diritto di mettere in discussione voi, le vostre azioni e le vostre opinioni! Grazie a Dio, abbiamo sconfitto un regime oppressivo, facendo così trionfare la libertà, nonché il diritto di pensiero e parola».

Il magistrato guarda fisso negli occhi l'avvocato, vistosamente compiaciuto, e replica: «Avete ragione, signor Strong, a dispetto dei vostri modi melodrammatici. Adesso, però, torniamo all'udienza! Owen Geoffrey Cambridge, come ti dichiari? Colpevole o innocente?»

Owen, rincuorato dal coraggio di Arnold Layton Strong, guarda in faccia la signora Painshill e, senza un briciolo di timore, risponde: «Innocente!»

«Bravo!» grida suo fratello Thomas, per sostenerlo.

Nell'intento di evitare ulteriori rallentamenti, il magistrato decide di lasciar perdere Thomas, evitando di ricordare anche a lui che potrebbe essere accusato di oltraggio alla corte. Se lo facesse, potrebbe infatti scatenare un altro monologo del signor Strong, il quale – come è noto – si diletta di recitazione con una compagnia teatrale amatoriale di Hampstead.

«Le vostre dichiarazioni sono state annotate, e visto che entrambi vi dichiarate innocenti, chiamo la corte all'ordine: che il processo abbia inizio! Fate entrare il primo testimone dell'accusa!» ordina Penelope Painshill, che spera di poter condannare gli imputati primi che scocchi l'ora del tè.

«Chiamate il primo testimone, la signora Joan Duke!» ordina a sua volta l'usciere Otto Farsund, una giovane volpe norvegese.

Qualche tempo prima, Otto si era imbarcato ad Oslo per andare a Cromer, nel Norfolk, finendo però per stabilirsi a Foxham. Grazie a un programma di scambio tra il Vålerenga di Oslo e il Norwich City, a Otto era stato offerto un posto come apprendista contabile presso la società sportiva di Norwich. Tuttavia, era stato così leggero da perdere in un colpo solo quasi tutto il denaro che aveva con sé, oltre al passaporto e alla lettera di assunzione della squadra inglese. I pochi soldi rimasti in tasca erano appena sufficienti per un biglietto del bus: ebbe quindi l'idea di cercare rifugio a Foxham, il noto villaggio popolato da volpi.

Giunto in municipio per chiedere aiuto, Otto ebbe un colloquio con Penelope Painshill, che stava giusto cercando un contabile e un usciere. La sua, però, non fu una libera scelta, in quanto fu costretto ad accettare l'incarico in seguito alle minacce del magistrato: se avesse rifiutato, Penelope lo avrebbe condannato a cinque anni di carcere per immigrazione clandestina. Per il giovane, però, non tutto è perduto: suo padre si sta infatti adoperando per fargli avere un passaporto nuovo, e inoltre fa pressione sul Norwich City affinché gli fornisca una copia della lettera d'assunzione.

■ ■ ■

«Rimani immobile, Chester! Lasciami accomodare! Tra cinque minuti saremo in tribunale» dice con tono perentorio Trudi, mentre siede sulla canna della bici.

■ ■ ■

«Signora Duke, sa dirmi quale, tra queste giovani volpi, ha minacciato di vendicarsi, se si fosse azzardata a chiamare la polizia?» domanda Gerald Viper.

«È stato lui, quello dall'aspetto orribile, con quegli occhi malvagi!» risponde la signora Duke, puntando il dito contro uno smarrito Charlie, per poi mettersi le mani in faccia e simulare un pianto.

«Non ho altro da chiederle. Vostro Onore, posso domandarvi di esimere la signora Duke da un'eventuale interrogazione da parte del mio dotto amico? La poverina è sotto pressione: non credo proprio sia in grado di rispondere ad altre domande» suggerisce con astuzia Gerald Viper.

«Obiezione! La corte non può negare alla difesa il diritto di interrogare un testimone! Questa non è la giustizia, ma una sua parodia!» protesta Arnold.

«Obiezione respinta! La signora Duke è sconvolta, e il coraggio che ha dovuto tirar fuori per testimoniare ha aggravato il suo trauma! La vostra richiesta, signor avvocato, è in contrasto con la convenzione di Ginevra. Pertanto, non soltanto la testimone ha la facoltà di lasciare l'aula, ma ritengo opportuno che si rechi in taxi alla stazione ferroviaria di Norwich, e che da lì prenda il primo treno per Great Yarmouth, dove trascorrerà il fine settimana, in modo di riprendersi dallo stress. Tutto ciò, a spesa della corte. Usciere, per cortesia prelevate del denaro dalla cassa e datelo alla signora Duke!» ordina Penelope Painshill, ebbra di potere.

«Vostro Onore, sapete benissimo che la convenzione di Ginevra riguarda esclusivamente i fatti di guerra. Vi domando nuovamente di poter interrogare la signora

Duke: se non doveste permettermi di farlo, non potrei fare altro che giudicare fazioso il vostro comportamento, e pertanto vi riterrei inidonea a condurre il processo. Vi prego di notare che l'aula è piena di persone che potrebbero testimoniare in mio favore».

«Agente Rex, avete sentito anche voi la minaccia nei miei confronti bisbigliata dal signor Arnold, subito dopo aver pronunciato la frase "persone che potrebbero testimoniare in mio favore?"» chiede Penelope Painshill, sapendo già quale sarà la risposta.

«Certo che ho sentito, Vostro Onore!» risponde il poliziotto, che nel frattempo ha lasciato la parte dell'aula riservata al pubblico e si è avvicinato al seggio, visto che è giunto il suo turno di testimoniare.

«Molto bene, agente Rex! Per cortesia, arrestate il signor Arnold e portatelo alla stazione di polizia, con l'accusa di minaccia a pubblico ufficiale! Signorini Renard e Cambridge, da questo momento in poi dovrete difendervi da soli» dice Penelope Painshill, convinta che le cose stiano finalmente volgendo a suo favore.

«Non arresterete proprio nessuno, agente Rex! E voi, signora Painshill, siete una disonesta!» urla Trudi.

L'intera corte rimane col fiato sospeso, osservando la giovane volpe e il nervoso Chester che si fanno strada fino al seggio, con le prove fotografiche in mano.

«Trudi Milanesi, siete una semplice cuoca e una modesta infermiera! Come vi permettete di fare irruzione nell'aula e di esibire un comportamento tanto minaccioso quanto maleducato? Per di più, accompagnandovi alla volpe più pigra che si sia mai vista sulla faccia della Terra! Agenti Rex e Bryan, sergente Ali, arrestate anche loro!» ordina il magistrato, in evidente difficoltà, visto che Chester sa come sono andate realmente le cose.

Tuttavia il sergente Ali, che ama profondamente Foxham e i suoi abitanti, immagina che se la premurosa Trudi e il quieto Chester hanno agito in una maniera simile, devono avere dei motivi più che validi.

«Vostro Onore, vi ricordo che sono io il maggior rappresentante della Legge e dell'ordine, in questo territorio. Pertanto, ho la facoltà di annullare la vostra disposizione: permetto quindi alla signorina Milanesi e al signor Brown di spiegare le loro ragioni» dice il sergente Ali, sicuro di sé.

«Farò in modo di farvi impiccare, sergente, voi e vostro padre! Sono io, in aula, a comandare!» urla il magistrato, ormai sulle spine.

L'agente Rex, intanto, si aggiusta nervosamente il colletto della camicia, visto che le malefatte compiute stanno finalmente venendo allo scoperto.

«No, signora Painshill! Il tribunale appartiene alla popolazione di Foxham, ed è vostro dovere fare in modo che tutto funzioni nel rispetto della Legge! Non potete certo far impiccare due cani onesti, membri integerrimi della comunità, soltanto perché non avete gradito l'intervento del sergente» osserva Charles, ribadendo in questa maniera il ruolo di leader del villaggio. Arnold Layton Strong osserva l'amico e annuisce col capo.

Il magistrato, sempre più vicino al panico, ribatte a gran voce: «Vi condannerò al rogo! Sarete arso vivo insieme a vostro figlio e a vostro nipote!»

Trudi capisce che la lite tra i due potrebbe proseguire per l'intera giornata, quindi – come è sua abitudine – decide di prendere il controllo della situazione. La giovane e coraggiosa volpe salta sul grande tavolo di quercia – accanto al quale si trova Arnold – sventolando le fotografie: «Grazie a Chester, ho la prova che Blades, l'agente Rex e Penelope Painshill hanno ordito la loro trama nel bosco di Foxham. Tuttavia, come spesso accade, la vanità è la rovina dei malvagi. Come potete vedere, Penelope Painshill ha in mano una cartellina intitolata "Incastrare Charlie Renard e Owen Cambridge per furto"».

A quel punto interviene Chester, che sembra aver ritrovato il proprio coraggio: «Signori, potete tutti osservare come il macellaio stia cuocendo ventiquattro salsicce e dieci bistecche; accanto al barbecue, noterete pure una grossa quantità di macinato, un po' di prosciutto e altra carne di maiale. Questa, miei amici, è la stessa carne di cui Blades ha denunciato il furto. La presunta refurtiva trovata dall'agente Rex nelle stanze di Charlie e Owen, non consiste in altro che in qualche libro e alcuni giocattoli che lo stesso poliziotto ha infilato in due sacchi che aveva portato con sé: egli era infatti sicuro che, agendo in nome della Legge, nessuno avrebbe dubitato della sua parola. Nessuno, infatti, si è preoccupato di controllare cosa avesse effettivamente requisito».

L'intera corte rimane senza fiato per lo stupore. Fanno eccezione, ovviamente, Trudi, Chester, Penelope Painshill, l'agente Rex, la signora Duke e il macellaio Blades.

«Lo avevo detto che avremmo dovuto togliere di torno quell'idiota di Chester! Porca ***, ve lo avevo detto!» grida Blades, per poi correre verso la porta. A bloccarlo ci pensa Thomas, il quale – allontanatosi dalla parte dell'aula riservata al pubblico – si getta sul macellaio come un provetto giocatore di rugby, facendolo finire a terra.

«Tagliate loro la testa!» urla Penelope Painshill, in evidente stato di confusione. Probabilmente, in questo momento, pensa di essere la Regina di Cuori di *Alice nel Paese delle Meraviglie*.

«Sergente Ali, agente Brian: arrestate il magistrato, l'agente Rex, il macellaio Blades e la signora Duke!» ordina Charles, le cui parole sono accolte dalla folla con applausi e grida di approvazione.

«Liberate i prigionieri! Sono liberi di andarsene, immacolati come le loro fedine penali» dice quindi Arnold Layton Strong.

Gerald Viper annuisce: era convinto che i due cuccioli fossero effettivamente colpevoli, ma ormai non può fare altro che ammettere di essere stato ingannato da Penelope Painshill e dall'agente corrotto.

Sebbene ancora in catene, Charlie e Owen fanno i salti di gioia, esattamente come quando il Norwich City si aggiudica la vittoria.

■ ■ ■

Data la confusione, Trudi e Chester decidono di aspettare che l'aula si svuoti. Trudi è contenta di come si è comportato il suo amico, e gli dice: «Sei stato coraggiosissimo, Chester Brown: hai salvato due volpi innocenti. Ora potrai camminare per le strade di Foxham a testa alta».

Chester sorride, si alza in piedi e esce dall'aula, intenzionato a godersi il resto di quella bella giornata di sole facendo un bel giro in bici. Tuttavia, non appena varcata la soglia, vede Charlie alla guida della sua bicicletta, con Owen seduto sulla canna, entrambi con ancora addosso i vestiti da carcerati.

«È stata una gran bella idea, Owen, quella di rubare la bici di Chester» dice Charlie.

«Già! Tanto, ormai, chi gli potrà mai credere? Grazie a lui, l'intero villaggio ci considera due cari e dolci cucciolotti» replica Owen.

Dopo lo scambio di battute, i volpacchiotti prendono a ridere alla stessa maniera dei malvagi dei film.

10

La partenza

La sera di Santo Stefano, dopo aver passato un insolito quanto piacevole Natale con i bravi e temerari abitanti di Sant'Agata de' Goti, Mario Bandito torna nella lussuosa abitazione di viale Anton Dohrn. Insieme, ovviamente, alla sua famiglia, ci sono gli scagnozzi e i nuovi amici conosciuti nei giorni precedenti.

La lussuosa casa con vista sul mare apparteneva un tempo al suo vecchio boss, Vittorio Mosele. Qualche anno prima, i due erano andati a pesca nel golfo di Napoli, ma l'anziano camorrista non aveva fatto più ritorno. Dopo qualche tempo, fu dichiarato scomparso, ma erano tutti certi che Vittorio fosse stato ucciso da Mario, anche se nessuno ha mai avuto il coraggio di dirlo apertamente.

Visto tutto ciò che ha passato, la famiglia Bandito decide di trascorrere a casa il resto della serata, e alcuni amici più stretti rimangono con loro. Diavolo, invece, decide di fare una passeggiata insieme ai fratelli pugili di Benevento, gli orsi della Campania e il resto della banda di Mario. Dopo essersi sgranchiti le gambe, i nostri cercheranno un posto dove fare una bella scorpacciata, concludendo degnamente la serata.

A Silvia – la determinata moglie del boss, nonché madre di Alberto – piace molto cucinare, perciò decide di aiutare la cuoca di casa – un'umana chiamata Sofia – a preparare delle abbondanti porzioni di melanzane alla parmigiana. Ai Bandito piace la cucina tradizionale, pertanto hanno sempre a disposizione una scorta di melanzane e mozzarella, oltre alla gran quantità di pomodori appesi alle travi di quercia.

Carlotta si dà un gran da fare nell'intrattenere Alberto, mostrandogli le ultime mosse rock and roll; se non lo facesse, il volpacchiotto metterebbe le zampe sugli ingredienti, prima ancora che possano essere cucinati.

Quando è ormai sicura di aver distratto il volpacchiotto dal cibo, la giovane si rivolge al boss: «Don Mario, ascoltatemi: i vostri uomini e i vostri animali – così come i nostri nuovi amici – non devono conoscere il vero motivo per cui andremo a Foxham! Sapere come stanno realmente le cose sarebbe, per loro, motivo di grande preoccupazione, e questo potrebbe influire negativamente su ciò che dovremo fare. Dite loro che Alberto ha bisogno di un lungo periodo di riposo per riprendersi dalle conseguenze psicologiche del rapimento, e che loro devono rimanere qui per combattere le forze del male, nel caso in cui ce ne fosse bisogno. Vi prego poi di assicurarvi che stasera nessuno beva troppo: data la situazione, è importante rimanere lucidi».

In un'altra parte dello splendido salotto, Alberto si cimenta nei passi del *bunny hop*, che la strega buona gli ha appena insegnato.

«Sagge parole, Carlotta!» risponde Mario, seduto sul divano in stile Chesterfield, mentre beve una bibita a base di zenzero da un bicchiere di cristallo.

«Mario, dovremo lasciare Napoli stasera, dopo aver mangiato. Qua non siamo al sicuro, e non lo saremo fino al giorno di Pasqua, quando Trudi Milanesi dovrà sciogliere il sortilegio» aggiunge Carlotta, preoccupata.

La volpe, guardando negli occhi la bella incantatrice, replica: «Non potrei, piuttosto, convocare i miei rivali e convincerli a unirsi a noi? Stasera stessa, insieme a loro, potremmo andare a incendiare il castello di Montesarchio, con tutte le streghe dentro».

«Come vi ho già detto, il castello è protetto dalla magia. Inoltre, se anche riusciste in qualche modo a ridurlo in cenere, il sortilegio su Alberto rimarrebbe comunque efficace» ribatte Carlotta.

Silvia, che ha ascoltato la conversazione tra i due, esce dalla cucina e, con voce stanca, interviene: «Non potremo partire prima di domattina, visto che in questo momento l'aeroporto è chiuso».

Alla moglie del boss le festività natalizie sono sempre piaciute moltissimo, sin da quando era cucciola. Non poteva certo prevedere che, quest'anno, avrebbe trascorso la notte di Natale in un alloggio a due stelle, con bagno condiviso con gli altri ospiti della struttura. Anche se ha trovato adorabile la gente di Sant'Agata, è rimasta dell'idea che il cibo e la sistemazione che erano stati riservati loro fossero al di sotto dei suoi standard. Silvia è una snob, ma non lo ammetterà mai.

«Mario, dopo cena farò una partita al gioco dell'oca con Alberto, magari mentre mangio degli struffoli e bevo un bicchiere di Falanghina. Poi farò un bel bagno, e dormirò finalmente nel nostro letto. Ascolta: che ne dici di chiedere al nostro amico Stefano Romano se può pilotare l'aereo per noi?» chiede Silvia.

«Non ho alcuna intenzione di chiederglielo,» risponde un po' bruscamente il boss, «visto che sta trascorrendo il Natale con sua moglie e con le loro due figlie».

«Non c'è affatto bisogno che usi quel tono, Mario! Va bene, domattina prenderemo dei biglietti per la prima classe. Conosco bene Luigi, quella volpe che lavora in Alitalia: i nostri padri erano buoni amici, sono certa che ci farà un buon prezzo. Adesso, però, basta parlare di streghe e maledizioni. Alberto, ho nascosto sotto il letto il portadolci d'argento. Vallo a prendere: gli struffoli si trovano lì!» ordina Silvia.

Alberto abbassa la testa per la vergogna, perché la sera del rapimento aveva già trovato e mangiato quei bei dolcetti di pasta fritta. Silvia conosce sin troppo bene quell'espressione e, arrabbiata, inizia a urlare: «Alberto Bandito, vergognati! Natale o Pasqua che sia, è sempre la stessa storia: non c'è una volta che non divori i dolci delle feste. Domani, invece di prendere un volo per l'Inghilterra, andremo a Calais e ti iscriverò alla Legione straniera!»

Diavolo e i suoi amici, che sono ancora nei paraggi, ridacchiano mentre sentono uscire dalle finestre di casa Bandito le urla di Silvia.

Carlotta, sicura di sé, interrompe la lavata di capo: «Signora Silvia, le vostre pre-occupazioni per la salute di Alberto sono ammirevoli, ma insisto: dobbiamo partire stanotte stessa. Le streghe e i Berretti Rossi si staranno già riorganizzando, e presto tenteranno di vendicarsi. Diana ci farà attaccare dai *ghoul* e dalle altre creature mal-vagie che si nascondono nelle foreste, nei vicoli, nei castelli disabitati e nei cimiteri. In questo momento, Diana è a capo di ogni entità maligna della Terra, e Alberto rappresenta la salvezza per tutto ciò che c'è di buono. Sarà pure un ingordo, ma il suo cuore è puro. No, la prego, so già cosa sta per dire: "Nessuno mi dice cosa fare e cosa non fare". Signora Silvia, non solo suo figlio è in grave pericolo, ma lo è anche il resto del mondo».

Silvia, in vena di discussioni, si fa avanti per affrontare Carlotta. Per evitare il peggio, Alberto si frappone tra l'amata madre e la sua nuova migliore amica, e dice: «Mamma, Carlotta, non litigate! Se è meglio partire stasera, lo faremo. Ma come riusciremo a lasciare Napoli? Non possiamo prendere l'aereo, e le strade che condu-cono fuori dalla città saranno senz'altro presidiate dalle truppe di Diana».

«Potremmo andarcene via mare» suggerisce Mario.

«Una crociera di lusso fino all'Inghilterra sarebbe una meraviglia! Sofia, prepara le mie valige, e mettici dentro i miei abiti migliori» interviene Silvia con entusiasmo, visto che adora viaggiare in nave. Dopo la guerra, la signora Bandito – così come tanti altri suoi simili – ha iniziato a non avere più troppa paura dall'acqua. In quegli anni, molte volpi sono state costrette a viaggiare in barca oppure in nave, scoprendo che la cosa può essere divertente.

«Signora Silvia, non abbiamo certo il tempo per una crociera, anche se l'idea in sé sarebbe eccellente, in un altro momento. Dovremo cercare un peschereccio che sbarchi a Marsiglia, e da lì prendere il treno per Calais, e poi un altro per Dover» replica Carlotta.

«Signorina Carlotta, non esiste possibilità al mondo che io, Silvia Bandito, metta piede su un volgare peschereccio! Preferirei piuttosto rimanere qui e affrontare le streghe!» grida la moglie del boss.

Visto come stanno andando le cose, Mario decide di prendere il controllo della situazione: «Silvia, prepara le tue cose! Dobbiamo partire al più presto: prima saremo in Inghilterra, prima avremo la possibilità di sistemare le cose. Nei giorni scorsi, ho visto le forze oscure in azione: rispetto a ciò che fanno le streghe, il modo in cui mi guadagno da vivere non è affatto malvagio».

Alberto lo interrompe: «Hai ragione, papà, il tuo stile di vita non è malvagio, ma neanche legale».

Il volpacchiotto, finora, non si è mai posto domande sul lavoro di suo padre. Però, dopo che la sua vita è stata sconvolta, Alberto inizia a non dare tutto per scontato: in pochi giorni, è stato rapito dalle streghe, ha rischiato di essere sacrificato, è fuggito per miracolo dal loro covo e si è infine trovato al centro di una spettacolare battaglia tra il piccolo gruppo che lo proteggeva e i Berretti Rossi capeggiati da Diana.

«Alberto, devi essere grato alla camorra per il cibo che mangi, il tetto sopra la tua testa e gli indumenti che hai addosso, e devi pure ringraziarla per quanto andiamo allo stadio e abbiamo i posti migliori, e pure perché possiamo permetterci di andare a mangiare nei migliori ristoranti della regione. Tuo nonno – pace all'anima sua! – era un bravissimo borseggiatore: a spingerlo non era il piacere di rubare, ma la necessità di mettere qualcosa in tavola. Grazie a ciò che faceva, quando ero cucciolo non ho mai sofferto la fame. Ti assicuro però che non ho certo vissuto nel lusso, come invece stai facendo tu. Cosa dovrei fare, secondo te? Rinunciare a tutti i soldi che ho guadagnato?»

«Beh, sarebbe senz'altro un inizio!» risponde con decisione Alberto.

«Io non mi sarei mai permesso di parlare così a mio padre! Alberto, vai nel ripostiglio: è lì che passerai la notte!» urla il boss, sorpreso e arrabbiato per le parole del cucciolo.

«Don Mario, non mi sembra il momento migliore per punire vostro figlio. Alberto, non è certo il caso di fare lo sfacciato con tuo padre. Dobbiamo lasciare Napoli immediatamente: sento avvicinarsi le forze del male. A Foxham godremo di una maggiore protezione, e nel mese di aprile potremo finalmente liberarci dalla maledizione. Se non lo faremo, non ci sarà un altro Natale» dice Carlotta, che vuole prendere il controllo della situazione senza offendere il boss.

«Signorina Carlotta, parli sempre in maniera saggia e il modo in cui ti preoccupi per mio figlio è commovente. Va bene, andiamo subito al porto e saliamo sulla prima imbarcazione disponibile!» dice Mario, cosciente del pericolo che stanno correndo i suoi cari.

«Che l'imbarcazione non sia un peschereccio, Mario!» grida Silvia.

«Calmati, Silvia!» ordina Mario, usando però un tono più accomodante.

■ ■ ■

«Questo è chiaramente un segno, ma non sappiamo se viene dal paradiso o dall'inferno» dice un cauto Diavolo alla vista del peschereccio Viaqua, attraccato al porticciolo di Santa Lucia.

Di norma, le passeggiate dall'abitazione di Mario a Santa Lucia sono piuttosto piacevoli, ma stanotte l'atmosfera malevola è sin troppo tangibile. In altre condizioni, l'intera comitiva apprezzerebbe la bellezza circostante. Il gruppo è composto da Diavolo, Mario, Silvia, Alberto e Carlotta, oltre che da un pugno di volpi e uomini al servizio del boss e dai lupi pugili Leonardo e Francesco, nonché da Giorgio, accompagnato da alcuni orsi della Campania. Il resto della gang di Mario e gli altri orsi pattugliano le strade di Napoli e delle campagne circostanti, collaborando con le bande della camorra. Lo scopo delle ronde è difendere l'amata città campana dagli attacchi delle streghe e dei loro alleati.

Diavolo conosce sin troppo bene il peschereccio Viaqua, visto che vi salì a bordo alcuni prima, nell'intento di lasciare l'Albania e vedere il resto del mondo. Lì fece amicizia con i lupi Wilfred e Winston, con l'orso Rocco e con la volpe Rossi. Come ricorderete, il Dobermann finì in mare tentando di fuggire da Krojan, il marinaio con un occhio solo che lo inseguiva brandendo una spada.

«Diavolo, amico mio, mi hai parlato spesso dei tuoi cari compagni del peschereccio Viaqua, così come degli umani cattivi che erano al suo comando. Se quegli uomini si trovano ancora a bordo, ci vendicheremo del trattamento che hai subito» dichiara Mario.

«Ti ringrazio, Mario, ma non ho più dubbi: la presenza dell'imbarcazione è un segno divino» replica il cane, e poi cade in ginocchio commosso alla vista della volpe Rossi, che sta uscendo in quel momento dalla cabina. Il profumo proveniente dalla cucina del Viaqua fa venire l'acquolina in bocca sia a Mario che ad Alberto, anche se non è passata un'ora da quando hanno finito di mangiare le melanzane alla parmigiana.

«Rossi, sono io: Diavolo!» grida con gioia il Dobermann.

Rossi, incredulo, si volta verso di lui, e a sua volta dice a gran voce e con entusiasmo: «Corri, Rocco: c'è Diavolo!»

Dalla cabina spunta fuori un grande orso bruno, con addosso un pesante maglione blu, dei pantaloni scuri e un cappello da capitano di colore blu scuro. Alla vista del Dobermann, l'orso grida per la felicità: fino a pochi istanti prima, era convinto com'era che il suo fosse morto annegato. Diavolo si rialza e inizia a correre verso il Viaqua più veloce che può.

Carlotta avverte i sentimenti benevoli tra quegli animali, e ha la conferma che quello è il momento migliore per lasciare Napoli. Fa quindi cenno a Silvia e ad Alberto di seguire Diavolo. Quando la moglie del boss passa accanto alla giovane strega, dice con tono eccitato: «Oh mio Dio, questa sì che sarà un'avventura!»

Carlotta è felice di vedere questo cambio di atteggiamento da parte della volpe, che pochi minuti prima provava disgusto al solo pensiero di mettere piede su un'imbarcazione del genere.

«Don Mario, dite alla vostra gang di proteggerci da eventuali attacchi mentre saliamo a bordo!» suggerisce la ragazza al boss, che annuisce. Anche se nessuno ha ancora parlato all'equipaggio della necessità di salpare per l'Inghilterra, Carlotta sa già che la risposta sarà affermativa, e questa consapevolezza non deriva necessariamente dai suoi poteri di strega.

Pochi secondi dopo, i tre amici ritrovati – Rossi, Rocco e Diavolo – si abbracciano sul ponte. In cuor suo, il Dobermann sa che il capitano Izet e i fratelli Koll e Krojan non sono più a bordo: un eventuale ammutinamento degli animali – che era già nell'aria prima che precipitasse in mare – sarebbe stato sin troppo difficile da gestire da parte di quegli spregevoli individui. Il suo interrogativo, quindi, è un altro: «Che fine hanno fatto Wilfred e Winston? Vi prego: non ditemi che anche loro sono finiti in mare!»

«Non preoccuparti per loro, Diavolo! Si sono sposati con due lupe irlandesi, e ora vivono da quelle parti. Attraccavamo spesso a Dublino, visto che nel mare d'Irlanda prosperano merluzzi e platesse. Rispettavamo le regole, ma i pescatori irlandesi – soprattutto a quelli di razza volpina – non tolleravano la presenza di albanesi e italiani nelle loro acque. Nonostante ciò, Wilfred e Winston si sono innamorati di due lupe del posto e hanno deciso di rimanere e di continuare a lavorare nella pesca. Quando ci siamo salutati, erano così felici della scelta compiuta».

Il sorriso di Diavolo si allarga sin quasi a toccare le orecchie: anche gli altri sono sani e salvi. Alberto, dal canto suo, è felice di intraprendere una nuova avventura, e tenendo per mano sua madre – altrettanto entusiasta – oltrepassa il gruppetto di animali. Bisogna però dire che, in questo momento, ad attirare il volpacchiotto è soprattutto il profumo di cibo dalla cabina.

Carlotta sale sul Viaqua e, quando si volta indietro, vede Mario impartire gli ultimi ordini ai suoi. Leonardo e Francesco la salutano con la zampa, e lei ricambia con un ampio sorriso. A quel punto, la giovane guarda verso il cielo, e riflette: «Sono finalmente circondata da amicizia e amore, e non più da odio e risentimenti. È così bello...»

Purtroppo, il suo stato d'animo è destinato a durare poco, precisamente fino al momento in cui una voce familiare si rivolge a lei: «Carlotta, per piacere, chiama mio padre: le linguine con le cozze sono quasi pronte! Sono il suo piatto preferito!»

A parlare è ovviamente Alberto, affamato come al solito. Tuttavia, non c'è alcun bisogno che Carlotta inviti a bordo suo padre, visto che il boss – sentendo quel profumo – si è già precipitato sull'imbarcazione, sorridendole mentre la oltrepassava, comportandosi così più da cucciolo che da volpe adulta. Una volta entrato in cabina, Mario urla per la sorpresa e per la gioia, ma non a causa delle linguine. Subito dopo, infatti, lo si sente gridare: «Credevo fossi annegato! Tutti, a Napoli, hanno pensato che ti avessi ucciso!»

L'incantatrice lo raggiunge per capire cosa stia succedendo. Una volta entrata, trova Mario – piuttosto sconvolto – di fronte a un umano dai capelli bianchi e la pelle olivastra, anziano ma ancora in forma. L'uomo ha addosso una canottiera, un grembiule bianco, un cappello sgualcito da cuoco e un paio di jeans che – come gli altri indumenti indossati – avrebbero bisogno di un lavaggio coi fiocchi. L'addetto alla cucina, a sua volta incredulo, guarda Mario a bocca aperta, mentre dalla sua mano destra penzola una grossa pentola piena di linguine.

Dopo lo shock iniziale, l'anziano si ricompone e dice: «Mario Bandito, come puoi vedere coi tuoi stessi occhi, quel giorno non sono affatto annegato. Mentre pescavamo, sono scivolato in acqua, ma non te ne sei accorto per via del rumore del mare. Da bravo nuotatore, ho pensato di farti uno scherzo, raggiungendo a nuoto la riva – che era abbastanza vicina – per aspettare lì il tuo ritorno. La marea, però, era sin troppo forte, e sono stato trascinato fuori dal golfo di Napoli. A quel punto ho creduto di morire sul serio, e nell'agitazione ho continuato a pensare che si trattasse un segno divino, dovuto a tutte le cose brutte che ho compiuto».

Mario pende dalle labbra dell'ex-boss, che prosegue il racconto: «In pieno Tirreno, in mezzo al nulla, ho visto spuntare un traghetto, e l'equipaggio mi ha soccorso. Ho evitato di rivelare la mia vera identità, pensando che potessero esserci dei poliziotti a bordo. Gli ho detto solo che ero caduto in mare a poca distanza dalle coste sarde, quindi mi hanno lasciato viaggiare con loro fino al porto di Cagliari. Ero molto lontano da casa, ma dopo aver sfiorato la morte, non avevo alcuna fretta di tornare alla mia vecchia vita. Per la prima volta, dall'età di quindici anni, mi sentito di nuovo libero. Ho preso una stanza in una confortevole pensione di Cagliari, e per un po' mi sono guadagnato da vivere facendo lo chef in un ristorantino chiamato

Osmosis, non distante dal porto. Un giorno vennero a pranzo Rocco e Rossi, che avevano appena attraccato, e ci mettemmo a chiacchierare. Il padrone mi aveva già ripreso per il fatto che a volta mi intrattenevo con i clienti, pertanto mi licenziò su due piedi, davanti a loro. Rocco mi propose di lavorare per loro, come chef del Viaqua, visto che si apprestavano a compiere una lunga battuta di pesca nel Mediterraneo. Il lavoro sarebbe dovuto durare pochi mesi, ma in quel periodo diventammo come fratelli. Gli rivelai la mia vera identità e gli raccontai della vito che avevo fatto fino a poco tempo prima, e loro non fecero una piega. A partire da quel momento, mi sentii enormemente sollevato e iniziai a pensare che in fin dei conti la vita di mare era migliore rispetto a quella che avevo condotto sulle strade di Napoli. A quel punto, mio vecchio amico, don Vittorio Mosele è morto sul serio, mentre Vitto lo chef è vivo e vegeto!»

Inizialmente Mario continua a sorridere all'amico ritrovato, ma poi con tono estremamente infastidito gli chiede: «Perché diavolo non hai mai dato notizie a me o ai tuoi parenti, oppure ai tuoi amici? Perché non lo hai fatto? Tutti hanno pensato che fossi morto per mano mia!»

A quel punto, urlando per la rabbia, tira fuori la fidata pistola dai pantaloni blu scuro di mohair fatti su misura, e poi gliela punta contro: «Ti dovrei uccidere! Il dolore e il senso di colpa mi hanno tormentato per anni, solo per colpa tua! E mentre io soffrivo, tu passavi il tempo a cucinare e a navigare intorno all'Europa!»

«Mario, non fare idiozie!» gli grida Carlotta, pur sapendo che la volpe non sparerebbe mai all'amico e boss di un tempo.

L'animale, vergognandosi un po', abbassa la pistola e la passa alla giovane. Subito dopo, siede al tavolo della cucina e prende a singhiozzare. Don Vittorio Mosele – o meglio, Vitto lo chef – gli si avvicina e, sinceramente dispiaciuto, gli dice: «Mario, sono mortificato, dico sul serio. Ti prego di perdonarmi».

Mario alza la testa, gli sorride con malinconia, e poi abbassa di nuovo gli occhi, fissando il pavimento di legno. Carlotta dà colpetto sulle spalle a Vitto, che si volta verso di lei e – seguendo il labiale della ragazza – capisce di dover continuare: «È bello rivederti, Mario: sei in ottima forma. Questa è la prima volta che torno a Napoli. Abbiamo attraccato la notte di Natale e ci siamo presi tre giorni di vacanza, visto che pochi comprano il pesce dopo la vigilia. Domani, però, salpiamo per Biscaglia».

L'ex-camorrista prosegue, nell'intento di riconquistare l'amicizia di Mario: «È stato strano rivedere i posti che frequentavo, senza che nessuno mi riconoscesse. Ho pensato di far visita alla mia famiglia, a te e a tutti i vecchi amici, ma non mi è parso giusto: non volevo far la parte del Fantasma del Natale Passato. Ti prego, amico mio, mangiamo insieme queste linguine, e ciò che stato è stato! Non penso che tornerò di nuovo da queste parti: questa non è più casa mia. Ti dirò, però, che mi ha fatto piacere vedere i fuochi artificiali la sera di Natale, mentre ci avvicinavamo al porto. Mi sembrava venissero dalla direzione di Sant'Agata de' Goti, ma non ne sono certo».

A quel punto interviene Carlotta: «Non si è trattato di fuochi d'artificio: lascia che ti spieghi!»

· · ·

Durante la cena, la strega fa un riepilogo dei fatti accaduti. Rocco, Rossi e Vitto sono presi dal racconto e terrorizzati da ciò che può accadere ad Alberto. Una volta finito di ascoltare Carlotta, si dichiarano disposti a dare una mano.

«Don Mario, signora Silvia, signorina Carlotta, signorino Alberto e Diavolo, amico ritrovato: per noi sarà un onore salpare con voi per l'Inghilterra, anche se prima dovremo passare comunque per il golfo di Biscaglia» dichiara il capitano Rocco.

«È molto gentile da parte vostra. Vi pagheremo il doppio di quanto vi spetterebbe normalmente; in dollari, lire o sterline, come preferite. Dispongo di tutte e tre le valute, e in abbondanza: ne ho piena la borsa» dice Mario, che si è ha finalmente ritrovato il buon umore, anche grazie all'aiuto delle linguine e di qualche bottiglia di birra italiana.

«Pagateci soltanto le spese: andrà benissimo!» dice Rossi, che è anche il contabile della nave.

Mario fa cenno di sì con il capo e quindi sorride, soprattutto in direzione di Vitto.

«Ora, però, dobbiamo partire. Non possiamo fermarci oltre» dice Carlotta con tono autoritario.

«A tutto vapore!» ordina Rocco.

A quel punto Alberto salta in piedi, non per la gioia, ma solo per servirsi meglio a tavola.

11

Foxham, arriviamo!

Silvia dice qualcosa a gran voce, ma nessuno le presta attenzione, visto che negli scorsi sette giorni e mezzo i suoi compagni di viaggio si sono abituati a sentirla protestare per qualsivoglia motivo. I lamenti della volpe vengono pertanto ignorati da tutti, dal marito Mario al figlio Alberto, dalla strega Carlotta all'amico di famiglia e guardia del corpo Diavolo, dal capitano Rocco al marinaio Rossi, fino al cuoco della nave Vittorio Mosele, già boss della camorra, ora noto come "Vitto lo chef".

Sin dal momento della partenza, Silvia ha trovato una miriade di motivi per lagnarsi, dalle dimensioni inadeguate dell'imbarcazione al fatto che – secondo lei – talvolta il mare ondeggia in maniera decisamente esagerata. Inizialmente, il resto della compagnia cercava di tirarle su il morale, ma le sue lamentele sono diventate così frequenti da essere a malapena notate. Tuttavia, ora che s'intravedono all'orizzonte le splendide scogliere bianche di Dover, sperano tutti che la smetta finalmente di frignare. Beh, non proprio tutti, visto che Mario sa già che, non appena lasceranno Dover per recarsi finalmente a Foxham, sua moglie troverà qualcosa di nuovo per cui protestare.

Il viaggio dal porto di Santa Lucia a quello di Denver è piaciuto a tutti (a parte Silvia, naturalmente). A dispetto dei programmi iniziali, l'unica fermata è stata quella al porto di Marsiglia: il capitano Rocco ha infatti pensato che fosse meglio far sbarcare quanto prima i passeggeri in Inghilterra, per poi riprendere la battuta di pesca così come era stata inizialmente programmata.

A Marsiglia, equipaggio e passeggeri hanno fatto rifornimento di cibo e bevande, e hanno inoltre acquistato dei quotidiani italiani, alcuni libri, un mazzo di carte e alcuni giochi da tavola. Tutto ciò a spese di Mario, che ha anche offerto alla compagnia una cena in una pizzeria del porto, prima di salpare di nuovo.

Diavolo si è dimostrato un maestro nel gioco degli scacchi, mentre Rossi ha rivelato un talento da detective a Cluedo. Alberto è imbattibile a domino, e per quanto riguarda il gioco della dama è secondo solo a Rocco e Vitto. In quanto al Monopoly, è stata sempre Silvia a stravincere, ma per lei – ovviamente – questa non è stata altro che una magra consolazione. Nei giochi di carte, a cavarsela egregiamente è stato soprattutto suo marito, che ha vinto diverse sterline a Gin Rummy.

Carlotta ha trascorso il tempo leggendo le edizioni francesi di classici dell'avventura come *Robinson Crusoe* e *I viaggi di Gulliver*. Infatti, per fortuna degli altri, la giovane conosce la lingua, così ha potuto mettere in scena ogni sera alcune parti dei racconti, non prima delle abbondanti cene a base di pesce preparate da Vitto con l'aiuto di Mario. Le performance di Carlotta sono quindi diventate l'intrattenimento serale:

d'altro canto, la ragazza non mai mancato di far sorridere e divertire i compagni di viaggio.

Nonostante Silvia si fosse incaricata delle pulizie del Viaqua, è stato Diavolo a fare la maggior parte del lavoro, per non dire tutto. Rossi era al timone, sotto il comando di Rocco, e Alberto aveva imparato a usare la radio di bordo. Erano tutti così assorbiti dal lavoro e dai giochi da non accorgersi nemmeno dell'arrivo del nuovo anno, il 1958.

Mario ha messo a frutto le nuove capacità del figlio, facendogli contattare via radio gli uffici del porto di Santa Lucia. Grazie ad Alberto, è riuscito pure a riaprire le comunicazioni con la sua banda rimasta a Napoli: fortunatamente, non c'era stata alcuna rappresaglia, e nessuno aveva più visto in giro né le streghe né i Berretti Rossi. Gli scagnozzi di Mario e quelli delle altre bande pattugliavano regolarmente l'intera regione, aiutati dai lupi e dagli orsi: i campani, insomma, potevano stare tranquilli. Anche se le notizie erano consolanti, Carlotta aveva comunque messo in guardia Mario, dicendogli che la congrega stava senz'altro tramando qualcosa.

Durante il viaggio, il Viaqua non aveva subito alcun attacco, ma uno stormo di corvi neri aveva seguito talvolta l'imbarcazione, secondo Carlotta sin troppo da vicino. La giovane aveva quindi fatto ricorso alla magia, ordinando ai gabbiani che volavano sopra il peschereccio di scacciare quella moltitudine di uccelli neri; i gabbiani erano stati ben felici di accontentarla. Faceva bene, l'incantatrice, a temere quei corvi, che erano stati infatti mandati dalle streghe di Benevento. Quando, nell'appartamento di Mario, Carlotta spiegava al boss le ragioni per cui sarebbero dovuti partire immediatamente, ad ascoltarli c'era Ettore, che dopo essersi ripreso dal pugno sferrato da Alberto li aveva seguiti, e – non notato – li osservava dal davanzale.

■ ■ ■

«Buongiorno e buon anno nuovo, Trudi! Il sandwich al tacchino che ho mangiato a colazione era ottimo, e lo stesso vale per le fette di tacchino arrosto e il *bubble and squeak* serviti ieri a cena[5]» dice con aria lieta Chester, mettendosi al lavoro. Gli piace davvero fare il guardiano della casa di cura di Foxham. Inoltre, la cortesia e il

---

5 Le fette di tacchino arrosto e il *bubble and squeak* sono due pietanze tipicamente britanniche: le prime vengono servite fredde, mentre il *bubble and squeak* è un piatto caldo a base di patate e cavolo.

buonumore che lo caratterizzano lo hanno reso molto simpatico ai pazienti della struttura.

Alla fine, il buon animo di Chester si è rivelato non solo sul lavoro, ma anche con gli amici: la volpe ha infatti restituito agli ex-colleghi tutti i soldi che gli avevano inviato quando si fingeva invalido. I loro rapporti sono sempre ottimi, e quando i suoi amici non possono fargli visita a Foxham, è lui che li va a trovare a Ipswich.

Trudi si limita a sorridere, senza dire niente, e intanto si prepara per la passeggiata di Capodanno con sua nonna Anna. Anche se non lo dà a vedere, la giovane è preoccupata: la sera della vigilia di Natale, a Foxham c'era stato un violento acquazzone, seguito da una tempesta, proprio mentre aveva luogo la battaglia di Sant'Agata de' Goti. Finiti i combattimenti, la pioggia si era fermata, le nuvole si erano allontanate e la luna era tornata a splendere sul villaggio inglese. Anche se gli abitanti avevano dato la colpa alla volubilità del tempo, Trudi aveva avuto lo strano sentore che qualcosa o qualcuno stesse arrivando.

«Trudi, c'è una cosa di cui ti devo parlare» dice Anna, passeggiando con la nipote. L'anziana volpe sa che la tempesta della vigilia costituiva un presagio, e che questo riguardava il destino di Trudi. Aveva quindi deciso di rivelarle la sua natura di strega buona, e di farle sapere che dalle sue azioni sarebbe dipesa la salvezza del mondo.

Trudi le fa cenno a sua nonna di proseguire, convinta com'è che voglia parlare come al solito di lavoro, ad esempio dei menu o di altri argomenti simili. Alla vista di Charlie e Owen sulle loro bici, la giovane però si allarma: ai due cuccioli era stato vietato di possedere una bicicletta, visto che il giorno stesso del processo avevano rubato quella di Chester, ed erano stati scoperti immediatamente. Chester si era sentito ferito, visto che erano stati il suo coraggio, la sua testimonianza e le sue foto a scagionare i giovani, nonché a incastrare Penelope Painshill, l'agente Rex, la signora Duke e Blades il macellaio.

Malgrado una prolungata ostilità da parte degli abitanti di Foxham e delle loro stesse famiglie, i ladruncoli erano stati di nuovo accettati dalla comunità; non prima, però, di diversi mesi di umiliazioni e di lavoro volontario in favore del villaggio. Nonostante abbiano pagato per la loro disonestà, Trudi non si fida affatto di loro, e soprattutto di Charlie. Ma soprattutto, le dà fastidio vederli girare di nuovo in bici, come se nulla fosse accaduto: di recente, infatti, il divieto è stato revocato, con il favore dei genitori.

«Trudi, mi stai ascoltando? Ti ho detto che ti devo parlare» dice Anna con voce irritata.

«Dimmi pure, nonna!» risponde un po' bruscamente Trudi, mentre continua a osservare Charlie e Owen.

Quando i due si sono finalmente tolti di torno, Anna tossisce, schiarisce la voce e dice: «Trudi Milanesi, sei una strega».

«Che brutta cosa da dire, nonna! Non sono stata io a prepararti quella splendida cena natalizia? E ieri sera, dopo cena, non ti ho portato una bella tazza di cioccolato caldo?» risponde Trudi, con voce infastidita e leggermente offesa.

«Sei veramente una strega, Trudi. Per piacere, lascia che...»

Prima ancora che riesca a finire la frase, la giovane la interrompe gridando: «Quindi, secondo te, ogni notte volerei a cavallo di una scopa, e magari in compagnia di un gatto nero, ridacchiando e sfoggiando un bel cappello nero a punta! Grazie, è bello sapere cosa pensi veramente di tua nipote. Beh, allora sappi che tu mi ricordi il troll della fiaba dei tre caproni!»[6]

Sentendo le urla di Trudi, Charlie e Owen frenano bruscamente, visto che non intendono perdersi una parola del litigio tra le due.

Anna, ferita e risentita, replica: «Davvero ti faccio pensare a quel troll? Che cosa brutta da dire all'unica persona che ti ha sempre amato, a parte il tuo povero nonno! Trudi, adesso lasciami parlare: non sei una strega cattiva, ma buona! Anche se non te ne rendi conto, hai il potere di fare cose belle per il mondo. Molto presto, questa capacità ti sarà molto utile».

Dentro di sé, Trudi sa che sua nonna sta dicendo la verità, tuttavia rifiuta di crederle, e inoltre è rattristata averla offesa. Decide quindi di avvicinarsi per stringerla forte, e viene accolta a braccia aperte. Nel momento in cui si abbracciano, iniziano entrambe a singhiozzare, facendo così sghignazzare Charlie e Owen.

■ ■ ■

«Beh, è bello trovarci di nuovo sulla terraferma! Tutte quelle ottime cene a base di pesce mi saranno sufficienti per un bel pezzo» dichiara Silvia, mentre insieme a

---

6 Si tratta di una fiaba del folclore nord-europeo, che narra i tentativi di tre caproni di raggiungere un pascolo, attraversando un ponte controllato da un famelico troll. La creatura si ciba di altri esseri viventi, perciò gli animali, per giungere sani e salvi a destinazione, lo devono battere in astuzia.

Mario, Alberto, Diavolo e Carlotta entra in uno scompartimento riservato del treno che dalla stazione principale di Dover conduce a quella di St. Pancras, nel Nord di Londra. Suo marito – che avverte la necessità di un viaggio tranquillo e distensivo – la pensa alla stessa maniera, come del resto gli altri compagni di viaggio.

Alla partenza del treno, si sentono tutti un po' tristi: pensano ancora all'addio in lacrime dato a Rossi, Rocco e Vitto al porto di Dover. Diavolo pensa quindi di tirare su il morale alla compagnia offrendo a tutti dei sandwich al tonno o al pollo, oltre a dolcetti glassati detti *iced buns*; ha acquistato tutto ciò in un negozio di generi alimentari che si trova nei pressi della stazione.

«Una volta arrivati alla stazione di St. Pancras, dovremo andare a Liverpool Street per prendere la metropolitana, e poi proseguiremo in treno per Norwich. A Foxham non ci sono stazioni né fermate ferroviarie, pertanto faremo l'ultima tappa con l'autobus; ci vorrà circa un'ora» dice Carlotta.

La giovane ha riferito agli amici le informazioni ottenute dal capostazione di Dover Priory. Il funzionario è stato molto disponibile, forse anche per via della sua bellezza e dell'impressionante somiglianza con Marilyn Monroe. Tra i due non ci sono stati problemi di comunicazione, visto che Carlotta ha una buona padronanza dell'inglese, e lo stesso vale per Mario e Silvia e persino per il piccolo Alberto. L'unico ad avere qualche difficoltà è Diavolo, il cui inglese è a dir poco zoppicante.

«Non andremo in metropolitana né, tantomeno, saliremo su un autobus! Prenderemo un taxi, e se uno non basta ne prenderemo un paio!» dichiara Silvia.

«Va bene, cara!» replica Mario, e intanto guarda Carlotta e gli altri, facendogli intendere che l'accoglimento della proposta è dovuto soprattutto all'amore per il quieto vivere.

«A chi va una partita a scacchi?» chiede Diavolo, ansioso di dimostrare per l'ennesima volta la sua superiorità nel gioco da tavola.

«Accetta la sfida, Alberto! Sono sicura che la fortuna nel gioco lo stia per abbandonare. Vado a prendere qualche bevanda per accompagnare i sandwich e i dolci. Rispetto alla lentezza del viaggio in mare, saremo a Londra in un batter d'occhio» dice Carlotta con voce gioiosa, uscendo dallo scompartimento per andare in cerca del vagone ristorante.

Una volta nel corridoio, volta a sinistra, e nota una sinistra figura ammantata di nero, con degli occhiali rotondi, in piedi di fronte alla toilette.

«Si tratta di uno di quei cosiddetti predatori diurni, non certo di una spia di Diana» borbotta tra sé e sé Carlotta.

La giovane, come molte altre streghe, sa dell'esistenza di uomini e donne che si definiscono predatori diurni: si tratta di individui che si sono arresi al lato oscuro dell'esistenza e, in qualche caso, si vestono come personaggi di film, libri e fumetti horror. Questa peculiarità dei predatori costituisce un vantaggio per i loro nemici – sempre che, come Carlotta, ne siano a conoscenza – visto che permette di distinguerli dalle spie delle forze oscure, ben più difficili da individuare.

I predatori diurni non hanno veri poteri, a meno che non vogliamo considerare tali la malvagità e la volontà di fare del male alla gente comune, nella maniera che di volta in volta ritengono più opportuna. Comunque sia, nella maggior parte dei casi, questi individui non sono particolarmente forti, né mentalmente né sul piano fisico, per cui sono facili da sopraffare. Come se non bastasse, nella maggior parte dei casi, questi predatori sono pure degli pseudointellettuali.

■ ■ ■

«Uno dei nostri infiltrati – il signor Potts, capostazione di Dover – ci ha appena inviato un telegramma per farci sapere che la traditrice Carlotta e quella volpe cicciona sono appena salite su un treno per Londra» dice Diana, all'interno della nuova dimora della congrega, una villa non distante dalla vecchia abitazione di Montesarchio. Adriana, Benedetta, Caterina ed Ettore il gatto nero la ascoltano.

Quindi, il signor capostazione non è stato così disponibile con Carlotta per via della sua gentilezza, ma perché è un infiltrato. Come vi dicevo, le vere spie del male sono difficili da riconoscere.

Diana aggiunge: «Il signor Potts ci ha anche fatto sapere che c'era un predatore diurno alla stazione, pronto a seguire Carlotta e i suoi stupidi amici: si tratta di un bruto chiamato Henry Robins. In questo momento, egli si trova sul treno su cui viaggiano la traditrice e il volpacchiotto obeso».

«Perché non prendiamo le scope e andiamo a fare un salutino a quella *** di Carlotta non appena arriva a Londra? Dopo i convenevoli, potremo rapire di nuovo il grassone» propone Adriana.

«A quale scopo? Per farti mettere fuori gioco un'altra volta da quel lupo?» scherza Benedetta.

Adriana, però, non è dell'umore giusto per le battute di spirito, pertanto salta immediatamente sul tavolo della cucina e afferra l'altra strega per il collo, nell'intento di strangolarla, ma questa reagisce con decisione. Caterina, guardando sbigottita la scena, continua a pensare che il comando della congrega dovrebbe spettare a lei, soprattutto alla luce della disastrosa leadership di Diana, causa ultima della fuga di Alberto. Mentre formula i suoi pensieri, tenta comunque di separare le due, ma senza riuscirci. Intanto, Ettore miagola: «Basta! Basta!»

Diana dà uno sguardo ai due Berretti Rossi che si trovano in un angolo della cucina, pronti a ricevere ordini, e poi punta il dito in direzione della zuffa, e finalmente grida: «Fermatele!»

I goblin si fanno avanti, ma non sanno che Adriana è una brava pugile, pertanto una delle malvagie e in genere temibili creature finisce dritta al tappeto, sconvolta dall'inaspettato pugno della strega. A questo punto, Diana non può far altro che occuparsi di persona della lite in corso, anche se malvolentieri, visto che in genere preferisce affidare agli altri il lavoro sporco. La leader afferra quindi Adriana per i lunghi capelli corvini, facendole emettere un grido talmente acuto da mandare in frantumi le bottiglie di vino che si trovano sugli scaffali. Benedetta, sconvolta da ciò che sta accadendo, viene invece allontanata dalla rissa dal Berretto Rosso rimasto in piedi.

«Basta!» ordina Diana, piuttosto nervosa. «Vi ricordo che abbiamo ancora molto da fare, se vogliamo davvero far precipitare il mondo nelle tenebre».

Le osservazioni dell'incantatrice sono accolte da Ettore, che miagola: «Ascoltatela! Ascoltatela!». Il povero gatto nero riceve un colpetto sulla testa da Diana, quanto basta a smorzare il suo eccessivo entusiasmo e a farlo lamentare per il dolore.

«Prima che la vostra maleducazione mi impedisse di proseguire, cercavo di ricordarvi come solo le nostre azioni possono fare calare l'oscurità sulla Terra, che a quel punto sarà popolata da streghe, stregoni e *ghoul*» dichiara Diana.

Caterina replica: «Su questo siamo tutti d'accordo, ma non sul fatto che devi essere tu a guidarci! Sono io, Caterina, la vera predestinata! Sono la figlia di Monica, la leader della congrega originale!»

Ettore non dice nulla, ma si avvicina quasi impercettibilmente a Caterina, sperando che sia lei a prevalere. Da quando è diventato il famiglio delle prime streghe di Benevento, non si è mai fatto problemi a cambiare schieramento.

«È vero, la tua discendenza è illustre, ma non hai né la stoffa della leader né una visione complessiva di ciò che va fatto, e queste doti sono necessarie all'adempimento della profezia delle tenebre» risponde Diana.

La replica di Caterina è piuttosto brusca: «Beh, finora non mi sembra che tu abbia fatto un gran lavoro! A causa delle tue scelte, la brutta volpe cicciona e la traditrice sono fuggite in sella a quell'orribile scooter! Se al comando ci fosse stata mia madre, questo non sarebbe successo!»

La leader le risponde per le rime: «Ti ricordo che tua madre è stata arsa viva, e che la sua esecuzione ci ha costrette a nasconderci a lungo. La nostra esistenza è diventata leggenda e le nostre azioni si sono trasformate in racconti folclorici da due soldi. Non credo, perciò, che parlare del tuo diritto di nascita possa portare a nulla».

«Mia madre è morta per la causa!» risponde Caterina a gran voce.

«Se tua madre non si fosse ubriacata, e se avesse tenuto chiusa la bocca, ora non ci ritroveremmo a inseguire una stupida volpe in giro per l'Europa. Tua madre è la vergogna di tutte le streghe!» ribatte Diana.

Caterina non riesce a trattenere la rabbia e salta addosso a Diana. Mentre le due se le danno di santa ragione, i Berretti Rossi, Adriana, Benedetta ed Ettore si godono lo spettacolo, almeno finché non odono una decisa e stentorea voce maschile provenire dalla porta: «Smettete di comportarvi da ragazzine!»

Le streghe, i goblin e il gatto nero si immobilizzano, e subito dopo si voltano in direzione della porta, alla quale si affaccia un uomo alto, forte e di bell'aspetto, con il naso a punta, i capelli grigi pettinati all'indietro e una barba grigia e ben curata. L'individuo indossa un completo viola e una camicia arricciata bianca, oltre a delle scarpe nere a punta, tanto lucide da poter accecare.

«Sono Enoch, il messaggero di chi-sapete-voi. Ben presto, sarò a capo di questo mondo. E ora, inginocchiatevi!» ordina il tizio ben vestito.

Diana si inginocchia e poi guarda intimorita le altre streghe, il gatto e i goblin, che seguono il suo esempio.

«Eccellente! D'ora in poi, voi goblin sarete le mie guardie del corpo, e vi chiamerete Edor ed Eder. E adesso, venite al mio fianco!»

I Berretti Rossi si alzano in piedi e si posizionano con gioia ai suoi lati. Enoch prosegue: «Ettore, ora sei il mio gatto. Vieni dal tuo nuovo padrone, e lasciati accarezzare!»

Il famiglio si getta tra le braccia di Enoch, che lo accarezza delicatamente, quindi si volta verso la sua vecchia proprietaria, facendole una smorfia. Enoch guarda fisso le streghe, ancora in ginocchio, e con aria frustrata torna a rivolgersi a loro: «Diana, Adriana, Benedetta e Caterina, avevate in pugno la volpe e l'avete lasciata scappare; inoltre, lo stesso è accaduto con la serpe che avete covato in seno. Dopo la fuga, avete convocato un valoroso esercito di Berretti Rossi, ma siete riuscite comunque a farvi sconfiggere da una banda di delinquenti di basso rango, aiutati da una strega sleale, da alcuni orsi ben vestiti, da un paio di lupi che si dilettano con il pugilato e dai normalissimi abitanti di Sant'Agata. So che in questo momento la voltagabbana, il cucciolo e i suoi familiari si trovano in quell'orrendo paese – l'Inghilterra – e sono diretti a Foxham, un luogo brulicante di orribili volpi. Per punirvi, dovrei ordinare a Edor ed Eder di farvi a pezzetti con le accette! Tuttavia, vi lascerò vivere, e vi darò un'ultima possibilità».

Le streghe emettono all'unisono un sospiro di sollievo, e il nuovo capo riprende il discorso: «Sia chiaro che non vi sto risparmiando perché mi fate pietà: credetemi, ero intenzionato a uccidervi, ma i poteri al di sotto di noi me lo hanno impedito» dice Enoch con tono autoritario, indicando a terra. Quindi prosegue: «Il solo vedervi mi disgusta, perciò ho deciso di spedirvi in Inghilterra questa notte stessa. Partirete con un volo privato, grazie all'accordo che ho fatto con un ricco e malvagio amico, che per l'appunto possiede un aereo. Dovrete recarvi nell'aeroporto abbandonato che si trova a circa quindici chilometri da qui. Una volta giunte in Inghilterra, avrete a disposizione pochi mesi per mettere in piedi un esercito, radunando tutte le entità maligne che vivono da quelle parti».

Enoch continua a impartire ordini: «Il 6 aprile invaderete Foxham con la vostra armata: il 6 e non prima di allora, visto che sacrificare Alberto Bandito nel giorno sbagliato sarebbe del tutto inutile. Inoltre, dovrete uccidere tutti gli abitanti del villaggio, sia umani che animali, risparmiando però la traditrice e la volpe incantatrice che vive lì – tale Trudi Milanesi – in modo che le due possano assistere alla morte e alla distruzione che si abbatteranno su Foxham. Quando, all'ora stabilita, vi troverete sulla torretta del municipio, sacrificherete il volpacchiotto, e la profezia si potrà finalmente avverare. Io rimarrò qui con Ettore, Edor ed Eder, per terrorizzare Napoli e il resto della regione. Ma perché tutto ciò vada in porto, avrete bisogno di una nuova leader».

«Sarò io la nuova leader!» interviene Caterina, ambiziosa ma sciocca.

«Taci e non osare più rivolgerti a me senza che ti abbia dato il permesso! No, nessuna di voi è in grado di guidare la congrega. Ma tua madre aveva la stoffa per farlo… E ce l'ha ancora! Pertanto, date il benvenuto alla vera regina delle streghe: Monica!»

Una bella donna dai capelli corvini e dagli scurissimi occhi castani entra nella stanza. Indossa una camicia bianca, una gonna viola e dei bei sandali intrecciati fatti a mano. Edor ed Eder indietreggiano, permettendo così alla splendida donna di affiancare l'affascinante ma perfido Enoch.

«Mamma!» grida Caterina.

«Silenzio, bambina: non sei stata all'altezza del nome della famiglia! Sono risorta dalle ceneri affinché la profezia sui *sogni dei bambini* si possa avverare» dice a gran voce la rediviva Monica.

La teatrale entrata in scena dell'incantatrice e la sua altrettanto drammatica dichiarazione, rincuorano le streghe di Benevento, che balzano in piedi e ridono fragorosamente, come mai hanno fatto prima. La nuova leader si unisce spontaneamente alla malvagia risata. Edor ed Eder grugniscono e agitano le accette verso il cielo. Ettore, ancora in braccio al nuovo padrone, ride più forte che mai. Enoch sorride orgoglioso, poiché sta assistendo al ritorno delle forze del male.

12

Sulla strada per Foxham

Carlotta, temeraria come al solito, si dirige verso Henry Robins, il predatore diurno. Pur essendo un seguace del male, egli è del tutto inutile alla causa sposata. Nella triste vita di tutti giorni, è un anonimo ragioniere che lavora nella sede di Bethnal Green della Hart and Sons.

Henry Robins arriva in ufficio in perfetto orario ed è altrettanto puntuale quando se ne va. Ogni singolo giorno lavorativo, alle 12:30, Henry Robins mangia i soliti panini con sempre lo stesso ripieno, accompagnandoli con le consuete patatine aromatizzate, seduto al posto abituale. Henry Robins indossa sempre lo stesso completo grigio opaco con una cravatta del medesimo colore, oltre a una camicia bianca stropicciata e a un paio di scarpe marroni non lucidate. Per Henry Robins, ogni giornata lavorativa è perfettamente identica a quella che l'ha preceduta.

Mentre percorre il breve tragitto che separa la sede aziendale dal suo piccolo ma ordinato monolocale a Hackney, Henry Robins è invisibile agli occhi di tutti: dalle belle donne di passaggio ai pensionati impiccioni, nessuno sembra accorgersi di lui. Tutto ciò a dispetto del fatto che qualsiasi essere senziente dotato di un'anima – sia esso un umano, una volpe o un altro animale – riesce a farsi volere bene da qualcuno, a patto che – attraverso l'amore e la determinazione – riesca a dimostrare di essere una bella persona. Robins soffre però di un brutto quanto immotivato complesso di superiorità, pertanto è convinto che la colpa della sua invisibilità vada attribuita interamente al resto del mondo.

Una sera di qualche anno fa, Henry Robins ha visto un vecchio film con Bela Lugosi, *I vampiri di Praga*, in un piccolo cinema di Soho. A partire da allora, ogni singola sera e durante il fine settimana – a parte la domenica mattina, quando va ad

Harrow, nel Nord Ovest di Londra, per visitare sua madre – egli abbandona il look del triste impiegato per vestirsi da vampiro, come il suo idolo Bela Lugosi.

Per fortuna, l'uomo non ha mai avuto modo di dimostrare sul serio la sua crudeltà, visto che non è ancora riuscito a concepire un piano abbastanza malevolo. In attesa dell'ispirazione, passa il tempo visitando le parti di Londra più sinistre e infestate dal male. La zona preferita per le sue passeggiate è Whitechapel – dove tenta di ripercorrere i passi di Jack lo squartatore – ed è proprio in quel quartiere che ha conosciuto Gilberto, il capo dei corvi napoletani. Quando Carlotta e i suoi amici erano saliti a bordo del Viaqua, Diana aveva ordinato al volatile di seguirli fino in Inghilterra. Una volta giunti a destinazione, il corvo avrebbe dovuto individuare un predatore diurno e istruirlo sul da farsi.

■ ■ ■

La sera di Santo Stefano, Gilberto era in cerca di avanzi natalizi. Per sua sfortuna era andato a finire proprio nei giardini del castello di Montesarchio, nel momento esatto in cui Ettore – di ritorno da Napoli – stava riferendo a Diana il piano di Carlotta. La strega, vedendo il corvo, aveva pensato che gli sarebbe potuto tornare utile: in cambio di un paio di pizze margherita, lo avrebbe infatti convinto a lavorare per lei in qualità di spia e di messaggero. D'altronde, la passione di Gilberto per la pizza è nota in tutta la regione.

In modo da poter prendere accordi con il corvo, Diana aveva fatto ricorso a un sortilegio, che aveva permesso loro di comunicare telepaticamente. La strega aveva poi lanciato un secondo incantesimo, che aveva dato a Gilberto il dono della parola e la conoscenza dell'italiano e dell'inglese; queste doti gli sarebbero servite per istruire il primo predatore diurno che fosse riuscito a incontrare. Tuttavia, la seconda magia aveva avuto un effetto anche sull'altezza dell'animale, che era infatti cresciuto di almeno quindici centimetri. Vi starete chiedendo perché questo sia accaduto, ma la verità è che neanche Diana saprebbe darvi una spiegazione.

■ ■ ■

Dopo la fuga dai gabbiani, Gilberto aveva notato in lontananza le scogliere bianche di Dover. Secondo le sue previsioni, il Viaqua sarebbe giunto a destinazione entro un giorno o al massimo due, pertanto si era staccato dal resto dello stormo e, in meno di mezza giornata, era arrivato a Dover. Qui aveva chiesto ad alcuni suoi simili se in città vi fossero dei predatori diurni, ma questi gli avevano risposto che per trovarne qualcuno avrebbe dovuto volare fino a Londra.

Un venerdì sera, per puro caso, Gilberto aveva notato Henry Robins dalle parti di Gunthorpe Street, che fino all'ottobre del 1912 si chiamava George Yard. Fu lì che il 7 agosto 1888 Jack lo squartatore uccise Martha Turner, nota anche come Martha

Tabram. Vedendolo comportarsi da Uomo Nero – in quel preciso istante, sembrava in attesa di un passante da aggredire – aveva pensato che si trattasse di un perfido predatore diurno, e pertanto fosse adatto allo scopo. Talvolta, però, l'apparenza inganna, e infatti il giudizio di Gilberto era stato a dir poco affrettato, per la fortuna di tutti.

Il corvo aveva dunque approcciato Henry Robins, chiedendogli di punto in bianco non solo se era effettivamente un predatore, ma anche se si sentiva pronto ad affrontare una strega buona e a rapire una volpe. A quel punto, l'uomo aveva perso i sensi, visto che lui – come d'altronde qualsiasi altro essere umano – non aveva mai sentito un corvo parlare, per di più con un forte accento italiano. Il grosso becco di Gilberto aveva quindi colpito ripetutamente Henry Robins sulla fronte, fino a fargli riprendere coscienza. Una volta riavutosi, il predatore si era pavoneggiato della propria crudeltà, facendo cenno a una presunta serie di piani malefici da lui escogitati. Il messaggero di Diana non era rimasto affatto impressionato dalle vanterie dell'uomo, ma gli aveva comunque ordinato di lasciare immediatamente Londra per recarsi a Dover, dove – secondo i suoi calcoli – il Viaqua avrebbe attraccato in giornata. L'inutile predatore aveva obbedito senza esitare, visto che odiava le volpi di Londra Est e l'idea di rapire un loro simile lo solleticava.

Compiuta quella parte della missione, Gilberto aveva fatto amicizia con alcuni corvi che si trovavano sul tetto del pub Blind Beggar, dalle parti di Whitechapel. Le creature piumate gli avevano gentilmente consentito di passare la notte in uno dei loro nidi, che si trovano sulle grondaie del pub. Pur avendo dimostrato loro una sincera gratitudine, la mattina successiva si era svegliato con un brutto senso di colpa, vergognandosi per ciò che aveva fatto.

■ ■ ■

«La volpe deve morire!» borbotta Henry Robins a Carlotta nel corridoio del treno, convinto com'è che sia finalmente giunto il suo momento. Egli sembra già aver dimenticato che la sua missione è quella di seguire la strega e i suoi amici, e non certo di uccidere Alberto. E anche se ha una gran voglia di aggredire Carlotta, è trattenuto dall'incredibile somiglianza della giovane con Marilyn Monroe.

Soltanto fino a pochi anni prima, Carlotta conduceva una vita divertente e spensierata. Ora, però, ha l'enorme responsabilità della salvezza del mondo, quindi risponde con decisione al predatore, sfoggiando un finto accento americano: «Amico, per passare sul corpo del cucciolo, dovrai prima passare sul mio!»

«Volentieri!» replica Henry Robins, mentre fa scintillare un coltello d'argento sotto l'insolito sole di gennaio.

Carlotta indietreggia, nell'intento di sferrare un calcio all'aggressore per poi disarmarlo. Per la prima volta in vita sua, Henry Robins si sente potente. Ora abbassa un po' la testa, la inclina a destra e si lancia in avanti con il coltello. Carlotta riesce a evitarlo, ma il corridoio non le offre abbastanza spazio per colpirlo a sua volta con un calcio. L'adrenalina pulsa nelle vene di Robins, all'unisono con il tremolio del treno e con il vento che soffia attraverso il finestrino abbassato. L'uomo sorride mentre tenta di nuovo di accoltellare la strega, la quale – brava com'è nei passi di danza – dimostra ancora una volta di essere troppo veloce per lui… Almeno finché non scivola su un liquido – probabilmente del tè versato – e non cade sul sedere.

La ragazza, inerme, crede che da un secondo all'altro verrà ferita o peggio. Sente però un improvviso battito di ali, e vede entrare dal finestrino un corvo eccezionalmente grosso. Soltanto il giorno prima, il volatile aveva dato una ragione di vita a Henry Robins, e ora col suo grosso becco gli sfila il coltello dalle mani. Mentre getta l'arma dal treno, il predatore urla come un bambino a cui viene tolto il giocattolo. Subito dopo, Gilberto lo colpisce ripetutamente sulla fronte con il becco, sbattendogli le ali in faccia. I due, combattendo, roteano lungo lo stretto corridoio.

Carlotta balza in piedi, apre lo sportello del vagone, afferra con decisione le spalle di Robins e si gira sui talloni, come se stesse ballando sulle note di un disco rock and roll. Mentre Gilberto continua a beccargli la fronte, Henry Robins si trova rivolto verso l'esterno, affacciato sul paesaggio in movimento. Il corvo – che ha capito cosa sta accadendo – vola di nuovo all'interno del corridoio, quindi Carlotta dà uno spintone al predatore fallito, che cade dal treno gridando. L'urlo allarma Mario, Silvia, Diavolo e Alberto, che escono dallo scompartimento per vedere cosa sta succedendo.

«Non aveva il biglietto» scherza Carlotta, e intanto richiude lo sportello. I compagni di viaggio scoppiano a ridere, incluso Gilberto, seduto sulla spalla destra dell'incantatrice; tuttavia, a causa delle sue grandi dimensioni e soprattutto del peso, la giovane non si sente del tutto a suo agio. Ad ogni modo, nei momenti di panico e follia appena trascorsi, è nata una nuova e grande amicizia.

Alberto, giocoso come al solito, guarda il volatile e dice: «Ciao, io sono Alberto!

Ti conosco: sei quel corvo fissato con la pizza. Ti ho visto più volte svolazzare intorno alle pizzerie di Napoli».

Gilberto, a sua volta, riconosce il volpacchiotto e si sente terribilmente in colpa, visto che solo due sere prima stava prendendo accordi con il suo nemico. La notte di rimorsi passata in una grondaia del Blind Beggar gli aveva però risvegliato la coscienza, e aveva infine deciso di schierarsi con la giovane volpe.

Il corvo sorride all'amichevole Alberto e risponde: «Sì, mi chiamo Gilberto, e ho ricevuto per magia il dono della parola. Non avresti un pezzo di pizza per me, Alberto?»

«Purtroppo, no! Non mi sembra di aver visto pizzerie qua in Inghilterra, anche se forse un giorno ne apriranno qualcuna. Però abbiamo dei sandwich al tonno e al formaggio, oltre a qualche *iced bun*. Ti va di mangiare qualcosa, nostro nuovo amico?» chiede la volpe, sempre più amichevole.

«Sì, grazie!» risponde con gioia Gilberto.

■ ■ ■

Dopo il movimentato e trionfante incontro con Henry Robins, i nostri sperano vivamente che il viaggio dalla stazione londinese di Liverpool Street a Norwich sia un po' più tranquillo. Ma prima di ripartire, Alberto e gli altri si godono le bellezze del luogo, e soprattutto possono finalmente mangiare italiano: a tutti, da Carlotta a Diavolo, mancano i sapori di casa.

Non appena il gruppetto è uscito da uno stipato taxi nero nei pressi della stazione, Diavolo si è accorto – grazie al potente olfatto – del negozio di alimentari di Piero e Lucia, due fratelli di specie volpina originari di Palermo. Per la combriccola napoletana, è stato come se fosse di nuovo Natale: Silvia ha comprato pane italiano, aglio, olio d'oliva, pasta, gorgonzola, taleggio e pomodori pelati in scatola; Mario ha acquistato salame, soppressata e prosciutto; Diavolo ha fatto rifornimento di polpette e olive; Carlotta ha invece preferito dei dolci tradizionali; Alberto e Gilberto hanno mangiato dei pezzi di pizza all'interno del locale, e se ne sono fatti incartare altri da portare in viaggio. Sono tutti convinti che, a Foxham, potranno mangiare solo cibo britannico: quando invece scopriranno che, grazie a Trudi e Anna, avranno la possibilità di continuare a degustare i loro piatti preferiti, faranno senz'altro i salti di gioia.

Prima ancora che i sei napoletani potessero fare scorte di cibo, Silvia aveva acquistato per tutti, a parte Gilberto, dei nuovi indumenti in un grande magazzino, nonché delle valigie. Silvia non intendeva essere scortese con il corvo, tutt'altro: visto che lui non indossa vestiti, si è premurata almeno di regalargli un cappellino bianco, che un dipendente del magazzino ha dovuto restringere perché calzasse a dovere. Il resto della combriccola si è complimentato con il volatile per il nuovo copricapo, che sfoggia con gioia.

Subito dopo aver salvato Carlotta da Henry Robins, Gilberto è stato invitato a unirsi al gruppo. Naturalmente, ha accettato la proposta senza pensarci due volte, anche per riposare un po' dopo quei lunghi giorni di volo. Durante il viaggio, ha raccontato a Carlotta di come Diana lo aveva persuaso a lavorare per lei come spia e a individuare un predatore diurno. Si poi è detto dispiaciuto per il suo comportamento, e ha inoltre confessato di essere un po' preoccupato per il duplice sortilegio subito. Inizialmente, il fatto di poter comunicare telepaticamente con Diana non lo disturbava, ma poi la strega aveva fatto ricorso a quella magia per permettere al volatile di mettersi in contatto con Henry Robins, e quindi istruirlo a fare del male. D'altro canto, il dono della parola era stato apprezzato enormemente da Gilberto, quindi Carlotta – dopo aver accettato le scuse – ha sciolto gli incantesimi di Diana, poi ha dato di nuovo al corvo la facoltà di parlare, infondendogli inoltre la conoscenza del tedesco, dello spagnolo, del cinese e del francese, oltre che dell'inglese e dell'italiano. Gilberto è felice di essere un corvo multilingue, e di misurare almeno quindici centimetri di altezza oltre la media.

Il corvo e i suoi nuovi amici sono seduti nello scompartimento, felici di intraprendere un viaggio a base di cibo e di bei paesaggi. All'improvviso, i nostri sentono una voce forte e decisa, eppure amichevole, rivolgersi a loro: «State andando a Foxham, vero?»

Quando si voltano, vedono un uomo dalla pelle scura e dal sorriso raggiante, che indossa un completo di colore cachi con giacca a tre bottoni, camicia azzurra e cappello bianco in stile *pork pie*; ai piedi, ha delle scarpe marroni di tipo *brogue*, ben lucidate. Al suo fianco c'è una bella ed elegante donna nera: ha addosso un abito azzurro a pois con scollo all'americana, un cappello a tamburello dello stesso colore, dei guanti di nappa bianchi e delle scarpe da ballo marroni con tacco basso, modello *T-strap*, anche queste tirate a lustro. Accanto a lei c'è un ragazzino nero sorridente, con una maglia bianca a maniche corte, pantaloncini grigi e sandali di pelle marroni.

La combriccola sorride a quegli sconosciuti di bell'aspetto e ben vestiti, e Mario risponde: «Sì, signore: io, la mia famiglia e questi nostri amici stiamo andando a Foxham...»

L'uomo lo interrompe: «State andando da Charles Renard, signore?»

Il boss risponde, in perfetto inglese: «Sì, gli andremo a far visita. Per cortesia, chiamatemi Mario. Vi presento mia moglie Silvia, mio figlio Alberto, il mio caro amico nonché braccio destro Diavolo, la nostra amabile amica Carlotta e un nostro nuovo compagno, Gilberto: è il primo corvo parlante. Siamo di Napoli e di altre parti della Campania. E voi, signore, chi siete?»

«Mi chiamo George. George Campbell. Lei è mia moglie Betty, e lui è Bernard, mio figlio. Viviamo nella zona di Notting Hill. Betty e io siamo nati in Giamaica, ma Bernard è un *London boy*».

«Mi piacerebbe tanto andare in Giamaica!» gracchia Gilberto.

«Ne sono certo! Quel cappellino ti dona sul serio. Mia moglie e io siamo arrivati oltre dieci anni fa: siamo sbarcati nel porto di Tilbury, non distante da Londra. Io sono – o meglio, ero – un conducente della metropolitana, mentre mia moglie faceva la bigliettaia. Poi, abbiamo avuto lui, la nostra fonte di gioia» dice George indicando suo figlio Bernard, che lo guarda sorridendo.

«Oddio, che maleducati siamo!» esclama Silvia. «Vi prego di accomodarvi. Sì, siamo in tanti, ma alcuni di noi occupano poco spazio, perciò c'è posto anche per voi. Inoltre, abbiamo del buon cibo italiano per tutti».

Silvia è molto gentile, ma la sua ultima affermazione innervosisce un po' Alberto e Gilberto: per quanto i Campbell ispirino simpatia, il cucciolo e il corvo non hanno alcuna intenzione di condividere la loro pizza. I timori dei due si rivelano fondati nel momento in cui la moglie del boss aggiunge: «Alberto, Gilberto: date un po' di pizza ai nostri nuovi amici!»

Betty, accomodandosi, dice ai due animali: «Com'è gentile da parte vostra!»

Alberto e Gilberto si guardano, sfoggiando un sorriso forzato e teso, e aprono malvolentieri la scatola contenente la pizza ai funghi, per condividerla.

■ ■ ■

«Quindi, vi trasferite a Foxham per lavoro?» chiede il boss.

«Sì, Mario! Sono il supervisore dei lavori di costruzione della stazione ferroviaria di Foxham. Qualche anno fa, siamo stati lì in vacanza. Dato il colore della nostra pelle, non tutte le città inglesi si dimostrano accoglienti. Un nostro amico, però, ha visitato Foxham, e ci ha detto che le volpi sono molto gentili; sfacciate e a volte un po' subdole, ma gentili».

«Questo lo dite voi!» dice Alberto, facendo scoppiare a ridere l'intero scompartimento, con le sole eccezioni di Gilberto e Diavolo, che sono andati a prendere qualcosa da bere per la comitiva. Carlotta non avvertiva la vicinanza né di predatori né di altre spie, pertanto sapeva che i due erano al sicuro. Inoltre, li aveva già combattere, e questo la rasserenava ulteriormente.

«Quindi siamo andati in vacanza a Foxham e siamo stati benissimo. Neanche un cartello di avvertimento» dice Betty, con lo sguardo pensieroso e un po' triste.

«Di quali cartelli parli?» chiede Silvia, preoccupata.

«"No neri, no cani, no volpi, no irlandesi"[7]. Potete vedere cartelli del genere in tutta Londra, nelle pensioni, negli hotel» risponde la donna, mentre si toglie il cappello e lo ripone ordinatamente in grembo.

«Ma questo è terribile!» esclama Alberto, indignato per l'ingiustizia.

«Concordo» aggiunge Carlotta.

«Sì, è terribile, Alberto!» risponde George. Poi prosegue con tono grave: «Ecco perché la mia gente vive nelle zone di Notting Hill e Brixton: si tratta dei posti meno costosi in cui possiamo vivere senza troppi problemi, anche perché nessuno vuole più stare lì. La gente del quartiere è a posto, e il lavoro che facevo a Londra mi piaceva, però certi appartamenti sono poco più che monolocali in cui talvolta vivono anche dieci persone. I padroni di casa, poi, quando devono riscuotere l'affitto sono inflessibili: di solito passano il venerdì sera, visto che riceviamo le nostre paghe il pomeriggio dello stesso giorno. È una situazione simile a quelle delle volpi di Hackney e Bethnal Green: è solo lì che i vostri simili possono vivere tranquillamente».

«Non ho mai esaminato la faccenda sotto questo punto di vista. Ho conosciuto delle volpi di Londra Est, e dicono tutte di trovarsi bene da quelle parti» dice Mario.

«Probabilmente stanno bene sul serio: posti come Notting Hill e Hackney sono grandiosi perché gli umani, le volpi e i cani locali li rendono tali» replica George, stavolta con tono più leggero.

---

7 Si tratta di un riferimento al motto razzista e xenofobo *No Irish, No Blacks, No Dogs*, che nell'immaginario britannico riassume l'atteggiamento di larga parte della popolazione nei confronti del grande afflusso di migranti nel secondo dopoguerra. L'immigrazione fu incoraggiata dal governo britannico, per favorire la ricostruzione post-bellica.

«Esattamente come accade a Napoli! Sono le persone che ci vivono a rendere bella e magica la città» dice con orgoglio Carlotta.

«È vero! E lo stesso vale per Foxham» interviene Betty.

«A proposito di Foxham: come avete fatto a farvi trovare un lavoro da Charles Renard?» chiede Silvia, con tono amichevole.

«Bella domanda, Silvia! Fortuna e coraggio, credo. Beh, quando ho iniziato a lavorare come conducente, frequentavo una scuola serale ad Hammersmith –non lontano da Notting Hill – perché volevo diventare un ingegnere: sognavo di fare quel lavoro anche quando vivevo ancora in Giamaica. Alla fine, sono riuscito a diplomarmi, ma a Londra quasi nessuno assumerebbe un nero per un incarico del genere. Comunque sia, quando ci trovavamo a Foxham eravamo andati a pranzo in un locale – il Six Bells – dove fanno un ottimo pollo arrosto. A un certo punto è entrato Charles, felicissimo, e ha pagato da bere a tutti, visto che – come ha raccontato – il municipio di Norwich intendeva costruire delle nuove linee ferroviarie e qualche nuova stazione. Una di queste, a binario unico, sarebbe stata costruita a circa otto chilometri da Foxham. Mentre brindavamo con lui, ho pensato che quella, per me, fosse un'ottima occasione. Quindi sono andato da Charles, gli ho stretto la zampa e gli ho parlato dei miei studi, poi gli ho detto apertamente che mi sarebbe piaciuto lavorare alla costruzione della stazione ferroviaria».

Il racconto prosegue: «Charles ha invitato me, Betty e Bernard a Fox Hill per cena e per fare due chiacchiere, la sera stessa. Sua moglie Kaye e suo figlio Foxy hanno fatto compagnia a mia moglie e mio figlio mentre parlavo con Charles nel suo studio. Alla fine della chiacchierata, mi ha offerto un lavoro ben pagato come ingegnere capo. A Betty ha invece proposto un lavoro part-time in ufficio, e inoltre ci ha messo a disposizione un bel cottage, con vista sul municipio. Sono così felice!» conclude George, con tono gioioso.

«Questa è una magnifica notizia, per voi e per la vostra famiglia» dice Mario, con sincerità. Il boss inizia ad apprezzare la cordialità della gente.

«Conosciamo bene Charles e Kaye: sono stati nostri ospiti, a Napoli, poco prima della nascita di Alberto» interviene Silvia. «Una volta, ci hanno ospitato a Fox Hill Hall. Alberto era troppo piccolo per un viaggio così lungo, quindi Diavolo – che lo ha sempre adorato – si è occupato di lui: sono come fratelli. Mi piacciono Charles e Kaye, così come Foxy e il resto della famiglia, con la sola eccezione di Ferdy» precisa la volpe.

«Ah, direi che un po' tutti diffidano di quel mascalzone di Ferdy. Inoltre, suo figlio Charlie crea spesso delle grane a Foxham. È un volpacchiotto cattivo e maleducato» si confida Betty.

«Quando siamo stati lì, Charlie era un cucciolo piccolo e dolce. È triste venire a sapere una cosa del genere» singhiozza Silvia.

«Charlie è molto giovane e altrettanto sciocco. Sono sicuro che crescendo migliorerà. Quindi questa è la vostra seconda vacanza a Foxham? Questa volta avete portato con voi sia vostro figlio che degli amici» dice George.

«Sì, è una specie di vacanza, diciamo» commenta Carlotta, pensando a ciò che dovrà affrontare il gruppo nei prossimi mesi.

13

Eccoci a Foxham!

Le streghe di Benevento sarebbero dovute partire per l'Inghilterra da un aeroporto abbandonato, a bordo di un monoplano Piper PA-22. Il piccolo aereo è proprietà di Henry Hazleton, un ricco e malvagio adoratore di Enoch che attualmente risiede in una villa fuori Napoli. Purtroppo per le streghe, il volo è stato cancellato, visto che Stefano Romano – un pilota navigato, che non aveva idea di chi veramente fossero quelle donne – ha rifiutato di partire, dato che il mezzo ha solo quattro posti: trasportare più persone del dovuto, ognuna con i propri bagagli, avrebbe reso il volo troppo rischioso.

Stefano Romano è un uomo di bell'aspetto, di carnagione olivastra e dai capelli neri ordinati e corti, che ha da poco compiuto quarant'anni. Durante la guerra, ha fatto il pilota per la Regia Aeronautica, ma non gli è piaciuto affatto trovarsi nel mezzo di un conflitto vasto e sanguinoso. Ora, però, in tempo di pace, è nuovamente una persona felice: finita la guerra, ha infatti sposato Aria, la ragazza dei suoi sogni. Dal felice matrimonio sono nate due figlie, Gabriella e Beatrice, che egli ama più di qualsiasi altra cosa al mondo.

A Stefano è venuta voglia di provare il brivido del volo da adolescente, a forza di leggere fumetti. Nel 1937, si è arruolato nella Regia Aeronautica, senza sapere che – solo due anni dopo – il mondo sarebbe diventato un posto assai tetro. Nel dopoguerra, Stefano aveva ancora voglia di volare, ma non certo di combattere: ha quindi trovato impiego in una compagnia privata, molto gettonata dai ricchi d'Europa, compresi il signor Henry Hazleton e Mario Bandito. Stefano si è dimostrato un pilota bravissimo e affidabile, e questo ha giovato molto alla sua reputazione e al suo lavoro, che di conseguenza è ben retribuito.

A questo punto, Stefano sta pensando di mettersi in proprio, e Mario potrebbe dargli una mano, visto che – com'è noto – al boss piace investire nelle attività economiche della zona, un po' come fa Charles Renard a Foxham. C'è una cosa, però, che Stefano non farebbe mai, ovvero aggirare le norme di volo. A dirla tutta, il suo rispetto per le regole conosce pure qualche eccezione, ad esempio quando si tratta di dichiarare all'Agenzia delle entrate i propri redditi; in questo, è simile a un altro Renard, ovvero Ferdy. Questo, però, non significa che il pilota sia corruttibile, e il gran numero di bustarelle che ha rifiutato negli anni lo dimostra: quando si tratta di volare, rispettare le regole ha un'importanza primaria.

Pertanto, di fronte alla rabbia delle streghe, ai loro insulti e alle minacce ricevute, Stefano non si è scomposto minimamente, anzi: si è addirittura messo a ridere, il che ha fatto innervosire ulteriormente la congrega. Subito dopo, il pilota ha voltato le spalle alle incantatrici e si è diretto verso la sua Lancia Aurelia B20 color argento: un'auto incantevole per un uomo altrettanto attraente.

■ ■ ■

«Uccidilo!» ordina Monica a Caterina.

«Sì, mamma!» risponde l'obbediente figliola, convinta com'è che assassinare un innocente l'aiuterà a rientrare nelle grazie della madre.

Senza farsi sentire, Caterina segue Stefano con un coltellino nella mano destra, mentre l'ignaro pilota pregusta la cena con la sua famiglia: molto meglio passare la serata con i propri cari che attraversare la Manica in volo con quelle cinque pazze. All'improvviso, i due sono illuminati dai fari di due scooter e da quelli di un pick-up Iso Isetta, che marciano nella loro direzione. Stefano, accecato, copre gli occhi con la mano destra; Caterina è spaventata, visto che vede la sagoma dei lupi a bordo degli scooter, di un paio di orsi nella cabina pick-up e di un altro gruppetto di loro simili nel cassone.

Caterina grida: «Oh, no! Di nuovo quei rompiscatole di animali! Scappiamo!»

Sentendola urlare, Stefano si volta, e alla vista delle streghe in fuga ride fragorosamente, proprio come sanno fare loro. Dopo aver dato nuovamente loro le spalle, viene raggiunto da un lupo in Vespa.

■ ■ ■

«E voi sareste quelle che dovrebbero far calare le tenebre sulla Terra? Ah! Ah! Ah! Avreste dovuto tagliare la gola al pilota e impossessarvi dell'aeroplano, ma avete fallito! Edor ed Eder faranno rotolare le vostre teste!» grida Enoch al telefono, così forte da far scappare dalla cucina di legno scuro sia i Berretti Rossi che Ettore il gatto. Fino a quel momento, la serata per loro era stata piuttosto piacevole, visto che avevano passato il tempo bevendo brandy e parlando di cose orrende.

Monica – delusa e frustrata, poiché era convinta che il suo ritorno sulla Terra sarebbe stato segnato dal trionfo e dal successo – risponde docilmente: «Oh, signore, siamo terribilmente mortificate! Andremo subito all'Aeroporto Internazionale di Napoli e prenderemo il primo volo per Londra. Ti prego, risparmia le nostre vite: i lupi e gli orsi ci hanno còlto di sorpresa!»

Prima di rispondere, Enoch riflette brevemente sulla situazione: se riferisse al suo superiore l'ennesimo fallimento, potrebbe esserne ritenuto responsabile, e di conseguenza punito. Quindi, per non far capire a Monica quanto sia impaurito, le risponde con la voce più severa possibile: «Andate pure all'aeroporto, ve lo concedo! Ma se farete ancora una volta fiasco, mi occuperò personalmente della vostra punizione».

Monica allontana la cornetta per non farsi sentire ed emette un gran sospiro di sollievo, poi si rivolge di nuovo al suo capo: «Grazie, signore! Un'altra cosa: potremmo anticipare un po' i tempi e risparmiare qualche soldo volando in Inghilterra sulle nostre scope. Abbiamo il tuo permesso?»

«No!» risponde con freddezza Enoch, stanco e provato dall'accaduto, chiudendo così la conversazione. Subito dopo si rivolge al gatto: «Ettore, torna qua! Ora noi due faremo un bel viaggio».

Visto come sono andate le cose, Enoch pensa che una sua visita a sorpresa in Inghilterra favorirebbe il piano di conquista del mondo, visto che lui – con l'aiuto del gatto – potrebbe assicurarsi che il progetto sia seguito con la cura e le attenzioni che merita.

Il personaggio malvagio ha inoltre fatto ricorso a un incantesimo, che ha donato a Ettore la capacità di parlare. Grazie al sortilegio, il felino – rientra in cucina camminando sulle sole zampe posteriori – è anche cresciuto di una trentina di centimetri in altezza. Il gatto sfoggia un cappello a tesa larga, come quelli usati dai moschettieri o dai cavalieri durante la guerra civile inglese: non si tratta però di un capo dell'epoca, bensì di una riproduzione per bambini che ha trovato nella cantina della villa.

■ ■ ■

Enoch ed Ettore sono stipati sui sedili posteriori della Fiat 600 bianca del tassista Pippo Stacchini. Guardando l'automobile, si direbbe che potrebbe guastarsi definitivamente o avere un incidente in un qualsiasi momento.

Enoch aveva deciso di andare in Inghilterra con un volo pubblico, e aveva affidato al gatto il compito di trovare un mezzo di trasporto che dalla villa li conducesse all'Aeroporto Internazionale di Napoli. La decisione di Enoch era dovuta al risentimento nei confronti di Henry Hazleton, che secondo lui non aveva saputo scegliere il pilota adatto, avendo incaricato un uomo non colluso con le forze dell'oscurità. Quando aveva ordinato a Edor ed Eder di andare a trovare il signor Hazleton, si era raccomandato di non ucciderlo, ma di dargli comunque una lezione che servisse da esempio per tutti.

Ettore aveva quindi telefonato ai suoi amici della Mano del Diavolo, un gruppo di *ghoul* che si spacciavano per umani, e che dietro compenso facevano del male alle persone, o le facevano addirittura sparire. Tuttavia, da qualche tempo in qua, il lavoro era calato, poiché – a quanto pare – la vendetta non è più di moda come un tempo, e spesso non è neanche più redditizia. I *ghoul*, quindi, si sono dovuti adattare, e ora gestiscono delle corse di taxi che collegano l'aeroporto al resto della regione.

Quando Ettore aveva riferito a Enoch la tariffa richiesta dalle creature, questi si era messo a urlare: «Vai subito al bar e trova qualcuno che ci accompagni in cambio di una birra e di un pezzo di pizza, e non di una bottiglia di champagne e di un piatto di ostriche!»

Il gatto, scosso e infastidito dalla reazione di Enoch, era quindi salito in sella alla bicicletta gialla che aveva comprato non appena era cresciuto di statura.

Ettore non vede l'ora di partire per l'Inghilterra: non soltanto potrà compiere altre azioni malvagie, ma farà pure qualche scorpacciata di *fish and chips*, oppure di *roast beef* con un soufflé *Yorkshire pudding* per contorno. Dato che Enoch lo ha nominato suo vice, potrà anche dare ordini alle ex-proprietarie, e sarà infine in grado di restituire il pugno ad Alberto: secondo la sua versione, il volpacchiotto era riuscito a stenderlo solo perché lo aveva colpito quando meno se lo aspettava, mentre era un po' brillo.

Il gatto, con il cappello da moschettiere in testa, quando si trova all'altezza di Sant'Agata de' Goti pedala più velocemente: ha ancora in mente non solo la recente battaglia, ma pure il rogo che uccise Monica due secoli prima. Ettore temerà quel paese fintantoché il mondo intero non cadrà sotto la maledizione delle streghe di Benevento, di Enoch e del superiore di Enoch.

In neanche un quarto d'ora, Ettore raggiunge una piccola frazione di Sant'Agata chiamata Capellino, dove vede un bar scarsamente illuminato. Dalla finestra del locale osserva degli uomini che – a testa bassa tra le nubi di fumo di sigaretta – bevono della birra senza scambiare una parola. In virtù del nuovo ruolo di leader, ma anche grazie al cappello da moschettiere, il gatto si sente sicuro di sé; appoggia quindi la bici sul muro esterno del bar, poi entra e con voce acuta – come se stesse declamando una frase tratta da un romanzo di avventura – dice: «Cerco qualcuno che accompagni il signor Enoch e me all'aeroporto. In cambio, sarà ricompensato generosamente in birra, pizza e denaro».

Alcuni presenti borbottano qualcosa, finché Pippo Stacchini – che ha appena accompagnato a Capellino un cliente di Napoli – non risponde a Ettore, imitando a sua volta la parlata di un cavaliere da romanzo: «Accetto la vostra offerta, signore! Accompagnerò dunque e voi e il signor Enoch all'aeroporto, in cambio di due bottiglie di birra, tre pezzi di pizza e un migliaio di lire».

Il felino replica: «Buon uomo, rilancio con una bottiglia, un solo pezzo di pizza – ma grande! – e 500 lire. Avrete inoltre la facoltà di dire: "Fui io ad accompagnare all'aeroporto il signor Enoch e il magnifico Ettore, il gatto con il cappello!" e questo – vi dico – non ha prezzo, poiché potrete per sempre farvene vanto».

Pippo – alticcio, affamato e bisognoso di un po' di denaro per fare la spesa la mattina dopo – risponde: «Accetto la vostra offerta, signore! Conducetemi pure dal signor Enoch!»

Ettore si inchina, si sfila il cappello con la zampa destra e lo sventola sopra la spalla sinistra, poi indossa di nuovo il copricapo e dice: «Vi ringrazio, signore! Poiché il tempo a nostra disposizione è scarso, permettetemi di caricare la mia bicicletta sulla vostra splendida auto!»

A quel punto Pippo segue Ettore all'esterno del bar. Il gatto sa già che dovrà sborsare 500 lire di tasca sua, visto che Enoch è disposto a offrire una birra e un pezzo di pizza, e niente di più.

■ ■ ■

Se Pippo avesse riparato i freni dell'automobile, questa non sarebbe finita nella forma di sessanta centimetri che accompagna la strada, in corrispondenza di una delle ultime curve prima dell'aeroporto. Pippo, però, è una persona pigra, e inoltre è quotidianamente alle prese con i postumi di sbornia della sera precedente. Quando sono usciti di strada, il tassista e i suoi passeggeri – un malvagio signore degli inferi e un gatto nero con il cappello da moschettiere – hanno gridato per lo spavento, provando un po' di sollievo solo nel momento in cui, atterrando, si sono resi conto della scarsa profondità del fossato. Inoltre, il fondo della forma è ricoperto d'erba, e anche questo fattore ha contribuito a minimizzare i danni.

Pippo si tocca la testa, rendendosi conto del piccolo rivolo di sangue che l'attraversa; Enoch è sconvolto ma illeso; anche Ettore, piccolo e leggero com'è, non ha riportato lesioni, ma sta comunque piangendo come un gattino, visto che ha sfondato con la nuca il suo bel copricapo. Enoch scende con sdegno dall'auto e, facendo uso della forza bruta, apre il portabagagli leggermente ammaccato per recuperare la sua valigia e quella di Ettore. Quindi dice con tono rabbioso: «Bene! Ora dovremo andare a piedi!»

Pippo non osa rispondere: a questo punto, la bottiglia di birra, la porzione di pizza e le 500 lire promesse sono del tutto fuori questione.

■ ■ ■

Yallery Brown è uno spirito maligno. Da qualche tempo, compiere malefatte nel Lancashire non sembra più divertirlo: i fattori e i braccianti della contea sono ormai abituati alle sue azioni biasimevoli, al punto che ormai hanno smesso addirittura di averne paura. Egli ha quindi deciso di prendere il treno per Norwich, poiché

– secondo alcuni suoi conoscenti – da quelle parti i suoi servizi malevoli sarebbero tornati utili a qualcuno.

■ ■ ■

Per il viaggio dalla stazione di Norwich a Foxham ci sono voluti due taxi, quanto basta per trasportare nel pittoresco e accogliente villaggio sia il gruppo di Mario che la famiglia di George. In questo momento, i due autisti attendono impazientemente fuori dal Six Bells, dove George e Mario stanno discutendo: sono entrambi così generosi che ognuno intende pagare il viaggio anche all'altro. A farli uscire dall'impasse ci pensano Silvia e Betty, che in men che non si dica hanno stretto amicizia e propongono ai rispettivi mariti di pagare ognuno il proprio taxi. George e Mario sorridono: finalmente è stato raggiunto un accordo, e a gioirne sono soprattutto i tassisti, che non vedono l'ora di partire per la prossima corsa.

Charles ha organizzato un grande rinfresco per dare il benvenuto ai Campbell. Mario, però, vista l'irrequietezza del viaggio, ha dimenticato di far sapere al vecchio amico del suo imminente arrivo, pertanto Renard non ha certo avuto modo di pensare alla sistemazione del boss e del suo gruppo. In ogni caso, Mario sa bene che trovare un alloggio a Foxham non dovrebbe presentare problemi.

«Evviva George, Betty e Bernard!» dice a gran voce Kaye Renard, nel momento in cui i Campbell varcano l'entrata del Six Bells.

I tre sorridono alla vista degli abitanti del villaggio, che danno loro il benvenuto. Tra questi c'è Ferdy: il proprietario del locale gli ha permesso di entrare, ma solo per i festeggiamenti. L'ultima volta che aveva sospeso il divieto, era stato quando suo padre Charles aveva incontrato Winston Churchill, molti anni prima. A partire da domani, l'interdizione sarà di nuovo in vigore.

I presenti non vedono l'ora di assaggiare l'ottimo cibo preparato da Kaye, Anna e Trudi: uova alla scozzese, affettati, insalata di patate e *bubble and squeak*, oltre a pietanze italiane come lasagne e pizza, visto che quest'ultima è ormai apprezzata da tutti gli abitanti di Foxham. Trudi ha poi preparato del pollo speziato alla griglia detto *jerk chicken* e delle porzioni di riso e piselli: si tratta di piatti tipici caraibici, di cui George ha parlato a Trudi in occasione di una precedente visita a Foxham, quando l'umano aveva discusso con Charles i dettagli del lavoro affidatogli. C'è poi un'ampia scelta di birra, rum e bevande gassate, servite con il sorriso sulle labbra da Horace e dallo staff.

Lo spettacolo di questa sera sarà l'esibizione di una formazione skiffle di Liverpool, i Quarrymen: i tre ragazzi – John, Paul e George – sono costantemente alla ricerca di date in giro per l'Inghilterra. Ferdy vorrebbe diventare il loro manager, ma John non è bendisposto in tal senso. Oltre ai balli – senza i quali, per gli abitanti di Foxham, non si tratterebbe di una vera festa – sono garantite risate per tutti, visto che è prevista pure la presenza di un giovane comico di razza volpina, Basil Brush[8], che indossa un cappotto verde in stile vittoriano, una camicia bianca e una cravatta rossa, e alla fine di ogni battuta dice: «Bum! Bum!». Secondo Charles, sia Basil Brush che i Quarrymen saranno le rivelazioni del nuovo decennio, ormai alle porte.

Chester Brown, con addosso il suo completo nuovo, si gode il suo piatto preferito, il *pork pie*, accompagnandolo con una bella birra chiara. Sono poi presenti i Cambridge – Oliver, Vittoria e i cuccioli Thomas e Owen – e i Painshill, ma questi ultimi senza Penelope: il magistrato è infatti in custodia cautelare, in attesa del processo che la vede imputata per corruzione, intralcio alla giustizia e altro ancora. Charles era stato molto chiaro con gli abitanti di Foxham: né il marito Sebastian, né i figli Henry e Isabella erano al corrente dei piani di Penelope, e pertanto andavano considerati in tutto e per tutto innocenti. Sebastian aveva persino pensato di lasciare il villaggio insieme ai suoi figli, ma Charles lo aveva convinto a desistere, dicendogli che lui e i suoi volpacchiotti avrebbero potuto condurre una vita felice a Foxham, e lo aveva rassicurato sul fatto che nessuno aveva niente contro di loro.

Boris Bates, per una volta senza uniforme da maggiordomo, sta gustando dell'insalata di pollo e del *bubble and squeak*, e il sergente Ali – fuori servizio – fa altrettanto, in compagnia del padre Brutus e di sua moglie Dot. Non mancano Foxy, sua moglie Sandy e i figli Hector e Arnold. Oggi Foxy è il medico condotto di Foxham, e gestisce il nuovo ambulatorio. C'è anche Reggie, che ha porto le sue scuse a Charlie e Owen un'infinità di volte: la sua presenza è gradita da tutti, visto che quando c'è una bella serata al Six Bells, egli è sempre l'anima della festa.

---

8 Personaggio immaginario della televisione britannica per ragazzi.

Otto, l'ex-usciere del tribunale, mangia un uovo alla scozzese con le patatine fritte. Dopo il vergognoso processo a Charlie e Owen, il padre della giovane volpe norvegese è riuscito a fargli avere un passaporto nuovo, e si è inoltre procurato una copia dell'offerta di lavoro da parte del Norwich City, per cui ora Otto lavora come contabile per la società calcistica. Gli piace molto fare questo lavoro, anche perché gli spetta di diritto un biglietto per le partite in casa. Il Norwich City, sugli spalti, vanta un'importante presenza di volpi, visto che molti di quegli animali risiedono nel quartiere, e un discorso analogo vale per il West Ham: un gran numero di volpi vive o lavora nell'Est di Londra. Ogni volta che le due squadre si scontrano, lo stadio si riempie di volpi.

Caro lettore, l'elenco delle persone presenti alla festa potrebbe essere ben più lungo, e per la verità si farebbe prima a dire chi ha preferito non partecipare: nessuno. Nonostante la gelida serata di gennaio, sono usciti tutti per dare il benvenuto ai nuovi arrivati. Molti di loro si trovano sotto il tendone situato all'esterno del locale, dove il freddo è tenuto a bada da alcuni riscaldatori a paraffina.

In fondo al tendone c'è un piccolo palco: nel giro di mezz'ora, gli abitanti di Foxham saranno lì per divertirsi con le battute di Basil; tra un'ora circa, invece, balleranno invece sulle note dei Quarrymen. Stasera – e solo stasera – il proprietario del Six Bells chiuderà le porte del locale solo quando la serata sarà veramente finita.

Ma prima che lo spettacolo abbia inizio, la maggior parte della gente è ancora all'interno del locale, dove si trova il cibo, sorvegliato attentamente da Trudi. Nessuno, a Foxham, osa discutere con lei: la giovane ha già sfilato una porzione di *pork pie* dalle zampe di Chester, che secondo lei si stava comportando da ingordo. Allo stesso modo, ha osservato scrupolosamente Boris mentre riempiva il piatto di *bubble and squeak*, tanto per assicurarsi che si desse un limite.

■ ■ ■

Dopo gli applausi sinceri per i Campbell, la gente sussulta all'entrata di Mario e Silvia. Quando anni fa il boss aveva visitato il villaggio, era stato gentile ed educato con tutti, ma gli abitanti erano stati comunque diffidenti nei suoi confronti. Lo stato d'animo della folla cambia rapidamente quando è Alberto a varcare la porta: la vista del volpacchiotto giocoso e felice fa scattare nuovamente gli applausi. Poi entra Diavolo con la sua camminata minacciosa, e la folla sussulta di nuovo. Il suo sguardo si incrocia con quello del sergente Ali, ed entrambi fanno un cenno con il capo: un palese segno di rispetto tra un furfante e un cane poliziotto fuori servizio. L'atmosfera cambia di nuovo quando Gilberto – con aria serena e il copricapo in testa – svolazza all'interno del Six Bells, sorridendo e salutando tutti; molti applaudono, mentre altri gridano: «Complimenti per il cappello!». Ma la vera ovazione è per Carlotta: per un istante, tutti quelli che si trovano all'interno del pub credono sia appena entrata Marilyn Monroe. Anche se non si tratta dell'attrice americana, la bellezza e il fascino della strega buona pervadono l'aria.

«Mario, do il benvenuto a te, alla tua famiglia e ai tuoi amici!» dice Charles.

Seguono altri applausi e, di punto in bianco, sembra che tutti si conoscano e siano amici da sempre. Chester e i Cambridge – con la sola eccezione di Owen – scambiano quattro chiacchiere con Gilberto. Diavolo e il sergente Ali si comportano come due vecchi amici appena ritrovati; tuttavia, per superare le barriere linguistiche, i due si esprimono abbaiando. Mario conversa con Boris, e Silvia con Anna e Sebastian. George racconta una barzelletta a Reggie, mentre Betty fa una bella chiacchierata con Kaye.

Owen, Bernard, Hector, Arnold, Henry, Isabella e Charlie parlottano tra loro e con Alberto. Quando il cucciolo vede della pizza al banchetto, fa i salti di gioia, e poi urla al suo nuovo amico: «Gilberto, c'è la pizza!». Le sue grida richiamano l'attenzione di Carlotta, che in quel momento sta ricevendo le attenzioni di diverse persone del posto. La strega si allontana da loro e si dirige velocemente verso il banchetto, tanto per assicurarsi che Alberto non faccia man bassa di pizza.

A dirla tutta, Trudi sta già tenendo d'occhio il cucciolo, visto che sin dal momento in cui è entrato nel pub ha capito quanto sia vorace. Trudi distoglie lo sguardo dal volpacchiotto all'arrivo di Carlotta, per osservarla; l'incantatrice le sorride a sua volta e le fa un cenno con la testa per salutarla: tra le due c'è già un forte legame. Carlotta, senza farsi notare, indica quindi Alberto, pronuncia lentamente e con un filo di voce le seguenti parole, in modo che Trudi possa seguire il labiale: «Continuerò a proteggerlo, ma sarai tu a doverlo salvare». Ora la volpe sa con certezza di aver appena incontrato il proprio destino.

menu

14

La vigilia della Rovina

«Mi spiace, ma il gate d'imbarco è chiuso. Il prossimo volo per l'Aeroporto di Londra-Heathrow è domattina alle otto: se siete interessati, ci sono due posti disponibili nella zona fumatori» dichiara il cordiale bigliettaio di Alitalia – una volpe chiamata Luigi – a Ettore.

Il gatto indossa un copricapo di paglia dalla falda stretta, modello *trilby*, che ha appena acquistato al negozio di souvenir dell'aeroporto. Ettore aveva infatti dovuto sostituire il cappello da moschettiere, che si era rotto quando il taxi era andato fuori strada.

Alla notizia che non ci saranno altri voli fino a domani, Ettore inizia a tremare per la paura: dopo l'incidente, egli aveva infatti assicurato al suo padrone che sarebbero comunque riusciti a prendere l'ultimo volo. Enoch si era fidato di un gatto che non era mai andato all'estero in vita sua, e aveva pertanto deciso di andare al bar di Giovanni – accanto all'aeroporto – per mangiare un panino con prosciutto cotto e formaggio e bere una birra fredda. Il malvagio signore aveva quindi portato con sé i bagagli, in attesa che Ettore tornasse con i biglietti.

Ettore, preoccupato, apre lentamente la porta di vetro del bar con la zampa destra, mentre tiene il cappello di paglia nella sinistra. La sua ansia si trasforma in sollievo quando vede Enoch, brillo, abbracciato a due robusti lavoratori napoletani che stanno bevendo una meritatissima birra, probabilmente dopo aver finito il turno all'aeroporto.

L'ebbro Enoch grida al barista: «Giovanni! Porta da bere ai miei nuovi amici, e anche a quegli orsi laggiù!»

Ettore vede una famiglia di orsi – composta da madre, padre e cuccioli, un maschio e una femmina – che indossano gli abiti buoni, seduti a un tavolo coperto da una tovaglia bianca, dalla parte opposta del locale. Le sedie su cui si sono accomodati hanno la struttura di metallo, ma la seduta e lo schienale sono composti da strisce di plastica rossa. Quando Enoch offre loro da bere, il padre fa cenno con il capo per ringraziarlo, mentre la madre avvicina a sé gli orsacchiotti.

Ettore ridacchia e poi, tra sé e sé, dice: «È proprio come le streghe: non regge l'alcol neanche un po'!»

Secondo il gatto, questo è il momento migliore per far sapere al suo proprietario che non potranno partire fino a domani. Quando Enoch vede il famiglio sorridente sull'uscio del bar, gli dice: «Ettore, gattaccio, vieni a farti una birra!»

Mentre Ettore si fa strada verso il bancone, gli operai si alzano e si dirigono alla volta del flipper, che si trova dall'altra parte del bar. Passando accanto agli orsi, stringono la zampa al padre, salutano la madre con un cenno della testa e infine sorridono ai cuccioli.

«Ettore! *Hic!* Sei il miglior amico che abbia mai avuto!» farfuglia Enoch.

«Grazie, signore! Ehm, signore…»

«Dimmi, carissimo amico!»

«Non potremo partire prima di domani».

Enoch lo guarda con aria stupita e, con voce inaspettatamente sobria, gli chiede: «Che cosa?»

«Abbiamo perso il volo, signore. Volete un'altra birra?» propone Ettore, nella speranza di addolcire la brutta notizia.

Enoch rimane per qualche istante immobile come una statua, e poi – neanche fosse il Vesuvio – finalmente esplode: «Brutto gattaccio, vattene via!»

Ettore, prima di andarsene, fa per bere la birra, ma il suo padrone gli sfila la pinta dalle zampe: «Niente birra per te! Niente più birra per nessuno! Basta con la birra!»

A quel punto Enoch affonda la testa tra le braccia e prende a singhiozzare. Ettore gli si avvicina, nell'intento di consolarlo.

■ ■ ■

«Qua a Londra ci divertiremo!» dice Monica alle altre streghe, che si trovano all'interno della sua stanza al Claridge's, un hotel a cinque stelle situato nel quartiere benestante di Mayfair, nella parte centrale della capitale. Le incantatrici, che ridono e annuiscono in segno di approvazione, hanno l'aspetto di belle modelle vestite con gusto: così come sono in questo momento, potrebbero sfilare su qualsiasi passerella del mondo.

«Proprio mentre parliamo, sento avvicinarsi le forze del male» continua la strega, che dopo il turbolento ritorno a capo della congrega si sente carica e motivata.

■ ■ ■

A differenza di Ettore ed Enoch, le streghe non hanno perso il volo per Heatrow. Una volta a bordo, Adriana ha soffiato su alcuni petali di rosa e recitato un antico sortilegio, incantando così l'equipaggio e gli altri passeggeri. La magia ha funzionato alla perfezione: tutti i presenti, infatti, sono stati cordiali e amichevoli con loro. Dopo l'atterraggio, le donne sono uscite dall'aeroporto senza complicazioni; anzi, a dirla tutta, i doganieri si sono fatti in quattro per loro.

Prima di partire, le streghe si erano accordate con due predatori diurni – Norris Morris e Brian Rose – affinché le attendessero a Heathrow, per poi accompagnarle a Londra. Nel momento in cui sono uscite dall'aeroporto, questi erano già lì ad attenderle, neanche fossero delle star di Hollywood.

Dopo i convenevoli e una breve riunione informale, Morris ha fatto salire Monica e Caterina a bordo della sua Humber Hawk nera, mentre Diana, Adriana e Benedetta si sono accomodate nella Vauxhall Victor azzurra di Rose, per essere condotte all'hotel di lusso. Per le streghe, i costi della struttura non rappresentano certo un problema: prima della partenza, quando si trovavano ancora nella villa di Montesarchio, Enoch aveva dato a Monica e Diana una lista di malvagi benestanti inglesi, dediti a oscuri rituali e convinti che l'unica volpe buona sia quella rincorsa durante una battuta di caccia. I benefattori inclusi nell'elenco sarebbero stati ben lieti di dare una mano alle incantatrici, in particolare dal punto di vista economico.

Prima della partenza da Heathrow, Monica ha intimato agli accompagnatori di non rivolgere più la parola né a lei né alle sue compagne: come puoi vedere, neanche le streghe hanno stima dei predatori diurni, e mal tollerarono la maniera inquietante in cui questi gli gironzolano intorno.

Monica e Caterina escono dalla Hawk nera di Morris, mentre questi gli tiene aperto lo sportello, e respirano l'aria fresca della sera. A questo punto, il predatore deve consegnare alle incantatrici una borsa da medico in pelle martellata di colore marrone, che contiene 1000 sterline donate dal dottor Geoff Hunt, che si è occupato pure del loro soggiorno al Claridge's.

Morris, però, non si aspetta certo che Caterina gli sferri un improvviso e potente pugno allo stomaco, nel momento esatto in cui sua madre gli sfila la borsa dalle mani. Monica guarda il predatore ricurvo e sfiatato con tutta l'ostilità che cova nell'animo – ovvero tanta – per poi sussurrare con voce fredda e crudele: «Sciocco, perché non ringrazi mia figlia?»

Morris, temendo per la propria incolumità, risponde nervosamente: «Grazie, signorina Caterina!»

Caterina ridacchia in maniera malvagia, e poi lo colpisce di nuovo allo stomaco.

L'uomo, sempre più addolorato, non ha certo bisogno che Monica lo inviti ancora a ringraziare sua figlia, perciò spontaneamente le dice: «Grazie di nuovo, signorina Caterina!»

«Ed ora vattene, umano, prima che ti trasformi in rospo! Vattene immediatamente!» ordina Monica con voce demoniaca.

Morris sale sulla sua Hawk più velocemente che può, visto che l'idea di diventare un rospo non lo aggrada. Mentre il predatore si allontana, Caterina con malvagio e felice richiama l'attenzione della madre: «Guarda da quella parte! Diana, Adriana e Benedetta stanno picchiando l'altro predatore!»

Quando la strega si volta, vede una scena che la diverte moltissimo: Adriana tiene fermo Rose cingendogli il collo con un braccio, mentre Diana e Benedetta lo colpiscono in faccia a turni. A ogni pugno ricevuto, Rose grida per il dolore e per la paura.

«Quegli stupidi umani ci aiutano senza comprendere che, quando conquisteremo la Terra, diventeranno nostri schiavi» dichiara Monica prima di entrare nell'hotel.

■ ■ ■

«Grazie, Reggie! Sono sicura che apprezzerai moltissimo i cannelloni di mia nonna!» dice Trudi da dietro la cassa del negozio.

L'anziano cliente risponde: «Ne sono certo anch'io, Trudi. Non mi piaceva mangiare robaccia straniera prima che tu e tua nonna vi trasferiste a Foxham, e per dirla tutta neanche prima dell'arresto di Blades. Adesso, invece, apprezzo moltissimo la vostra cucina. Tuttavia, mi spiace ammettere che, quando arriva il venerdì sera, niente può battere il *fish and chips* di Ferdy».

«Mi sta benissimo, fintantoché gli altri giorni della settimana preferisci il cibo del Milano's!» risponde Trudi, tentando di mascherare l'antipatia che prova per Ferdy, che continua allegramente a non pagare le tasse.

«Prima che me ne dimentichi: mi dai anche qualche fetta di torta al limone? Accompagnerà il mio tè delle tre. E poi pure qualche porzione di quella torta salata con ricotta e salsicce. Ti dispiace se passo a pagarti giovedì, dopo aver ritirato la pensione?» chiede Reggie, che ormai ha una grande predilezione per il cibo italiano. Beh, tranne il venerdì, che è riservato al *fish and chips*.

«Naturalmente, Reggie! Anzi, facciamo così: ti diamo quattro fette di torta al limone e quattro di torta salata, ma due fette di ogni pietanza le offriamo noi» dice Anna, che è spuntata insieme a Carlotta dal retrobottega del Milano's. Le due devono parlare con Trudi.

«Salve, signora Anna! Salve, signorina Carlotta! Grazie mille e a giovedì!» risponde Reggie, mentre fa per uscire dal negozio.

«Arrivederci, Reggie! Solo una cortesia: puoi appendere alla porta il cartello con scritto "Torniamo subito"?» chiede Carlotta.

Reggie è ben lieto di farle il favore, così – meno di due minuti dopo –Carlotta, Anna e Trudi si trovano all'interno dell'appartamento che si trova al piano superiore del Milano's.

«Gilberto ha parlato di noi ai suoi amici corvi di Londra. Uno di loro è appena volato qua per informarmi della presenza di streghe di Benevento in un hotel nella zona di Mayfair» riferisce Carlotta con voce grave.

«Mayfair? Quindi stai parlando di Londra!» dice Trudi.

«Sì, esattamente!» risponde Carlotta.

«Oh! E io che pensavo al gioco del Monopoly! Nell'edizione britannica, una delle proprietà più costose è proprio Mayfair, mentre in quella italiana la stessa casella si chiama Parco della Vittoria» specifica Trudi, sentendosi un po' sciocca.

Carlotta sorride dolcemente alle altre incantatrici, ma poi si fa di nuovo seria e dice: «Per ora la congrega rimarrà inattiva, e sarà così ancora per un po'. Tuttavia, in settimana andrò a parlare con Charles: è necessario che sappia di questi sviluppi».

«Charles sa già che c'è qualcosa che non va. Tanti secoli fa, i suoi antenati erano molto vicini alle streghe buone che vivevano nei boschi. Una discendenza simile può rimanere sopita, ma non svanisce nel nulla. A Charles occorrerebbe un'infinità di tempo per imparare a esercitare la magia, tuttavia ha ancora l'occhio della mente, che gli dà la capacità di avere premonizioni: me ne sono accorta la sera stessa in cui vi siete presentati al Six Bells» rivela Anna.

«Molto bene! Allora per lui non sarà uno shock venire a sapere che cinque streghe vogliono attaccare Foxham. Cinque, e non più quattro: ho infatti avuto una visione che mi ha rivelato il ritorno di Monica dalla morte. Comunque sia, non possiamo certo permetterci di impaurire gli abitanti del villaggio; non ancora, almeno» dice Carlotta.

«Sai dirmi qualcosa di preciso su Alberto? È ancora al sicuro?» chiede Trudi, che ha trascorso gran parte delle scorse giornate nel bosco, nell'intento di ricongiungersi alla natura e di sviluppare la sua predisposizione alla magia bianca.

«Sì, Alberto, Mario e Silvia sono al sicuro: Charles gli ha messo a disposizione l'ala occidentale di Fox Hill Hall. Gilberto sta benissimo dai Campbell: l'ho visto proprio stamani, mentre aiutava Betty in giardino. E per quanto mi riguarda, mi piace molto stare qui con voi» risponde Carlotta, che ora vive nel grande appartamento di Anna sopra al Milano's, e non è mai stata così felice in vita sua.

Inizialmente, la giovane risiedeva nel cottage vicino alla casa di cura, ma poi si era trasferita da Anna, visto che le tre streghe buone volevano passare più tempo insieme. Questo ha senz'altro giovato a Chester, che condivideva la piccola abitazione con lei e con Diavolo. Ora che Chester e lo scagnozzo di Mario sono rimasti da soli, l'amicizia tra i due si fa sempre più stretta, e anche l'inglese del cane sta migliorando.

«Grazie, cara! Anche a noi piace vivere con te» risponde Anna con tono gioioso.

«No!» grida improvvisamente Trudi.

«Cosa succede, tesoro?» le chiede Anna, preoccupata.

«Mi è appena venuto in mente che se Charles ha della magia nel sangue, allora ce l'ha anche Charlie, che la userà senz'altro contro di noi, cattivo com'è!» risponde Trudi, sempre a gran voce.

«Trudi, Charlie sarà pure cattivo, ma è anche giovane e sciocco. Sappiamo bene che, nel profondo dell'anima, è un buon volpacchiotto» interviene Carlotta.

«Per trovare della bontà in Charlie occorrerebbe scavare veramente in profondità. Proprio due giorni fa l'ho sorpreso mentre cercava di convincere il povero Owen a rubare del latte da un cartone. In effetti, ero certa che i suoi cambiamenti fossero solo di facciata» risponde Trudi in maniera un po' brusca. Se anche si sforzasse, non riuscirebbe a provare alcuna simpatia per il cucciolo.

«Eh, già! Owen è davvero dolce, ed è un peccato che il suo miglior amico sia proprio Charlie» dice Anna, che condivide l'opinione di sua nipote.

«Sono certa che prima o poi capirete che se Charlie è una canaglia, Owen lo è altrettanto. Ma adesso ciò che conta è prepararsi alla guerra: sento che le forze del male stanno crescendo» dice Carlotta, sicura di sé ma leggermente nervosa, e sia Trudi che Anna annuiscono, in piena sintonia con lei.

■ ■ ■

Sono le 3 e 33 del mattino, e la Luna piena illumina una chiesa in rovina ai margini di Londra. All'interno dell'edificio c'è un grande altare di pietra incrinato, occupato da cinque orribili streghe, da un signore dell'oscurità elegante ma dall'aria minacciosa, da alcuni *ghoul* demoniaci e da tre predatori diurni; al centro di tutti c'è un gatto nero che balla. Il felino indossa una bombetta acquistata nel pomeriggio da Harrods, il grande magazzino londinese specializzato in beni di lusso.

«Balla, Ettore! Fallo per la Luna! Fallo per l'oscurità! Balla, gatto, balla!» ordina Enoch, mentre trangugia vino rosso da un calice d'oro.

I *ghoul* gemono, i predatori battono le mani tenendo il ritmo e le streghe ridacchiano, nell'intento di far credere che la danza di un felino sia uno spettacolo gradito. Le incantatrici hanno ripreso le loro sembianze reali: sono vestite di nero, hanno la pelle rugosa e i nasi a punta, e inoltre i loro capelli sono lunghi e grigi.

Monica è particolarmente risentita, visto che – secondo l'uso – dovrebbe essere lei a ballare durante i festeggiamenti per la vigilia della Rovina. La cerimonia ha luogo tra i ruderi nelle prime ore del mattino, e ha lo scopo di salutare la malevola crociata che porterà i nemici del male a sofferenze indicibili e alla sconfitta definitiva. Enoch non ha però voluto rispettare la tradizione, e ha insistito affinché a danzare fosse Ettore, il suo nuovo vice.

Mentre Ettore si allontana ballando, Enoch assapora il pensiero di invadere Foxham e assistere prima al sacrificio di Alberto di fronte alla traditrice Carlotta, e poi al sortilegio *i sogni dei bambini*.

■ ■ ■

Il signore oscuro e il gatto nero sono riusciti a prendere un aereo per Heathrow ben due giorni dopo la partenza programmata, visto che – dopo aver perso il volo – Enoch ha avuto postumi terribili, per via della grande sbornia presa al bar di Giovanni, nelle vicinanze dell'aeroporto.

A differenza delle streghe, che si sono godute il volo, Enoch ed Ettore non hanno ricevuto alcun trattamento speciale da parte delle hostess, e anche gli altri compagni di viaggio sono stati scostanti, se non addirittura maleducati, nei confronti dei due servi del male.

Dopo l'atterraggio, Enoch ed Ettore non hanno fatto in tempo a giurare vendetta nei confronti di chiunque si trovasse sull'aereo con loro, che si sono trovati di nuovo nei guai. Al momento del controllo dei documenti, gli addetti avevano infatti notato che Ettore non somigliava affatto al gatto ritratto nel passaporto. Il famiglio aveva dunque dovuto far presente che, ai tempi della foto, era molto più magro. Dopo almeno un'ora di spiegazioni, al duo maledetto era stato finalmente permesso di entrare ufficialmente in Inghilterra.

Ad attenderli nell'area destinata agli arrivi c'era la predatrice Dawn Evans, un'insegnante che odia i bambini. Il compito di Evans era accompagnarli al Claridge's: la mattina della partenza, Enoch aveva infatti telefonato al dottor Geoff Hunt, che gli aveva fatto sapere dove si erano sistemate le streghe.

Dawn Evans ha dunque accompagnato Enoch ed Ettore nel quartiere di Mayfair, facendoli scendere di fronte all'hotel, e i due – a differenza delle streghe di Benevento – si sono limitati a ringraziarla per il servizio. Nessuno di loro sentiva il bisogno di essere crudeli con la predatrice, visto che intendevano riservare tutta la loro perfidia alle incantatrici, che avevano approfittato dell'occasione per darsi alla bella vita in una delle zone più lussuose di Londra.

Come se questo non bastasse, l'ignobile duo ha appena scoperto che le streghe non si sono accontentate di albergare al Claridge's, ma hanno pure occupato le stanze migliori. Inoltre, vengono trattate come membri della famiglia reale, sia dal personale dell'hotel sia dagli altri ospiti, che stravedono per loro. Per le incantatrici è stato uno shock trovarsi di fronte a Enoch ed Ettore: infatti, non avevano la minima idea che il capo e il suo gatto le avrebbero raggiunte in Inghilterra.

La sera stessa, Enoch aveva fatto trasferire le streghe in due camere standard: Monica e Caterina occupavano una stanza, mentre Diana, Adriana e Benedetta dormivano in un'altra. Enoch ed Ettore, invece, avevano deciso di soggiornare nella migliore suite disponibile, provocando così il risentimento delle fattucchiere. Il rancore delle streghe si era poi acuito, quando gli era stato comunicato che Ettore era diventato il nuovo vice di Enoch. Poco più tardi, Monica si era recata nel bar dell'hotel per affogare il dispiacere nell'alcol: non che ci sia voluto molto, visto che alla strega era bastato mandare giù tre bicchieri scarsi di vino.

■ ■ ■

Anna Milanesi aveva ragione: dentro di sé, Charles Renard sapeva che Mario non era arrivato a sorpresa a Foxham per una vacanza. Trattandosi di una volpe saggia, per di più con una predisposizione alla magia, Charles sentiva che il boss e i suoi si erano recati lì per scampare da un pericolo e, soprattutto, per salvare il mondo.

Ecco perché quando Carlotta – ricevuta nello studio di Fox Hill Hall insieme a Trudi e Anna – gli ha raccontato cosa stava veramente accadendo, Charles si è limitato a dire: «So della profezia sin da quando ero ancora un cucciolo, e ho sempre saputo che l'avrei potuta vedersi avverare. Quando sono entrato in possesso di Fox Hill Hall, ho trovato nella biblioteca della villa un vecchio manoscritto e una pozione magica provenienti dalla Barbagia, in Sardegna. Questi oggetti ora sono al sicuro, chiusi sottochiave in soffitta. E ora ditemi: soltanto le persone che sono venute da Napoli sono al corrente della situazione?»

«Beh, sì, e questo di certo non ci ha ucciso!» risponde scherzosa Carlotta.

Charles è seduto sulla poltrona rivestita di velluto, e indossa una giacca da camera, dei pantaloni da golf e un cappello alla Garibaldi, tutti di colore bordeaux. Prima sorride, poi sorseggia il suo brandy e dice: «Molto bene! Assicuratevi che quelli che erano con voi tengano la bocca chiusa, almeno fin quando non avremo elaborato un piano!»

«Credo che nessuno di loro creerà problemi. Sembra che stiano tutti così bene, qua. Alberto, ad esempio, ha già fatto amicizia con vostro nipote Charlie» dice Carlotta.

Il nome del piccolo Renard fa rabbrividire Trudi, che trema lievemente. Charles se ne accorge e le chiede: «Stai bene, Trudi?»

A quel punto, Trudi si rende conto di aver tremato, pertanto risponde: «Ho un po' freddo ma sto bene, grazie!»

Carlotta sa perché la sua amica ha rabbrividito, perciò – senza farsi notare da Charles – le sorride, e poi riprende il discorso: «Mario e Silvia si stanno godendo il villaggio, e tutti quanti vogliono bene a Gilberto. Per quanto riguarda Diavolo, è diventato…»

«È diventato il migliore amico di Chester: passano il tempo a ridere e a scherzare, e l'inglese di Diavolo sta migliorando» interviene Trudi, con tono gioioso, cercando di distogliere il pensiero da Charlie.

Charles dichiara: «Buone notizie, quindi! Dobbiamo assicurarci che gli abitanti di Foxham rimangano di buon umore. Se venissero a sapere troppo presto delle streghe, si spaventerebbero, e questo ci indebolirebbe nella lotta contro il maligno. Perciò, acqua in bocca!»

■ ■ ■

Negli ultimi mesi, la vita a Foxham è stata veramente gioiosa, sin dalla notizia della costruzione della stazione fino ai giovani abitanti del villaggio che giocano nei pressi del municipio. La maggior parte di queste brave persone non ha la minima idea del pericolo oscuro che incombe sul villaggio.

Ogni settimana, Charles, Carlotta, Trudi, Anna e Mario si ritrovano nello studio di Fox Hill Hall per elaborare un piano, ma anche per sostenersi moralmente a vicenda. Charles, che aveva collaborato attivamente alla pianificazione del D-Day, ha deciso che è ora di passare dalla fase di prudenza e cautela alla vera e propria protezione di Foxham.

«Domani è il primo aprile, il giorno stabilito per il ritorno di Gilberto a Napoli, che dirà agli uomini e alle volpi di Mario – così come agli orsi della Campania – che ci devono raggiungere a Foxham. Le spie delle streghe sorvegliano gli aeroporti, le stazioni ferroviarie e i porti di mare. Le stesse creature maligne ascoltano le nostre telefonate e leggono le nostre lettere. Lo sento».

Carlotta e Trudi, sempre più padrone delle proprie capacità, rispondono insieme: «Si stanno avvicinando».

Charles annuisce e dice: «Sì, è vero! Ma sconfiggeremo il maligno, ne sono certo. Gilberto costituisce la nostra migliore nonché unica possibilità di far arrivare a destinazione il messaggio: i nostri potenti e temerari rinforzi arriveranno, e saranno pronti a combattere. Tuttavia, finché non saranno qui, la vita di Foxham dovrà proseguire tranquillamente, come se nulla fosse».

■ ■ ■

Purtroppo, il giorno successivo, dopo la partenza di Alberto, l'attesa consegna di viveri dalle fattorie limitrofe non ha luogo. Come se non bastasse, intorno a mezzogiorno i pali telefonici prendono fuoco, e nel tardo pomeriggio molti abitanti del villaggio lamentano un brutto raffreddore.

Si sta facendo sera quando Carlotta, Trudi, Charles, Mario e Diavolo – con Boris come autista – lasciano Fox Hill Hall e si allontanano dal villaggio, in cerca di cibo e medicine.

■ ■ ■

La stipata Bentley è però costretta a fermarsi nel momento esatto in cui urta dolcemente contro il nulla. Per la fortuna di tutti, Boris rispetta scrupolosamente i limiti di velocità: se avesse corso come un pazzo – come ad esempio fa Diavolo a Napoli – l'improvviso arresto del veicolo si sarebbe potuto trasformare in un incidente fatale.

«Scusatemi tutti! Non ho idea di cosa sia accaduto: non vedo niente di strano sulla strada! State tutti bene?» chiede Boris, preoccupato per gli altri, ma anche scocciato per aver danneggiato l'amata Bentley di Charles senza alcuna ragione apparente.

Carlotta apre lo sportello posteriore sinistro ed esce dall'auto. Charles, Trudi, Mario e Diavolo decidono di seguirla. La giovane cammina lentamente con le mani tese di fronte a sé finché – esattamente com'è successo alla Bentley – non è costretta a fermarsi.

A questo punto si volta verso gli amici, che sono a poco più di un metro da lei, e con evidente disagio dice: «Le streghe hanno eretto un campo di forza intorno a Foxham. Moriremo di fame, se non di malattia. Spero proprio che Gilberto riesca ad arrivare a Napoli».

Non appena Carlotta finisce il discorso, la risata demoniaca di una strega rompe il silenzio della sera.

15

L'assedio di Foxham

«Il mio raccolto è distrutto!» grida Todd Meadows, un fattore e gran lavoratore di specie volpina, noto in tutto il Norfolk per la generosità e il senso dell'umorismo. Ma oggi Todd Meadows, per la prima volta in dieci anni, non riesce a ridere.

Tre giorni prima, Todd aveva assunto Yallery Brown – uno spiritello malandrino del Lancashire – come bracciante nella sua fattoria vicino Foxham. La creatura si era presentata alla fattoria di Todd con addosso un completo di tela nera piuttosto malridotto, un cappello di feltro a falda ampia da cui sporgevano capelli biondi e arruffati, e ai piedi aveva degli scarponi chiodati che avevano visto tempi migliori.

Brown, con le lacrime agli occhi, dichiarò a Todd di essere affamato e in stato di povertà, e il buon Todd offrì a quell'anima errante un impiego con vitto e alloggio. Tuttavia, il gesto di gentilezza di Todd venne ripagato con crudeltà, visto che Brown distrusse intenzionalmente tutto il suo raccolto.

Dopo aver mandato in rovina la fonte di sostentamento di Todd Meadows, Yallery Brown gli rubò la bici e pedalò fino alla palude di Hickling Broad per incontrare i *ghoul*, i goblin, le *banshee*[9], un piccolo gruppo di ciclopi dalla Gran Bretagna e il feroce cane fantasma Black Shuck del Norfolk, che si incontravano in segreto da quelle parti. Alcuni di questi esseri malvagi erano rimasti dormienti fin dal XV secolo, e facevano ormai parte del folclore britannico; altre creature, come Yallery Brown e Black Shuck, hanno invece continuato a combinare guai e a provocare disordini nel corso del tempo.

---

9 Spirito femminile del folclore irlandese e britannico.

Un giorno, Yallery Brown e le altre entità – dormienti o no che fossero – sentirono di doversi recare alla palude di Hickling Broad, dopo aver avuto una visione in cui un signore oscuro, un gatto nero e cinque streghe giungevano nel Norfolk alla testa di un'armata del male. La premonizione era stata causata da un potente incantesimo telepatico lanciato dalle streghe di Benevento, che in quel momento si trovavano nel confortevole Claridge's.

■ ■ ■

Charles, scoraggiato, è seduto nello studio di Foxham Hill Hall insieme Mario, Diavolo, Boris, Trudi e Carlotta. La Bentley di Charles è stata danneggiata seriamente dall'impatto contro il campo di forze che circonda il villaggio; dopo l'incidente, il gruppo – sfinito e scosso – ha vagato per Foxham fino alla residenza di Renard.

Charles cerca di alzare il morale agli altri: «Foxham non morirà né di fame né di malattia».

Carlotta replica con riluttanza: «Charles, le streghe diventano ogni giorno più potenti e riesco anche a percepire la presenza dei loro alleati. Faranno tutto ciò che possono per far sprofondare il mondo nell'oscurità».

«Stai dicendo che siamo spacciati?» chiede un triste Boris.

«No, non lo siamo!», grida in perfetto inglese Diavolo, il duro Doberman albanese sopravvissuto alla crudeltà del mare.

«Loro possono anche essere più numerosi, ma noi siamo più intelligenti e uniti» dichiara con decisione Trudi.

Improvvisamente, qualcuno bussa energicamente al portone di quercia di Foxham Hill Hall. «È George. Lo faccio entrare» dice Carlotta, dopo aver avvertito la sua presenza.

«No, lascia fare a me!» replica Boris, mentre va ad accogliere George.

Dopo un paio di minuti, George è in piedi nello studio. Con preoccupazione e timore, esordisce: «I miei operai sono tutti malati. Il cibo oggi non è stato consegnato. Inoltre, mezz'ora fa ho cercato di uscire dal villaggio per vedere cosa accadeva, ma ho sbattuto contro non so cosa. Charles, ti prego, spiegami cosa succede!»

Il suo amico risponde: «Andiamo in soggiorno, ti dirò tutto!»

■ ■ ■

Mario, Diavolo e George siedono su un divano di mogano intagliato e dorato, posto sul lato più lontano del soggiorno. Trudi e Carlotta siedono di fronte a loro, su un divano simile. Boris decide di restare in piedi accanto al portone di quercia, con Charles su una sedia in mogano e oro dallo schienale rigido, sistemata un po' dietro i divani.

«Ciao!» esclama Kaye entrando in giorno, dopo aver dato un colpetto sulle spalle di Boris, a mo' di saluto.

«Ciao, Kaye!» rispondono gli altri.

«Vado in cucina. Preparo dei sandwich al pollo, del *pork pie* e un po' di patatine. Vi porto della limonata, dato che Ferdy appena vede una birra si ubriaca, e… Beh, sapete poi che succede!» esclama Kaye, ben conscia del male che si sta avvicinando a Foxham.

«Signora Kaye, vi prego, lasciate fare a me!» dice Boris.

«No, Boris: in questo momento, loro hanno bisogno di te. Mi farò aiutare da Charlie». Nell'istante in cui Kaye pronuncia il nome del nipotino, Charles e Carlotta guardano Trudi, che fa del suo meglio per non lasciar trasparire la rabbia.

«Grazie, Kaye!» fa George, ansioso di sapere cosa ha da dire Charles.

Ferdy, con una giacca da barca a strisce viola, pantaloni bianchi, polo Lacoste bianca e cappello di paglia da vela, oltrepassa sua madre e giunge in soggiorno.

«Ferdy, qui non si beve e non si gioca d'azzardo. C'è una riunione!» grida Charles al suo scapestrato figlio.

«Lo so, padre, e so pure delle streghe di Benevento!» scatta Ferdy.

«Oh, hai origliato di nuovo. Ferdy, sei mio figlio e ti voglio bene, ma per favore vattene!» ordina Charles.

«Padre, abbiamo lo stesso sangue: siamo volpi che hanno camminato fianco a fianco con le buone streghe dei boschi, secoli fa. Vivevamo in pace, finché le streghe malvagie e gli stregoni non si sono alleati con i ricchi e ci hanno dato la caccia nei campi e nei boschi; sapevano bene che, se fossero riusciti a infrangere la nostra alleanza, sarebbero diventati più forti» dichiara Ferdy in tono severo.

È la prima volta che Carlotta sente parlare Ferdy dal profondo del cuore.

«Streghe? Stregoni? Non capisco», esclama George.

«Ferdy, ti sto ascoltando, ma prima che tu prosegua devo raccontare tutto a George» dice Charles, e suo figlio annuisce.

■ ■ ■

«Molto presto, miei malvagi amici, sacrificheremo quella brutta e grassa volpe…» annuncia Enoch con fare nobile, in piedi su una piattaforma di legno improvvisata nel bel mezzo della palude di Hickling Broad. Alla sua destra c'è Ettore e alle sue, spalle, Diana, Monica, Caterina, Adriana e Benedetta.

Dopo la dichiarazione di Enoch, la moltitudine malevola erompe di euforia, urlando a tutto volume con voci da incubo: «Uccidiamo la volpe grassa! Uccidiamo la volpe grassa! Uccidiamo la volpe grassa!»

■ ■ ■

Circa un'ora prima, Enoch e il suo entourage erano arrivati alla palude di Hickling

Broad da Londra, dopo aver ricevuto un passaggio dai predatori diurni Norris Morris, Brian Rose e Dawn Evans. Enoch ha permesso a Evans di abbandonare illeso lo sgradevole raduno, ma Morris e Rose sono meno fortunati, visto che sono alla mercè di Yallery Brown e Black Shuck.

Le urla di dolore dei predatori diurni deliziano la malvagia folla. Gli altri predatori, abbastanza scemi da partecipare a questa immorale riunione, sanno che è questione di tempo prima che anch'essi diventino vittime di Yallery Brown e Black Shuck. Tutto ciò per dirvi, cari lettori, quanto sia miserabile la vita di un predatore diurno.

■ ■ ■

«Betty, questo è il motivo per cui Carlotta e i suoi amici sono arrivati a Foxham. Lei e Charles mi hanno raccontato tutto, ma non possiamo rivelarlo a Bernard» sussurra George a Betty in cucina, sperando di non disturbare il sonno del figlioletto. Il piano, però, non ha successo, Bernard viene svegliato dalle grida che provengono da diversi chilometri di distanza.

«Mamma, papà, cos'è questo rumore?» chiede Bernard, scendendo le scale.

«Niente, tesoro, giusto qualche scemo laggiù nella palude. Ti preparo una bella bevanda calda e un toast. Te li porto su, torna a letto! Arrivo tra un minuto» risponde Betty, nella speranza che suo figlio non sia troppo impaurito.

«Mamma, mi manca Gilberto. Tornerà a casa?» domanda il bambino, assonnato.

«Certo, amore!» lo rassicura Betty.

«Naturalmente: è il tuo migliore amico, e i migliori amici tornano sempre» garantisce George al figlio, mentre dà una rapida occhiata a Betty.

George, come Diavolo, è forte e non sa cosa sia la paura: non permetterà che Foxham cada senza lottare.

■ ■ ■

«Non ho notizie di Gilberto», dice Carlotta a Anna e Trudi, all'interno del salotto dell'appartamento che si trova sopra il Milano's. Sono le prime ore del mattino, e Trudi ha appena creato una pozione che impedirà a quella terribile febbre di propagarsi nell'intera Foxham.

165

La giovane spiega: «Quello della febbre è un incantesimo debole. Molto debole. Quelle streghe erano convinte che non fossi abbastanza abile da trovare una cura».

«Ben fatto, Trudi! Charles ha convocato una riunione d'emergenza oggi a mezzogiorno, nel parco del Municipio di Foxham. Credo che a questo punto abbiano capito tutti che c'è qualcosa che non va, visto che non possono lasciare Foxham. Sono anche sicura che le orribili grida che provengono dalle paludi abbiano svegliato tutti» afferma Anna.

«Le streghe credono che le grida, la malattia e la carestia stiano disgregando la popolazione Foxham, e che questo renda più facile la loro invasione. Perciò, spetta a noi tenere unito il villaggio» riflette Carlotta, mentre Anna e Trudi annuiscono, in segno di approvazione.

■ ■ ■

Ferdy, per una volta sobrio, è seduto nel suo piccolo studio nell'ala Sud di Fox Hill Hall, mentre il resto della famiglia si trova in cucina; tutti loro hanno udito i gemiti demoniaci provenienti dalla palude di Hickling Broad. La volpe sta studiando una vecchia mappa di quando Foxham si chiamava Stoke Ham Village, nonché un'antica carta astrologica che lo stesso pomeriggio ha trovato in soffitta. All'improvviso, Ferdy inizia parlare in latino, lingua che aveva studiato a scuola. La magia nel suo animo di volpe si riaffaccia non appena egli realizza come poter creare un varco temporaneo nel campo di forze che circonda Foxham.

■ ■ ■

Oliver e Thomas siedono nel salotto, mentre Victoria conforta Owen nel suo letto, dopo che i Cambridge hanno udito le raccapriccianti urla provenienti dalla palude di Hickling Broad. La settimana prima, Charles aveva confidato al suo buon amico Oliver cosa stava accadendo.

Oliver, ormai al corrente dell'assedio che stringe Foxham, si rivolge a suo figlio Thomas, avido lettore e appassionato storico dilettante, per farsi dare dei consigli sulla costruzione di barricate, e su altri modi in cui potrebbero contrastare la malvagia profezia.

Thomas è preoccupato, poiché molti degli assedi su cui si sta documentando – ad esempio Megiddo, oppure Cartagine – si sono conclusi con la vittoria degli invasori. L'irritazione cresce, finché Thomas non si imbatte nella battaglia di Faesulae, in cui gli assediati hanno avuto la meglio.

«Padre, le streghe e il loro esercito marceranno fin qui, entreranno nelle nostre case e ci massacreranno. Alcuni abitanti potrebbero addirittura dar loro il benvenuto, nella convinzione che siano delle salvatrici, e che possano porre rimedio alla febbre e alla mancanza di cibo » dichiara Thomas.

«Thomas, cucciolo, nessuno darà il benvenuto a questi esseri infernali. Molti di noi, me incluso, hanno combattuto contro i nazisti, e conosciamo bene la minaccia di un'invasione. Ho sempre sperato di non combattere un'altra guerra. Giovani inglesi contro giovani tedeschi: tutto sbagliato», dice Oliver, asciugandosi una lacrima.

Thomas, vedendo il padre in lacrime, decide di sviare le sue attenzioni sul pericolo immediato, e inizia a parlare di tattiche militari: «Dobbiamo impedire all'armata del male di raggiungere la torretta dell'antica torre medievale. Possiamo preparare delle trappole lungo il percorso per rallentare i nemici e permettere a Trudi di realizzare la profezia benevola. Basandomi sui miei studi, ho motivo di credere che le streghe e le altre forze del male detestino il ferro. Se ne avessimo, potremmo costruire una barricata».

Oliver vorrebbe che, in quel momento, i suoi tre fratelli fossero lì con lui: Jeffrey vive in Francia e lavora nell'industria aeronautica, mentre Harold e Cropper abitano a Hackney e lavorano per il comune. Prima che Oliver sapesse delle streghe, aveva spedito lettere a tutti e tre i suoi fratelli, raccontando loro di quanto la vita a Foxham fosse fantastica. In questo momento, però, Oliver ha bisogno del loro aiuto, ma purtroppo le linee telefoniche sono fuori uso e un campo di forze impedisce di entrare a Foxham.

«Padre, mi ascolti? Ci serve del ferro» dice Thomas a suo padre, vedendolo distratto.

«Ferro, dici, Thomas?»

«Sì, padre! Ferro».

«Allora andiamo a trovare George, che ha una grande quantità di acciaio per la stazione ferroviaria. L'acciaio contiene molto ferro. Coraggio, Thomas, corriamo dai vicini!»

I Campbell e i Cambridge vivono a cinque minuti di distanza gli uni dagli altri e sono buoni amici. Si trovano spesso a cena insieme nelle rispettive abitazioni, dove Owen e Bernard giocano con Gilberto mentre Thomas si intrattiene con gli adulti, sentendosi a disagio con i coetanei. Thomas, infatti, viene spesso preso in giro a causa del suo amore per i libri, specialmente da Charlie. Ora, però, l'attitudine da studioso sta per far diventare Thomas un eroe.

■ ■ ■

Stefano Romano, il bel pilota, siede alla fine di un vecchio e ampio tavolo da riunione in un ufficio un po' malandato, situato nel centro storico di Napoli. Giorgio, Giuseppe e Giovanni Colombo, i lupi pugili di Benevento – Francesco e Leonardo – e una rappresentanza della banda di Mario siedono dall'altro lato del tavolo, insieme ad alcuni piloti.

Da quando Stefano è stato avvicinato dai lupi in un aeroporto dismesso a Napoli, dopo essersi rifiutato di trasportare le streghe di Benevento in Inghilterra, ha deciso di unirsi alle forze del bene. Stefano ha portato con sé altri amici piloti i quali, a turno, hanno aiutato a tenere a bada i goblin dal berretto rosso, con il risultato di far fuggire Eder e Edor in Inghilterra. Tutte queste anime buone sentono che qualcosa di malvagio bolle in pentola.

«Da ieri mattina non riusciamo a parlare con Mario: le linee di comunicazione con Foxham sono interrotte!» esclama Franco, uno scagnozzo umano di Mario.

Stefano, che si è dimostrato subito un buon leader, guarda i suoi amici vecchi e nuovi. Uno di essi è Jeffrey Cambridge, il fratello di Oliver, che gestisce una piccola pista d'atterraggio privata a Marsiglia, in Francia. Stefano e Jeffrey sono diventati buoni amici poiché l'italiano decolla e atterra spesso sulla pista della volpe.

«Solo ieri ho recuperato una lettera da mio fratello Oliver di Foxham, dopo essere tornato a Marsiglia. Sostiene che va tutto alla grande: mio fratello me lo direbbe, se fosse in pericolo. Ho in programma di arrivare in volo nel Norfolk dopo Pasqua, per fargli una sorpresa. Ho anche comprato un libro sull'Impero romano per mio nipote Thomas e una catapulta per l'altro mio nipote, Owen» dice Jeffrey.

Jeffrey, i suoi amici e il resto del mondo potrebbero dover affrontare l'inferno, il lunedì di Pasqua.

■ ■ ■

Gilberto, sudato e tremante, è confuso: quando ha volato da Foxham all'Italia in cerca di riforzi, Diana ha percepito le sue intenzioni e gli ha lanciato un incantesimo con lo scopo di farlo smarrire in volo. Così, ora Gilberto è a Oslo, in Norvegia, a numerosi chilometri di distanza dalla meta.

Il corvo, allora, inizia a piangere, temendo di non riuscire a raggiungere i suoi nuovi amici. Le sue speranze si riaccendono lievemente quando si accorge di due volpi, un maschio e una femmina, che camminano in città, entrambi in elegante abbigliamento da sera; il maschio somiglia a Otto, una volpe che ha conosciuto a Foxham.

«Gentili signori!» gracchia Gilberto, quando vede avvicinarsi le volpi.

La coppia si volta a guardare il corvo dall'aria afflitta, e il maschio inizia a leccarsi le labbra da volpe affamata…

■ ■ ■

Eder e Edor avevano terrorizzato gli Chevrolet, una famiglia di umani francesi, per condurli sulla loro barca, dal golfo di Napoli a Great Yarmouth. Prima di incontrare i Berretti Rossi, gli Chevrolet stavano facendo una splendida vacanza lungo le coste italiane.

Quando Eder e Edor hanno escogitato il piano per fuggire dalla Campania, hanno telefonato a Enoch al Claridge's dalla villa di Montesarchio; così, il signore oscuro li aveva informati dei suoi movimenti e entrambi i goblin avevano imparato a padroneggiare l'uso del telefono. Ad ogni modo, Enoch sapeva che l'arrivo di due goblin in una zona prestigiosa di Londra avrebbe attirato attenzioni non gradite su di lui e sulle streghe, perciò aveva ordinato ai due di recarsi a Great Yarmouth, in modo da poter organizzarsi con un paio di predatori diurni che li avrebbero portati alla palude di Hickling Broad, per farli unire agli altri esseri demoniaci che si stavano già ritrovando da quelle parti.

I predatori diurni avevano sussultato di paura alla visione di due Berretti Rossi che brandivano le proprie asce da battaglia mentre scendevano dalla barca. Gli Chevrolet, dal canto loro, erano invecchiati vent'anni dopo aver solcato il mare con il male in persona. Tuttavia, visto che quei bonari francesi non costitituivano alcuna minaccia per Eder e Edor, le loro vite erano state risparmiate.

Una settimana dopo, Edor e Eder, giunti alla palude di Hickling Broad, sono in piedi davanti a Enoch, che riporta l'ordine tra la folla assetata di sangue: «Sì, uccideremo la volpe grassa la domenica di Pasqua, allo scoccare della mezzanotte. Ora andate, e seminate il panico nei villaggi!»

Enoch pronuncia la frase finale con una tale enfasi da scatenare un'assoluta frenesia nella folla indiavolata. Yallery Brown balla e urla come un pazzo, Black Shuck abbaia alla luna, Eder e Edor grugniscono e agitano le asce contro il cielo notturno, le streghe schiamazzano e Ettore miagola, mentre si domanda cosa dovrebbe indossare in occasione dell'invasione di Foxham.

■ ■ ■

«Signora, posso assicurarle che non si sta tenendo alcun raduno di streghe e *ghoul* nella palude, sono solo ragazzi su di giri che si ritrovano la notte prima di Pasqua. Sì, signora… Probabilmente sono dei teddy boy… Sì, signora, credo anch'io che Elvis dovrebbe essere arrestato… Grazie, signora, e buonanotte! Dannatamente grazie, signora, e ancora buonanotte!» dice l'agente McDonald, un giovane poliziotto che desidera lasciare il Norfolk per trasferirsi Londra.

■ ■ ■

«Ce l'ho fatta! C'è un varco, nel campo di forze!» grida Ferdy felice nel suo smoking nero: pantaloni neri, camicia bianca e farfallino nero. È la prima volta da quando era un volpacchiotto che Ferdy compie una buona azione senza cercare di ricavarne profitto, oppure per architettare una truffa, e per questa rara occasione vuole apparire al meglio.

Insieme a Ferdy, nella torre medievale del municipio di Foxham ci sono George, Charles, Oliver, Thomas, Trudi, Anna, Carlotta, Diavolo e Chester, che si era unito al gruppo su richiesta del suo amico Dobermann.

«Il varco resterà aperto solo per un'ora. Non ho tempo di spiegare come e perché; vi dico solo che dipende dall'allineamento delle stelle. Adesso, andiamo a Londra Est a cercare rinforzi» proclama Ferdy, che ormai ama il ruolo di eroe più di quello di truffatore.

«Vengo con te, Ferdy!» dice Oliver.

«Anch'io!» aggiunge Diavolo, il cui inglese migliora di giorno in giorno.

«Anch'io!» dice Chester.

«No, Chester! Devi prenderti cura degli ospiti della casa di cura» ordina Trudi. Chester non replica, ma Diavolo annuisce.

«Padre, vengo con te» dice Thomas.

«No, Thomas! Qui c'è bisogno di te. Tu e George dovete dare una mano agli altri a costruire le trappole e la fortificazione d'acciaio intorno alla torre. Sono questi i tuoi compiti» prosegue Thomas.

«Sì, Thomas! Ho bisogno di te. La volpe sei tu» dichiara George.

«Padre, voglio unirmi a te!» sentenzia Charlie scioccando tutti, in special modo Trudi.

«Charlie, non preoccuparti per tuo padre, per Diavolo e per Oliver: andrà tutto bene!» dice Charles al nipotino.

«Nonno, so di essere stato un volpacchiotto poco affidabile, che non ha fatto altro che creare scompiglio in tutto il villaggio. Tuttavia, io amo Foxham. Per favore, lasciatemi andare!»

Charles, colpito dalla dimostrazione di coraggio, posa la zampa sulle spalle di Charlie e gli dice: «Sei un Renard e sono fiero di te». Con queste parole, nonno e nipote si stringono in un abbraccio.

George estrae il taccuino dalla tasca del soprabito e vi scrive velocemente qualcosa, poi strappa la pagina e la passa a Ferdy: «Questi sono i numeri di telefono dei miei fratelli e dei miei amici di Notting Hill. I ragazzi sanno cavarsela, perciò chiamateli!»

Ferdy annuisce con fiducia, poi si rivolge a suo padre: «Una volta sconfitte le streghe, puoi fare due parole con l'ispettore delle tasse?»

Charles non replica neanche.

■ ■ ■

Alcuni giorni dopo, nelle prime ore della sera del sabato di Pasqua, si sente marciare lungo Foxham High Road. È Enoch, con al seguito la sua armata da incubo.

«Amici, Foxham è nostra, e dopo mezzanotte lo sarà pure il resto del mondo», sentenzia l'oscuro signore.

16

L'invasione di Foxham

Enoch ha un aspetto davvero impeccabile: indossa infatti un nuovo completo viola fatto su misura, una camicia rossa con volant e degli scarponi neri lucidati a dovere; si tratta degli acquisti fatti a Jermyn Street, la nota via dello shopping che si trova nella parte sud-occidentale di Londra. Guardando il Milano's, sfoggia un sorriso malevolo, e poi osserva i prati intorno al municipio, e quindi le querce del bosco di Foxham, che incombono sull'ampio parco comunale.

Nei dintorni dei giardini pubblici sorge un certo numero di villette, oltre a delle confortevoli casette, simili a quelle che potete osservare lungo le strade principali e i vicoli del villaggio. Oltre alle belle abitazioni, il centro ospita pure il pub Six Bells, un certo numero di negozi e delle piccole boutique. A sinistra di Foxham High Road, sorge un'altra collina, Fox Hill Lane, attraversando la quale si può raggiungere Fox Hill Hall, dopo aver oltrepassato il municipio, la biblioteca, il tribunale e la stazione di polizia.

Al fianco di Enoch ci sono le brutali guardie del corpo Edor ed Eder – i Berretti Rossi assetati di sangue – che stringono in mano le proprie accette. Alle spalle del signore oscuro e di quelle due crudeli creature, ci sono invece Ettore il gatto nero – con un nuovo cappello da marinaio – e le streghe di Benevento. Subito prima di entrare a Foxham, le cinque incantatrici hanno rifiutato l'ordine di camminare dietro il famiglio, e hanno inoltre creato altri piccoli problemi a Enoch, ad esempio mantenendo le sembianze attraenti, mentre lui avrebbe preferito che, in occasione dell'invasione, tornassero ad assumere il loro aspetto reale. Il signore degli inferi, rendendosi conto di non poterla spuntare, ha infine pensato che avrebbe avuto meno grane lasciandole fare di testa loro.

Dopo Ettore e le streghe, seguono quello spirito maligno di Yallery Brown, il segugio infernale Black Shuck[10], e infine un'armata di trecento *ghoul*, goblin, *banshee* e qualche ciclope. I predatori diurni, invece, erano troppo spaventati per partecipare alla battaglia; alcuni di loro avevano addirittura fatto perdere le proprie tracce ancora prima che Enoch facesse in tempo a convocarli. Mentre le forze oscure entrano nel villaggio, altri perfidi miliziani fanno visita ai centri circostanti, seminando disordine e panico nel Norfolk. Quando avranno finito, raggiungeranno il resto dell'esercito a Foxham.

■ ■ ■

---

10   Figura del folclore inglese e, in particolare, di regioni come il Norfolk e il Suffolk.

Enoch è fermamente convinto di essere finalmente in procinto di conquistare il mondo. Tuttavia, c'è un pensiero che lo tormenta: egli è infatti ancora nervoso per il rifiuto di collaborare ricevuto da un noto vampiro. Il martedì sera di due settimane fa, dalla suite del Claridge's, egli ha infatti telefonato al non morto in questione, che vive in un castello in Transilvania. Quando questi ha risposto al telefono, si trovava nella biblioteca del maniero con Lupo, il capo dei licantropi, che ha perso le sembianze umane molti secoli fa. Ogni martedì sera, il famoso vampiro ospita il lupo mannaro per una bella partita a carte, accompagnata da qualche birra e da diversi toast al formaggio. Lupo è il primo e unico della sua razza a essere diventato vegetariano, visto che, nel 1928, dopo secoli di dieta a base di carne rossa cruda, ha iniziato ad accusare forti crampi allo stomaco.

Enoch non si aspettava certo che, in seguito alla richiesta d'aiuto, il vampiro lo prendesse in giro, e che oltretutto Lupo partecipasse agli sbeffeggiamenti: «Enoch, amico, mi stai dunque dicendo che ti spaventa l'idea di occupare un villaggio di volpi?»

La battuta del celebre succhiatore di sangue era stata accolta dagli ululati e dalle risate del lupo mannaro, e questo aveva offeso ulteriormente Enoch. Il signore del male aveva dunque appeso la cornetta, e già che c'era aveva dato anche un colpetto in testa a Ettore.

■ ■ ■

Per distogliere il pensiero da quello smacco, Enoch si fa forza e dà ordini ai Berretti Rossi: «Eder! Edor! Prendete con voi cinquanta creature dell'armata e marciate su questo sporco parco! I malati e gli affamati usciranno di casa in preda al panico, e finiranno dritti nelle nostre mani!»

Allo spietato duo, gli ordini di Enoch provocano una scarica di adrenalina: Eder ed Edor sollevano le asce verso la Luna piena e invadono i giardini pubblici, seguiti da un ciclope e da un misto di goblin, *ghoul* e *banshee*, oltre che da Yallery Brown e Black Shuck. Calpestando l'erba verde del parco, gli esseri demoniaci emettono grida, grugniti e ululati.

La truppa rumorosa e sanguinaria scorrazza nei giardini comunali, osservata a distanza da Thomas e George, arrampicati sulle querce del bosco di Foxham.

Insieme a loro c'è un piccolo esercito composto da volpi, tassi ed esseri umani, armati di archi e frecce rudimentali, costruiti per l'occasione.

Un grido acuto si eleva nell'aria della notte: una parte dell'armata da incubo precipita infatti in una larga buca, nascosta da un tappeto erboso a rotoli. La trappola è profonda sei metri, e il fondo è ricoperto da spuntoni di legno.

«Fuoco a volontà!» ordina l'ufficiale Thomas. Subito dopo, una moltitudine di frecce sibila nel cielo buio. A conferire a Thomas la carica – sia pure informale – di ufficiale è stato George, impressionato dalla sua preparazione in fatto di eventi bellici. Thomas, compiaciuto dal ruolo che gli è stato riconosciuto, ha quindi indossato l'uniforme di suo padre, modificata da sua madre Victoria.

Enoch e i suoi soldati erano convinti che la brava gente di Foxham fosse chiusa in casa, indebolita dalla fame o dalla febbre alta, oppure da entrambi. Giusto due sere prima, Diana aveva osservato il villaggio attraverso uno specchietto veneziano del sedicesimo secolo, constatando come gli abitanti fossero deboli e impauriti. Le immagini scorse di fronte ai suoi occhi erano però fasulle, essendo state create da Trudi e Carlotta, che avevano unito i propri poteri per impedire alle streghe di vedere cosa stesse realmente accadendo nel villaggio.

Mentre Diana, attraverso lo specchio, vedeva una Foxham in crisi, George scavava tre grosse buche profonde circa sei metri nel parco comunale, lungo High Road e sul sentiero che porta a Fox Hill Hall, utilizzando un escavatore idraulico preso in prestito dal cantiere della stazione ferroviaria. Mario, intanto, raccoglieva i binari d'acciaio con la gru a trasmissione diesel elettrica dei Cole, in modo da poter costruire una barriera d'acciaio intorno alla vecchia torre medievale. L'idea era quella di tenere le streghe fuori dal villaggio e di proteggere tutti quelli che non avevano potuto lasciare le proprie abitazioni. Naturalmente, sia George che Mario sono stati aiutati da altri abitanti di Foxham. Charles, invece, si è occupato di raccogliere il maggior numero possibile di armi da fuoco.

Alcuni abitanti di Foxham si sono occupati della fabbricazione degli archi e delle frecce. Sono stati modificati molti manici di scopa, talvolta applicando un coltello alle punte, in altri casi aguzzandone un'estremità, per poi sistemarli sul fondo delle fosse. Qualcun altro ha invece arrotolato le zolle di tappeto erboso prelevate da alcuni giardini, per poter nascondere le trappole.

Klaus Fischer ha fabbricato circa cinquanta spade, senza fermarsi un attimo. Klaus è un Rottweiler originario di Berlino, nonché fabbro del villaggio. Si è trasferito a Foxham solo quest'anno, per la costruzione della stazione. Anna gli ha portato a più riprese würstel e crauti, in modo che potesse mangiare senza fare pause. Kaye, Betty e Silvia, insieme ai giovani del villaggio, hanno preparato panini e torte salate per tutti e trasportato l'acqua per i combattenti, sia sul futuro campo di battaglia che all'interno della struttura d'acciaio che protegge la torre.

Dopo l'interruzione delle provvigioni alimentari, Charles ha imposto il razionamento del cibo, confidando che già il lunedì di Pasqua le cose sarebbero cambiate, grazie allo scioglimento dell'incantesimo della fame da parte di Trudi.

■ ■ ■

«Carica!» ordina l'ufficiale Thomas.

Gli improvvisati arcieri di Foxham mettono via arco e frecce e impugnano le spade fabbricate da Klaus Fischer. I combattenti, armati e vogliosi di affrontare il nemico, caricano il primo plotone dell'esercito di Enoch. Del resto, le forze nemiche sono già assottigliate, visto che il ciclope, Edor, Eder, Black Shuck e una ventina di creature assortite tra goblin, *ghoul* e *banshee* sono caduti in trappola.

Al comando di ciò che resta della divisione, c'è quello spirito malevolo di Yallery Brown, che grida: «Forza, volpacce, fatevi sotto!»

L'ufficiale Thomas ripensa agli innumerevoli romanzi di cappa e spada letti in vita sua, traendone ispirazione. A George rivengono in mente le dure lezioni apprese combattendo per strada, quando era giovane. Il primo pensiero degli altri animali ed esseri umani di Foxham è invece quello di salvare il villaggio, e quindi il resto del mondo. Queste persone, tutte insieme, avanzano determinate verso le orribili creature digrignanti.

A Yallery Brown sfugge la presenza di Todd Meadows – il buon fattore da lui rovinato – che sopravanza da destra senza farsi notare. Meadows è giunto a Foxham dopo che Ferdy, Oliver e Diavolo lo avevano incontrato mentre cercava di raggiungere il villaggio. Ferdy aveva dato all'agricoltore le indicazioni per raggiungere il varco, aggiungendo che si sarebbe dovuto sbrigare; in caso contrario, avrebbe trovato chiuso il passaggio. Una volta arrivato a Foxham, Charles lo aveva accolto a braccia aperte.

Todd si fa finalmente avanti e affonda la spada nel costato di Yallery Brown, così forte da farlo precipitare nella fossa. Per la gioia dell'agricoltore, Brown cade sui manici di scopa appuntiti e grida per il dolore.

Enoch si rende conto che, in questo momento, le forze delle due fazioni sono pericolosamente alla pari. Per riconquistare un po' di vantaggio, incoraggia i suoi: «Armi in pugno, discepoli del male! Non fate prigionieri!»

L'ufficiale Thomas, dopo aver ucciso una *banshee*, nota un gruppo di ripugnanti soldati di fanteria che si prepara alla carica, pertanto ordina: «Ritirata! Ritirata! Sono troppi per noi!»

I soldati indietreggiano in fretta, ma sempre rivolti verso il nemico e con le spade in mano (oppure nella zampa). Una volta giunti nel bosco, l'ufficiale Thomas e i suoi si dividono in due gruppi: un raggruppamento corre verso destra, e l'altro verso sinistra, seguendo entrambi i segni dipinti sugli alberi, di cui ovviamente sono già a conoscenza.

Prima della battaglia, Thomas e George sapevano già che una trappola, un lancio di frecce e una carica non sarebbero bastate ad annichilire i miliziani di Enoch; contavano, però, di riuscire a demoralizzarli. Allo scopo di scoraggiarli e rallentarli ulteriormente, l'ufficiale Thomas, Boris e Reggie avevano scavato altre dieci trappole nel bosco – questa volta più piccole – sul cui fondo erano state sistemate le tagliole che Charlie, negli anni, aveva confiscato ad alcuni umani del villaggio. Sia Thomas che Boris avevano rifiutato di toccare quegli arnesi, pertanto se n'era dovuto occupare Reggie, sia pure a malincuore, anche perché non aveva mai cacciato in vita sua. I suoi amici animali lo però avevano incoraggiato, dicendogli che per una volta quei raccapriccianti arnesi sarebbero stati utilizzati a fin di bene.

L'ufficiale Thomas e il resto dei combattenti di Foxham corrono nel bosco, e intanto sentono le urla acute dei goblin, dei *ghoul* e delle *banshee* caduti in trappola.

■ ■ ■

Enoch si volta verso Diana e, rabbiosamente, le dice: «Le immagini che hai visto nello specchietto erano false: nel villaggio non regna la paura, come invece ti hanno fatto credere! Pensavo che i poteri di Carlotta e di quella volpe strega fossero deboli, ma a quanto parte sono bastati a trarti in inganno! Nel corso dei secoli, ho partecipato a numerosi assedi e – per quanto sia doloroso ammetterlo – devo dire che non ho mai visto un piccolo esercito così forte e organizzato».

Diana abbassa la testa per la vergogna: non riesce a credere al fatto che una giovane come Carlotta – così bella e alla moda – e l'ultima strega di specie volpina siano riuscite a ingannarla.

«Non avrei mai pensato che una volpe strega potesse essere così potente» commenta Benedetta. Anche lei, come Diana, pensava che le cose sarebbero andate diversamente.

Interviene Monica: «In fatto di magia volpina, la discendenza dei Milanesi è la più forte d'Europa. Quando abbiamo iniziato a dar loro la caccia, le volpi imparato a nascondersi. Ai tempi in cui hanno acquisito la capacità di parlare, sembrava che la magia che scorreva nel loro sangue fosse svanita per sempre. Tuttavia, per qualche ragione, i poteri magici di Trudi sono riemersi e sono più forti che mai».

Enoch dichiara: «Prendete viva quella volpe! Una volta che la profezia si sarà avverata, le darò il tempo di vedere calare le tenebre sulla Terra, e quindi berrò il sangue direttamente dal suo collo».

«Proprio come Drac-» dice Caterina, ma viene subito interrotta.

«Non osare pronunciare il nome di quello sciocco traditore!» dice bruscamente Enoch.

«Beh, qua non ci sono traditori, signor Enoch! Sono Grimes, capo dei goblin del Norfolk, e sono venuto a fare rapporto».

Enoch si volta e vede un goblin dalla pelle verde, alto circa un metro e mezzo e decisamente tarchiato. La creatura indossa una divisa da giubba rossa britannica del diciottesimo secolo, ma senza berretto. Dietro di lui, ci sono almeno cinquecento goblin vestiti alla stessa maniera, e neanche loro indossano un copricapo. Enoch sorride, nella convinzione che entro un'ora Foxham smetterà di esistere.

■ ■ ■

La sera prima dell'invasione di Foxham, in un circolo di Notting Hill, Errol Campbell – il fratello minore di George – sta dicendo qualcosa a Ferdy e allo sbronzo Oliver: «Certo che balla veramente bene, e inoltre il suo completo è fantastico!»

Errol si riferisce a Diavolo, che indossa un completo grigio argento fatto a mano e danza sulle note di *Bebop Calypso* di Lord Kitchener. Non solo Diavolo si è innamorato del calypso, ma gli abitanti di Notting Hill – ovvero il cuore pulsante di questa parte di Londra – gli ricordano quelli della sua amata Napoli. Il rispetto è reciproco: anche i fratelli Campbell e i loro amici adorano Diavolo, e apprezzano la contrapposizione tra i modi duri e il suo animo gentile. Naturalmente, provano simpatia anche per Oliver e Ferdy.

Comunque sia, il Dobermann e le due volpi sono così presi dall'atmosfera benevola ed eccitante di Notting Hill da aver dimenticato – con l'aiuto di qualche rum di troppo – la vera ragione per cui si trovano lì… E va detto che hanno visto solo una piccola parte di Londra, di cui devono ancora visitare la parte orientale!

■ ■ ■

«Giù le scale di corda!» ordina l'ufficiale Thomas, mentre insieme a George, a Todd e al resto dell'esercito di Foxham corre verso la vecchia torre medievale, circondata da una barricata costruita con i binari. Udito il comando, il sergente Ali, il sergente in pensione Brutus e l'agente Bryan gettano le scale di corda fabbricate da Charlie, Owen, Henry, Isabella, Matthew Bright, Billy Wells e Bernard.

Mario, Foxy, Chester, Otto, Boris, Reggie e Charles sono in piedi su alcune robuste casse che si trovano dall'altra parte della barricata, e puntano le armi verso i piedi della collina, in direzione di un plotone formato da goblin, *ghoul* e *banshee*, accompagnati da due ciclopi. In tutta Foxham, Charles è purtroppo riuscito a raccogliere appena sette fucili da caccia. Mario si è invece procurato tre pistole, una per il sergente Ali e le altre per l'ex-sergente Brutus e per l'agente Bryan, che prenderanno posizione sulle casse una volta che l'ufficiale Thomas e il resto dell'armata si troveranno dall'altra parte della fortificazione.

Quando si sono ritirati nel bosco, Thomas, George e gli altri soldati hanno dimenticato di portare con sé gli archi e le frecce, come era invece previsto dal piano. Tenendo conto di ciò che queste persone stanno affrontando per la salvezza del villaggio e del resto del mondo, si tratta di un errore comprensibile, ma lo sbaglio avrà comunque delle brutte conseguenze. Mentre l'ufficiale Thomas si arrampica sulla scala di corda, un orribile goblin chiamato Greasy si inginocchia sulla gamba destra, assume la posizione da arciere e lo colpisce alla schiena, usando un arco e una freccia che ha trovato nel bosco. Nel momento in cui viene colpito, l'ufficiale è già quasi al di sopra della barricata: quando urla per il dolore, sua madre Victoria corre ad aiutarlo, riuscendo a metterlo in salvo.

«Fuoco!» ordina Charles, quando vede il goblin scoccare la freccia. Il reggimento di artiglieria di Foxham – comandato da Mario e costituito da Mario, Foxy, Chester, Otto, Boris, Reggie, Ali, Brutus e Bryan – non si fa certo pregare. Il contrattacco fa indietreggiare l'armata di Enoch, che si ritira leggermente nel bosco, nascosta tra le querce.

«Cessate il fuoco! Continuando a sparare, non faremmo altro che sprecare le munizioni» comanda Charles. Il reggimento obbedisce.

■ ■ ■

Enoch sa che potrebbero esserci altre trappole, quindi decide di far precedere i fanti da dieci goblin delle truppe di Grimes, senza avvisarli del pericolo. Non ci vuole molto perché quelle perfide creature dalla pelle verde finiscano in una buca profonda sei metri. I goblin, impalati, chiedono aiuto, ma Enoch ordina di lasciarli morire. A nessuno importa dei goblin, con la sola eccezione di Ettore, che prova pietà per loro.

Preceduto da un altro gruppo di dieci creature dalla pelle verde, il brutale esercito di Enoch prosegue la marcia. Mentre vede avanzare l'armata su Foxham, il signore oscuro prova un opprimente senso di nausea: a disgustarlo è la bellezza del villaggio, pertanto ordina ad alcuni *ghoul*, goblin e *banshee* di incendiare il maggior numero possibile di abitazioni.

■ ■ ■

«Foxham sta andando a fuoco!» urla George, alla vista del fumo e delle fiamme che lambiscono il cielo notturno.

«La nostra bella casetta!» grida Betty, che dopo aver sentito la voce del marito esce dal pianoterra della torre. Oltre a lei, la struttura ospita altre donne e femmine di volpe, bambini e cuccioli; poi ci sono le volpi della casa di cura, tutte in pigiama. Al pianterreno sono inoltre custodite le riserve di acqua e di cibo.

Nello spazio che circonda la torre, protetti dalla barricata di acciaio, ci sono gli artiglieri – pronti all'azione, naturalmente – insieme agli uomini e agli animali del villaggio, che impugnano le armi artigianali e le spade forgiate da Klaus, che fa la guardia di fronte all'ingresso. Il Rottweiler non si trova lì per proteggere le donne e le femmine di volpe, visto che sanno badare benissimo a se stesse, ma per tenere d'occhio Charlie. Ad affidargli il compito è stata Trudi: il mascalzoncello ha provato a sottrarre dalle provviste alcuni sandwich al pollo, e lei lo ha còlto sul fatto. Quando la strega buona lo ha scacciato, egli ha reagito da maleducato come al solito. Visto che lei non intendeva sprecare i suoi poteri magici con un ladruncolo, ha fatto due parole con Klaus, che ora lo sorveglia con attenzione. Per il momento, Charlie si sta comportando bene.

Ora Trudi si trova con Carlotta e Alberto all'interno della torre, dalla parte opposta rispetto a Klaus. Tacciono tutti, e Alberto è leggermente tremolante: sono le dieci di sera, e questo significa che, se nelle prossime due ore il mondo non sarà salvato, caleranno le tenebre per l'eternità.

«Guardate! Le loro fila stanno crescendo!» grida Chester.

«Purtroppo è vero!» conferma Otto, che guarda insieme a Chester dall'altra parte della barricata.

Gli artiglieri abbassano lentamente le armi, e osservano altri soldati demoniaci che si radunano nel bosco.

«Dobbiamo tenerli a bada per altre due ore. Ce la possiamo fare! Noi siamo Foxham!» dichiara Charles.

«Certo che ce la faremo! Questo è il tipo di combattimento che mi piace. Cavolo, se sarà divertente!» commenta Mario, con il tono di voce di chi se la sta spassando.

■ ■ ■

«Monica, non c'è bisogno di aspettare nel bosco insieme a queste creature mostruose. Permettimi di richiamarc le scope: l'altra notte ho avuto l'accortezza di farle volare qua dall'Italia, e ora sono nei paraggi, che librano in aria! Possiamo volare nella notte come autentiche streghe – e non come le tirapiedi di Enoch! – e catturare quel cucciolo obeso. Penso pure che dovremmo portare con noi lo stupido gatto. Spetta a noi sacrificare quell'orribile cucciolo» sussurra Diana a Monica, mentre la congrega segue l'inquietante armata del male nel bosco di Foxham.

Monica, a testa alta, fa segno con entrambe le braccia alle altre incantatrici, invitandole a fermarsi. Poi fa un respiro profondo e dice: «Diana sta parlando saggiamente: voliamo nella notte e facciamo sì che la profezia *i sogni dei bambini* si avveri! Dobbiamo soltanto assicurarci che il nostro famiglio di un tempo si unisca a noi».

«Oh, cavolo!» pensa Ettore, dopo aver sentito le parole di Monica. A quel punto, il gatto nero con il cappello da marinaio cerca di oltrepassare le streghe, senza farsi notare. Il tentativo non va però a buon fine, visto che Adriana lo afferra con prontezza e lo sistema sotto il braccio sinistro, nonostante il felino tenti di ribellarsi.

«Streghe di Benevento, andiamo a fare del male a qualcuno!» ordina Monica, dopo aver visto Adriana acciuffare Ettore. Le streghe ridacchiano e tornano ad assumere le proprie autentiche e ripugnanti sembianze.

■ ■ ■

«Ciclopi, da quando è iniziata l'invasione non avete detto una parola, ma soprattutto non avete ancora combinato niente! Vi ordino quindi di abbattere quegli alberi. I goblin, con le loro accette, ne taglieranno i rami, e i *ghoul* insieme alle *banshee* trasformeranno i tronchi negli arieti con cui abbatteremo la barricata. A quel punto, potremo finalmente mettere le mani su quell'orribile volpe cicciona» sentenza Enoch con asprezza.

Le parole di chiusura del signore oscuro galvanizzano la milizia del male, tanto che, nel buio della notte, i soldati iniziano a gridare: «A morte la volpe cicciona! A morte la volpe cicciona!»

Le urla arrivano fino all'entrata della torre, e Alberto le può sentire distintamente. A quel punto va verso Carlotta, la stringe forte e inizia a piangere. La strega buona ricambia l'abbraccio e tenta di rassicurarlo: «Sii forte, Alberto! Nessuno potrà farti del male».

All'improvviso, la ragazza guarda in alto e vede le cinque streghe che, a cavallo delle scope, attraversano il cielo buio, dirigendosi verso la torre. Torna quindi a rivolgersi al cucciolo: «Alberto, corri subito da tua madre! Ora! Ascoltami, Trudi: dobbiamo affrontare la congrega!»

Trudi vede la sua amica indicare verso il cielo, e coraggiosamente risponde: «Beh, se hanno proprio tanta voglia di combattere, le accontenteremo!»

17

La battaglia di Foxham

Trudi ha appena terminato la sua dichiarazione di guerra. Ora, in compagnia di Carlotta e del terrorizzato Alberto (che è rimasto con lei, anche se gli era stato ordinato di raggiungere sua madre), osserva le cinque orribili streghe volteggiare sulla barricata che circonda la torre.

Per la fortuna di Foxham, il ferro contenuto dall'acciaio dei binari impedisce alle incantatrici di volare nel cortile. Se potessero farlo, una di loro rapirebbe Alberto, e le altre creerebbero il panico tra la gente. Guardando in direzione della Luna, è possibile distinguere nettamente le grottesche sagome delle streghe, e questo basta a far piangere tutti i cuccioli e i bambini, che corrono dalle proprie madri in cerca di protezione.

Benedetta è tanto deliziata dal vedere i giovani in preda al panico, che per minacciarli meglio fa ricorso al suo miglior inglese: «Tesori cari, godevi l'ultimo abbraccio con le vostre madri, poiché presto apparterrete a noi!»

La dichiarazione della strega eccita le *banshee*, che emettono terribili lamenti in segno di approvazione, terrorizzando ulteriormente Owen, Bernard e gli altri piccoli, che urlano per la disperazione.

Carlotta aveva avvertito Trudi della possibilità di un attacco aereo da parte delle streghe, a cavallo delle scope. Pertanto, lei e Trudi, con l'aiuto di Anna, hanno preparato numerosi incantesimi: si tratta di formule magiche, magie liquide e pozioni di altro tipo contenute in ampolle. Tutto questo si trova all'interno della borsa da medico ai piedi di Alberto, che trema tanto da non riuscire quasi a sorreggersi.

Carlotta si sporge in avanti, afferra la borsa e tira fuori l'ampolla da utilizzare per l'incantesimo della limatura volante. A quel punto, lancia il contenitore contro la strega più vicina, ovvero Benedetta, e poi guarda verso la Luna e recita: «*Iron, ol zorge, eol unal enemies c mine nalvage*».

Subito dopo, si mette al sicuro, portando con sé Trudi: anche se buone, le due sono pur sempre delle streghe, e la limatura le indebolirebbe. Nel frattempo, un gran numero di particelle di metallo invadono il cielo, finendo quasi per accerchiare la congrega. Ettore, nervosissimo, è seduto sugli steli di saggina della scopa di Adriana, che in italiano grida: «Torniamo indietro! Torniamo indietro!»

Anche se Trudi fa i salti di gioia, i problemi di Foxham sono ancora tutti da risolvere: lei e Carlotta non fanno in tempo a dare l'addio alle streghe, che i goblin, i *ghoul*, le *banshee* e alcuni ciclopi iniziano l'assalto alla fortificazione, utilizzando i tronchi di albero a mo' di ariete.

Gli artiglieri, intanto, fanno fuoco sulla moltitudine di creature demoniache che tenta di forzare la barricata. Non che serva a molto, visto che per ogni goblin o *ghoul* rimasto a terra, ce n'è un altro che risale la collina per sostituirlo. George, Klaus e l'ufficiale Thomas – tornato in azione non appena sua madre gli ha bendato la ferita alla schiena – impugnano le spade, pronti ad affrontare quegli esseri spietati.

«Foxham, resisti!» urla il coraggioso George. Anche lui, come il resto degli abitanti – maschi e femmine, umani e animali, che impugnino una vera arma o una fabbricata per l'occasione – non permetterà la sconfitta del villaggio.

Trudi osserva l'attacco nemico, poi guarda l'ora e con tono estremamente preoccupato dice a Carlotta: «Non so se siamo abbastanza forti da tenerli a bada».

La giovane risponde: «Porta il piccolo Alberto all'interno della torretta! Preparati, ma devi credere sinceramente che vinceremo!»

Dopo qualche esitazione, Trudi le fa cenno di sì con la testa. Solo alcuni mesi prima, la sua maggiore preoccupazione erano le scorte di uova del Milano's, e stasera il suo compito è salvare il mondo dalle tenebre: una differenza non da poco.

La notte prima dell'invasione, Diana e Benedetta hanno preparato dei sortilegi, esattamente come hanno fatto Carlotta, Anna e Trudi. Le due streghe di Benevento sono di nuovo all'attacco, e volano verso il nemico. Una volta giunte nei pressi della barricata, gli tirano contro delle ampolle contenenti del fumo grigio. Quando il vetro si infrange contro il freddo metallo, le incantatrici recitano insieme: «*Quansb*».

L'aria mossa dalla potente esplosione fa arretrare la divisione di artiglieria, che travolge George, Klaus, l'ufficiale Thomas e il resto dei combattenti, facendoli cadere tutti. Le madri gridano per la paura, mentre continuano a tenere stretti i propri figli.

Carlotta si rialza, guarda Trudi – abbracciata ad Alberto – e dice: «Non possono sconfiggerci, e questo lo sai anche tu!»

Il sortilegio di Diana e Benedetta è così potente da far perdere l'equilibrio a molti goblin, ai *ghoul* e ad alcuni ciclopi, che poi rimangono a terra immobili. Tutto ciò a dispetto delle istruzioni di Monica, che si era raccomandata con le altre di non esagerare con l'intensità delle esplosioni. Comunque sia, le streghe sono riuscite ad aprire una breccia tra i binari e a far saltare in aria un gran numero di schegge, che colpiscono Diana e Benedetta, facendole scivolare dalle scope per poi precipitare a terra. Le *banshee*, notata l'apertura nella fortificazione, riprendono a lamentarsi, per poi ricominciare a scandire in coro: «A morte la volpe cicciona! A morte la volpe cicciona!»

Il grido di battaglia eccita i goblin, i *ghoul* e i ciclopi che, fino a questo momento, non sono ancora coinvolti nell'attacco alla fortificazione. Enoch, al sicuro tra le querce del bosco di Foxham, esce allo scoperto e grida verso il cielo notturno: «Tacete, demoni, e ascoltate!»

Le creature maligne che non hanno ancora riportato ferite tacciono e si preparano ad ascoltare le parole del loro signore, e così le streghe, due delle quali si trovano ancora a terra.

Enoch prosegue: «Quando la battaglia sarà finita, onoreremo i nostri caduti. Ma adesso si è aperta una breccia nella barricata nemica. Attaccate quegli sciocchi e macellateli tutti, tranne il cucciolo obeso! Preparatevi per il sacrificio, e quindi per le tenebre! E ora attaccate!»

George, affiancato da Klaus e dall'ufficiale Thomas, osserva l'armata da incubo che avanza verso la torre, e grida: «Non potremmo mai respingerli: sono troppi!»

«Ci riusciremo, invece! Dobbiamo farlo!» risponde a gran voce Mario.

All'improvviso, un boato simile a un tuono squarcia l'aria. I due eserciti si fermano e guardano verso il cielo, vedendo spuntare quattro aeroplani. I mezzi discendono e poi volano lentamente sopra il bosco.

«Sono dei Lockheed C-130 Hercules americani, potrei scommetterci» dice l'ufficiale Thomas.

«Aerei statunitensi nel cielo inglese? Perché mai?» domanda Chester.

Alcune sagome si paracadutano da tre aerei, mentre il quarto continua la discesa verso il suolo, probabilmente per atterrare nei pressi di una vicina palude. Quando i paracadutisti si apprestano a toccare il suolo, è possibile osservarli meglio: si tratta di orsi, volpi e di un paio di lupi.

«Abbiamo visite da Napoli!» urla con gioia Mario, visibilmente sollevato.

■ ■ ■

«Buon atterraggio e buona fortuna, amici!» dice Geoffrey, parlando al microfono del trasmettitore Tannoy in dotazione al C-130 da lui pilotato.

Giorgio Colombo, il capo degli orsi della Campania, guarda Geoffrey Cambridge, che si sente osservato e si gira verso di lui. Giorgio lo saluta, e Geoffrey ricambia con piacere. Giorgio si prepara mentalmente alla battaglia che sta avendo luogo a Foxham Hill, poi si getta dal velivolo e il paracadute si apre. I suoi fratelli Giuseppe e Giovanni lo seguono, insieme ad altri orsi.

Stefano Romano augura buona fortuna ai suoi paracadutisti, che sono delle volpi al servizio di Mario. Nell'aereo pilotato da Marco Pecchia – un umano molto amico di Stefano – ci sono invece alcuni orsi, delle volpi e i lupi pugili di Benevento: Leonardo e Francesco condurranno l'attacco insieme a Giorgio Colombo.

Simone Libertazzi, una volpe pilota, sta facendo atterrare il suo C-130 Hercules sulla palude di Hickling Broad. Il terreno umido non è certo l'ideale per un'operazione del genere, ma Simone è altamente qualificato, soprattutto per quanto riguarda la sua capacità di atterrare in condizioni non consuete. Sull'aereo ci sono degli scagnozzi umani di Mario, che giungeranno a Foxham a piedi, oppure in auto, sempre che riescano a rubarne qualcuna lungo la strada.

■ ■ ■

Cari lettori, presto vi racconterò come Stefano Romano, i suoi piloti, i fratelli lupi, gli orsi e la gang di Mario sono venuti a conoscenza del pericolo che incombe su Foxham e sul resto del mondo. Per ora, accontentati di sapere che, non appena è stato messo al corrente della situazione, Stefano ha contattato i suoi colleghi statunitensi stanziati a Napoli. Questi gli hanno procurato quattro aeroplani C-130, peraltro senza pretendere di sapere a cosa gli servissero, e adesso lui è in debito con loro.

In seguito, durante la riunione d'urgenza che ha avuto luogo a Napoli, Giorgio Colombo ha detto agli altri che gli orsi si sarebbero paracadutati nei pressi di Foxham. Questo perché per atterrare in un vero aeroporto bisogna ovviamente richiedere un'autorizzazione alle autorità competenti, che potrebbero decidere di comunicare la notizia di un atterraggio piuttosto insolito al governo britannico.

Leonardo e Francesco, che non volevano essere da meno degli orsi, hanno dichiarato che anche loro si sarebbero gettati con il paracadute, e le volpi di Mario ne hanno imitato l'esempio. Gli umani, invece, hanno preferito un atterraggio più tradizionale.

Se hai avuto la fortuna di andare in vacanza a Napoli o nei suoi paraggi, avrai senz'altro notato che un certo numero di orsi, lupi e volpi si dedica ad attività come le arrampicate, i voli in deltaplano e i salti con il paracadute: a questi animali piace il brivido offerto dagli sport estremi, mentre gli umani della stessa zona preferiscono dedicarsi al calcio e, in qualche caso, al basket.

Anche i paracadute che saranno utilizzati sono stati forniti dagli amici nordamericani di Stefano, pertanto il pilota è doppiamente in debito con loro.

■ ■ ■

«Oh, no!» grida Enoch alla vista dei paracadutisti, che evidentemente non sono lì per aiutare i suoi. Poi, tra sé e sé, aggiunge: «Se solo quello sciocco vampiro e quello stupido lupo mannaro mi avessero dato una mano, l'invasione sarebbe stata completata da un pezzo».

«Guarda! Ci sono di nuovo quegli orsi senza cervello, quelle orribili volpi e quei brutti lupi! Dobbiamo ucciderli! Useremo le loro pellicce per farne dei cappotti!» dice ridacchiando Adriana al tremebondo Ettore, seduto sull'estremità della scopa.

Subito dopo, Monica vola in alto, afferra il telo di un paracadute e lo manda a finire contro un albero. Per fortuna, prima dello schianto, l'orso paracadutista ha la prontezza di slacciare l'imbracatura, nella speranza che la caduta non sia troppo dolorosa. Il suo ardire è ripagato: egli atterra infatti sulle zampe posteriori senza farsi alcun male, finendo dritto in testa a un ciclope.

■ ■ ■

«Boris, chiedi a quelle volpi in pigiama di aiutarti a proteggere le madri e i loro figli! Sono sicuro che accetteranno» ordina Charles.

«Sarà fatto!» risponde il tasso.

Poi Charles, rivolgendosi a tutti i presenti, dice a gran voce: «Foxham, combattiamo! Il destino del mondo dipende da ciò che faremo stanotte. Siete con me?»

«Sì, siamo con te! Siamo pronti a combattere!» risponde George, urlando.

Subito dopo, quelli che sono ancora armati e in grado di combattere escono di corsa dalla barricata e scendono la collina per affrontare il nemico. Meno di un minuto dopo, le persone rimaste all'interno della fortificazione possono sentire il rumore delle spade e delle armi fatte in casa, i grugniti e i gridi di battaglia.

Leonardo e Francesco atterrano nei paraggi di Foxham Hill, e senza perdere tempo si gettano nella mischia, attaccando due *ghoul*. Queste creature sono impotenti di fronte alla ferocia dei lupi, e la loro morte è rapida quanto brutale.

Come vi dicevo, gli orsi della Campania e le volpi di Mario hanno qualche esperienza come paracadutisti, ma incontrano comunque delle difficoltà. Alcuni sono atterrati nel villaggio, a ridosso delle abitazioni in fiamme, rischiando così di ustionarsi. Altri sono finiti nel bosco, e qualcuno è rimasto impigliato tra i rami. Una volpe, invece, è atterrata in una trappola, e ha temuto per il peggio, visto che ha rischiato di essere trafitta da ben due spuntoni di legno. Comunque sia, nonostante gli imprevisti, gli animali non si sono persi d'animo, e non appena gli è stato possibile hanno iniziato a combattere.

Enoch osserva da lontano, ben nascosto dagli occhi nemici. Anche se non si direbbe, non è affatto in preda al panico: il signore oscuro è infatti convinto non solo che la vittoria sarà sua, ma che l'impresa non sarà neanche troppo difficile.

I pensieri di Enoch vengono interrotti dai alcuni rumori di motore. Voltandosi, vede tre autobus rossi a due piani, e tra sé e sé commenta: «È proprio vero quello che dicono a Londra: aspetti i mezzi pubblici per una giornata intera, e poi ne arrivano tre insieme!»

Gli autobus evitano la trappola di Foxham High Road, e si dirigono verso il campo di battaglia. Quando sorpassano i paracadutisti, suonano il clacson in loro sostegno. I mezzi arrivano finalmente ai piedi di Foxham Hill, e i loro sportelli si aprono: ne escono degli uomini neri insieme a delle volpi, e sono tutti ben vestiti. Dal terzo autobus spuntano fuori anche Simone Libertazzi, Ferdy, Oliver e Diavolo, oltre a quindici uomini dall'aspetto mediterraneo.

«Ecco qua i miei fratelli, i miei colleghi e i miei vicini!» dice George, mentre infilza la spada in un goblin.

«Ci sono pure le volpi di Londra Est!» grida Charles, uccidendo una *banshee*.

«E c'è anche la mia gang!» aggiunge Mario con orgoglio, dopo aver sparato alla schiena a un *ghoul*.

Tutte queste persone impugnano armi fatte in casa e mazze da cricket. Con le volpi londinesi, ci sono pure Harold e Cropper, guidati da West Ham Bob. Insieme a Simone ci sono gli scagnozzi di Mario, che sono stati avvistati da Diavolo mentre si avvicinavano a Foxham; quando li ha visti, gli è corso incontro, e poi li ha condotti sul campo di battaglia. Mentre Ferdy e Oliver decidono di usare delle armi, Diavolo stende a suon di pugni un *ghoul*, un goblin, una *banshee* e un ciclope: non c'è da stupirsi del fatto che a Napoli sia tanto temuto.

«Oh, no! Guardate in cielo: sta arrivando un plotone di pipistrelli!» urla Chester, impegnato in un duello con una *banshee*; anche lei smette per un attimo di lottare e osserva le creature volanti che oscurano la Luna. Chester approfitta della distrazione dello spirito malvagio, e lo uccide.

Enoch, ridacchiando, osserva il cielo, e tra sé e sé dice: «Quel vampiro si è deciso! Sapevo che alla fine mi avrebbe accontentato».

«Chester, non sono pipistrelli, ma corvi! È Gilberto!» grida nel frattempo Betty. Lei, Kaye e Anna sono uscite dalla torre per affrontare l'esercito del male, ma sono state prese a pugni in faccia da un goblin.

«Oh, *** *** ***!» grida Enoch (mi spiace, non me la sento di trascrivere la sua battuta, che ritengo offensiva persino nei miei confronti).

Ma quando si accorge che uno degli autobus è ancora acceso, Enoch viene còlto dall'ispirazione, pertanto esce di corsa dal bosco e si precipita sul mezzo. Una volta al posto di guida, preme sull'acceleratore, fa inversione e parte a tutto gas. Tuttavia, sembra essersi già dimenticato della trappola di High Road, dove precipita con tutto l'autobus; quando questo tocca il suolo, due spuntoni di legno infilzano le orecchie di Enoch. A questo punto, il signore del male non può fare altro che piagnucolare e invocare la mamma.

■ ■ ■

Sì, è vero: quando Gilberto si è imbattuto in quella coppia di volpi norvegesi, una delle due si è leccata le labbra, ma solo perché le aveva screpolate. Non solo: quei due animali erano Mathias e Nora, orgogliosi genitori di un abitante di Foxham, ovvero Otto.

Mathias, dopo aver ascoltato il volatile, ha radunato alcuni corvi del luogo, a cui ha chiesto di accompagnarlo in Italia. A fare da interprete è stato lo stesso Gilberto, e i suoi simili hanno accettato senza chiedere nulla in cambio. A loro, il mondo piace così com'è e non vogliono certo vederlo in mano alle forze del male.

Mathias e Nora hanno confessato a Gilberto di essere molto preoccupati per Otto, visto che ogni volta che cercano di telefonargli la linea risulta fuori servizio. Hanno anche tentato di chiamare alcuni vicini del figlio, e anche i loro telefoni sembravano fuori uso. Mathias ha quindi detto che, proprio in quel momento, stava pensando di contattare la giovane volpe tramite un telegramma.

Dopo la conversazione con il corvo, Nora è corsa in un vicino ristorante per telefonare a sua sorella Maja, che vive a Napoli, dove lavora come podologa per le volpi del luogo. Maja – che si è occupata delle zampe di Silvia in diverse occasioni – si è quindi recata nel centro storico, in cerca degli scagnozzi di Mario, per poterli aggiornare sulla situazione e per rassicurarli sul fatto che Gilberto sarebbe arrivato a breve.

Quando il corvo è finalmente arrivato a Napoli con i suoi nuovi amici norvegesi, ha incontrato subito la sua gang. I corvi napoletani gli hanno detto che erano disposti a combattere, visto che erano stanchi delle streghe. I corvi inglesi, invece, si sono uniti alla lotta solo stamattina: quando hanno visto passare tutti quegli uccelli di diverse nazionalità, gli hanno chiesto cosa stesse accadendo, e hanno deciso subito di dare una mano.

Se Stefano, gli orsi campani e la gang di Mario sono stati messi al corrente del pericolo corso da Foxham, e quindi del mondo intero, è stato proprio grazie a Gilberto, che li ha incontrati. Avevo promesso che vi avrei raccontato com'era andata questa faccenda, e ora ho mantenuto la parola.

■ ■ ■

Ho già parlato, invece, della serata al club di Notting Hill, con Diavolo che ballava il calypso ed Errol e Toby – i fratelli di George – che ammiravano la sua eleganza e la bravura nella danza. Non ho raccontato, però, di quando Ferdy si è improvvisamente ricordato del vero motivo per cui si trovavano a Londra, cioè salvare il mondo. La volpe, anche se ubriaca, ha quindi parlato della missione a Errol, che in meno di un'ora ha radunato un bel gruppo di residenti del quartiere, duri ma simpatici, e soprattutto ansiosi di salvare il mondo.

Come Ferdy, anche Oliver aveva bevuto troppo, ma è comunque partito con i suoi amici da Londra Ovest per recarsi nella zona di Hackney, dove il terzetto di Foxham avrebbe cercato di reclutare delle volpi locali. Riusciti nella missione, i nostri sono partiti per Foxham usando gli unici mezzi di trasporto che sono riusciti a trovare, ovvero tre autobus rossi a due piani parcheggiati nel cortile di Errol, che vive ad Hammersmith, dove lavora come autista. Secondo Errol, riportando gli autobus intatti a Londra in tempo per il lunedì di Pasqua, la cosa sarebbe passata inosservata. Purtroppo per Errol, uno dei mezzi ha già subito un grosso incidente a causa di Enoch, ma lui ha già in mente qualche fandonia da raccontare ai superiori.

■ ■ ■

«Attaccate qualsiasi creatura maligna avvistiate!» ordina al suo plotone Gilberto, sempre con il cappello in testa.

I corvi scendono in picchiata e beccano sulla fronte goblin, *ghoul*, *banshee* e ciclopi, costringendoli ad abbassare la guardia e a lasciar cadere le armi. Gli orsi della Campania e le volpi di Hackney approfittano della situazione e attaccano immediatamente i nemici.

Diana e Benedetta, che erano cadute dalle scope in seguito al loro stesso sortilegio, si trovano a Foxham Hill e stanno combattendo. Adriana, sempre in compagnia di Ettore, è ancora in volo sopra al campo di battaglia, e con lei ci sono Monica e Caterina. La strega, grazie alla propria vista d'aquila, osserva Trudi, Carlotta e Alberto all'interno della torretta, e dà ordini alle altre streghe: «Caterina, usa i tuoi incantesimi esplosivi, ma tieniti a distanza e fregatene delle eventuali vittime tra i nostri soldati! E tu, Monica, splendida leader, vola con me: c'è una volpe da sacrificare!»

Le streghe ridacchiano come al loro solito, mentre Adriana ed Ettore si dirigono in volo verso la torretta. Caterina vola basso, andando a sbattere contro un paio di corvi, e poi tira fuori dal vestito nero due grosse ampolle piene di fumo viola e blu. Mentre, con aria minacciosa, le getta a terra, l'incantatrice recita: «*Zacam bang bomb od drix ol foes*».

Nel momento in cui i contenitori di vetro si infrangono al suolo, viene udito da tutti un enorme boato, seguito da un bagliore accecante. La terra trema, gli alberi oscillano e i corvi vengono sballottolati dall'esplosione. Anche Caterina, artefice del sortilegio, ne ha risentito: ha infatti perso l'equilibro ed è scivolata dalla scopa, finendo a terra.

Trudi, Carlotta e Alberto corrono in cima alla torre e, osservando il campo di battaglia, non possono far altro che constatare la tragica sconfitta della propria armata. Al peggio, però, non c'è mai fine: la grottesca Monica, la perfida Adriana ed Ettore stanno infatti volando verso di loro.

Tutto ciò che Alberto riesce a dire è: «Oh, cavolo!»

18

La resa dei conti

Rimaste illese dall'esplosione provocata dall'incantesimo, le ripugnanti e sgradevoli Diana e Benedetta tornano allo scoperto, guidate dalla luce della Luna.

«Coraggio, massacriamo chiunque sia atterrato vicino ai boschi!» esclama la perfida Diana.

Le streghe non hanno però considerato la presenza di Anna Milanesi, distesa a soli tre metri da loro, scaraventata lì dall'esplosione. I poteri magici di Anna non sono sviluppati come quelli di sua nipote Trudi, ma possiede sufficiente sapienza magica da poter contrastare Diana e Benedetta.

Non appena la malvagia coppia oltrepassa Anna, apparentemente morta, la volpe riprende conoscenza e – forse d'istinto – balza in piedi. Estrae dal soprabito una limpida pietra di quarzo, guarda la luna e intona nervosamente «*Graa ol zorge g ol hour c need, please stop ol foes g c blans steps*».

Si tratta di un sortilegio piuttosto semplice insegnatole da Carlotta, che immobilizza temporaneamente l'avversario. Potenziato dal cristallo esposto alla luce lunare, il successo dell'incantesimo è garantito solo se la strega crede davvero nei propri poteri.

A causa della mancanza di esperienza e di coinvolgimento nella battaglia, la fiducia di Anna nelle proprie capacità è un po' vacillante: così, Benedetta si immobilizza come una statua, mentre Diana non viene toccata dall'incantesimo.

«Sciocca volpe di Milano, avresti dovuto dedicare meno tempo alla cucina e dedicarti di più alla cucina. Ora ti faccio ardere come un falò!» esclama Diana con voce così tonante da ridestare entrambi gli eserciti.

«Ecco, signora Diana! Fate vedere a quella volpe come si fa!» grida un goblin che si è appena svegliato, mentre si rialza dal prato.

«Taci, piccola cosa schifosa!» urla Diana. I goblin non le sono mai piaciuti.

■ ■ ■

Anna, davanti al disaccordo tra la strega di Benevento e il goblin del Norfolk, si arrampica sulla collina verso Charles, anch'egli appena riavutosi dall'esplosione: «Aiutami, Charles!»

Charles, da volpe coraggiosa qual è, agita nell'aria una spada appena trovata a terra e proclama: «Esercito di Foxham, alzati e combatti!»

Nello spazio di pochi secondi, George si alza in piedi e urla: «Coraggio, Foxham! Finiamo il lavoro!»

«Ci sono anch'io! Andiamo, corvi!» sbraita Gilberto.

Entrambi gli eserciti, con alcuni feriti ma senza perdite per Foxham, sono svegli, così la battaglia riprende.

«Oh ***, farò meglio a tornare fra gli alberi!» esclama Diana, cercando riparo mentre prende a pugni in bocca il goblin che l'aveva incoraggiata.

Boris, i suoi, le volpi in pigiama, le madri e i giovani che si trovano dietro la barricata esultano vedendo Charles, George e Gilberto guidare l'attacco.

■ ■ ■

«Salve, ciccione! Ti ricordi di me?» chiede Adriana in sella al suo manico di scopa, con Ettore e Monica alla sua destra, rivolta ad Alberto sulla torretta medievale.

Con autentico coraggio napoletano, la volpe ribatte: «Dovresti guardarti allo specchio, prima di insultare le volpi».

Ettore ridacchia, e Adriana gli dà un colpetto dietro l'orecchio. Monica, presa alla sprovvista da ciò che percepisce come un atto di insubordinazione della giovane, allegra volpe, inizia a cantilenare come una bambina capricciosa: «Ciccione! Ciccione! Ciccione!»

Alberto, Trudi e Carlotta scoppiano a ridere, così Monica vola in direzione del terzetto, estrae dal sacchetto un'ampolla contenente un incantesimo e la lancia verso di loro. Il vetro si infrange, spingendo Trudi e Carlotta contro la parete della torre e impedendogli di muoversi e parlare.

Adriana solleva entrambe le braccia oltre il petto, le orienta verso il portone della torre e intona: «*Shut od let ag el pass*».

La vecchia, robusta porta di quercia si chiude, la grande e rugginosa chiave di ghisa gira verso destra, serrando la porta e volando direttamente nel palmo della mano destra di Adriana, che la getta a terra.

«Oh povero ciccione, adesso i tuoi amici non possono aiutarti. Tra dieci minuti» – ebbene sì, lettori: il tempo è volato ed è quasi mezzanotte – «compiremo il tuo sacrificio, e tutto ciò sarà molto divertente» sentenzia Monica, mentre lei e Adriana planano gentilmente nella torretta. Entrambe le streghe, e con loro Ettore, scendono dalle scope, facendo deglutire nervosamente Alberto, mentre le immobili Trudi e Carlotta guardano orripilate.

Monica tira fuori dal mantello un pugnale di gelido acciaio. Il pugnale è tutt'altro che grosso, ma agli occhi di Alberto è comunque letale. Il cucciolo viene buttato a terra da Adriana, e subito dopo Ettore gli blocca le spalle, impedendogli di muoversi.

«Ecco fatto, gatto! Tieni fermo il ciccione per altri otto minuti, quando finalmente potrò sacrificarlo e far avverare la profezia!» proclama Monica.

Improvvisamente, la porta della torre medievale è scossa da un profondo rimbombo, cui segue un grido: «Fateci entrare!»

Sono Boris e i suoi, insieme a Silvia, Victoria e alcune volpi in pigiama.

«Silenzio, semplicioti di Foxham! Presto il mondo sarà nostro, e i sopravvissuti diventeranno nostri schiavi! Li tortureremo ogni notte per privarli del sonno» sogghigna Monica.

«Mai! Butto giù la porta!» urla coraggioso Boris.

«Pazzo! Piuttosto, ascolta questa volpe, come urla di dolore e invoca sua madre!» dice Adriana.

«Sua madre è qui, e io giuro che ti prendo a cazzotti sul naso!» urla Silvia accanto a Boris, che sta cercando di abbattere la porta a calci.

Trudi e Carlotta, intanto, attraverso la concentrazione e lo sforzo mentale, cercano di rompere l'incantesimo. Improvvisamente, la zampa destra di Trudi si stacca dal muro. Ettore, di fronte a loro mentre continua a tenere Alberto a terra, nota il movimento della zampa di Trudi, così si volta verso le streghe. Trudi e Carlotta trattengono il fiato, per paura che il loro tentativo di infrangere la maledizione venga sventato.

«Signora Monica e signora Adriana, nel nuovo mondo potrò indossare un cappello nuovo ogni giorno e gustare zuppa di pesce ogni sera?» chiede il gatto nero.

«Zitto, stupido gatto! Nel nuovo mondo, tu tornerai a essere un gatto come gli altri. Brucerò i tuoi cappelli e i tuoi pasti saranno nient'altro che teste di pesce bollite. Per noi che siamo al comando saranno disponibili i cibi più raffinati, indosseremo gli abiti migliori e vivremo in case magnifiche. I servi come te ci obbediranno in ginocchio, per l'eternità» replica Monica duramente con il pugnale nella mano destra, in piedi sul tremante Alberto.

Ettore era un tempo il famiglio di Monica, e ha quindi ricoperto lo stesso ruolo prima per la generazione successiva delle streghe di Benevento, e poi per Enoch, di cui è infine diventato il secondo ufficiale; nonostante la sua malevola carriera, il gatto ha sempre sentito di non appartenere del tutto al mondo dell'oscurità. Tale sensazione si è rafforzata quando ha scoperto che ama sfoggiare un vasto assortimento di cappelli.

Ettore guarda negli occhi Trudi e Carlotta, fa loro l'occhiolino poi rivolge la sua attenzione a Monica, pronunciando le parole più coraggiose che gli siano mai uscite di bocca: «Allora io, Ettore, non desidero vivere in quel mondo crudele e ingiusto, né permetterò che nessun altro ci viva».

Monica, scioccata dall'ardita dichiarazione del gatto, non si accorge che questi gli sta per balzare sul petto, spingendola verso l'orlo della torre: «Vattene, stupido gatto!»

Ettore non l'ascolta nemmeno, e raccoglie tutte le energie per lo sforzo finale, precipitando insieme a Monica dalla torre.

«No!» urla Adriana, che improvvisamente riceve un cazzotto alla mascella.

È stata Carlotta, che nel frattempo si è liberata dall'incantesimo insieme a Trudi: «Non siamo più così forti, eh, Adriana?»

Trudi si precipita da Alberto: «È quasi ora. Resta a terra e guarda la luna! Voglio che ti liberi da questa maledizione e salvi il mondo!».

Alberto, che sente la mancanza delle pizzerie di Napoli, delle partite di pallone per le strade della sua città e dei dipinti che dedica al capoluogo campano quando è chiuso nella sua stanza, non dice una parola.

La porta della torre si apre senza alcuno sforzo, poiché Charlie ha recuperato la chiave gettata da Adriana. Il giovane mascalzone ha impiegato un po' di tempo a capire cosa fosse quella chiave. Appena ha capito quale portone schiudesse, lui e il suo migliore amico Owen si sono precipitati in cima alla torre, dato che Boris e i suoi, Silvia, Victoria e alcune delle volpi in pigiama si trovano lì.

Silvia spinge via Boris e si dirige verso Adriana, che sta per attaccare Carlotta, e senza dire una parola dà un pugno dritto sul naso alla strega, troppo lenta nello schivare il cazzotto. Adriana grida di dolore e viene atterrata da Carlotta, Boris e altri.

«Te l'avevo detto, che ti avrei presa a cazzotti sul naso! Non si scherza con una mamma napoletana» dichiara una fiera Silvia.

Le coraggiose truppe di Foxham e la strega dai superpoteri si concentrano sulla silenziosa Trudi. Oltretutto, l'unico suono che possono udire è quello della battaglia del bene contro il male, che sta avendo luogo a Foxham Hill.

Trudi estrae dalla tasca destra del suo abito la bottiglietta di magia liquida della Barbagia e l'antico manoscritto ricevuto da Charles. Srotola la carta dalle impugnature di legno, guarda la sua nuova migliore amica, Carlotta, che siede sopra Adriana e le chiede: «È ora?»

Carlotta sorride e annuisce. Trudi versa il liquido sulla testa di Alberto, che ora sembra non preoccuparsi, tenuto conto dell'avventura appena vissuta. Trudi guarda la luna, poi il manoscritto, e proclama in latino: «*Optime munde, pulchritudine atque amore qui donas nobis grati sumus; peto ut igitur vulpes laeta et venusta liberetur, ut tenebrae dispellantur et lucem dones nobis in perpetuum. Nullus homo, nulla belua te decipiet».*

La formula, approssimativamente, significa: «O caro mondo, ti siamo grati per la bellezza e l'amore che ci doni, ti chiedo perciò di liberare questa volpe lieta e gentile dalla maledizione, di spazzare via le tenebre e dare a noi la luce per sempre. Nessuno, umano o animale, ti deluderà».

Al termine dell'invocazione che avrebbe salvato il mondo, la Luna improvvisamente si illumina e il boato di un tuono percorre il cielo.

■ ■ ■

Una pioggia torrenziale cade su Foxham. Gli abitanti non ne sono infastiditi, visto che hanno già affrontato le streghe di Benevento, Enoch, i goblin, i *ghoul*, le *banshee* e un pugno di ciclopi: infradiciarsi, a questo punto, non è certo un problema.

All'improvviso, Chester grida: «Guardate! La pioggia ha spento le fiamme sulle nostre case!»

Le brave persone di Foxham e i loro nuovi amici gridano per la gioia, poi la pioggia e i tuoni si interrompono e le stelle riprendono a splendere sul villaggio.

I goblin, i *ghoul*, le *banshee* e i ciclopi risparmiati dall'esplosione tornano nei boschi. Consapevoli della sconfitta, strisciando lentamente nella speranza di non essere notati.

Monica non c'è più: di lei si è occupato il coraggioso Ettore. Adriana è immobile, e non perché Carlotta è seduta su di lei, ma semplicemente riesce a muoversi. Diana e Benedetta, dopo essersi riprese dall'incantesimo di Adriana, si nascondono nei boschi.

Caterina, disarcionata dalla scopa e svenuta una volta toccata terra, riprende conoscenza senza sapere chi sia, né perché si trovi nel bel mezzo di uno scontro. Terrorizzata, cerca di alzarsi ma qualcosa la tiene ferma al suolo.

Improvvisamente, la pelle di Monica e delle altre streghe di Benevento acquista un colore grigio chiaro. Le incantatrici ancora vive iniziano a gridare, ma sono grida di breve durata, poiché la pelle da grigio chiaro si tramuta in pietra, e loro in statue.

Uno dei goblin nascosti nei boschi, vedendo che Diana si trasforma in una statua dall'aspetto malvagio, grida agli altri: «Correte!»

Diavolo, udito il goblin, urla di rimando: «Prendiamoli!»

«No, lasciamo stare! Possiamo trovarli più tardi. Abbiamo vinto, Diavolo» lo apostrofa Charles.

«Charles ha ragione. È stata una lunga note. Torniamo alla torre a bere e mangiare!» aggiunge Mario, in piedi accanto a Charles.

«Mi sembra una buona idea» dice George. Poi, si volta verso Thomas, in piedi accanto a Diavolo, e annuncia: «Alla salute dell'ufficiale Thomas. Hip, hip, urrà!»

Thomas arrossisce e, dalla torre, può scorgere Charles e suo fratello Owen che brindano a lui. Thomas sorride, certo che non verrà più preso in giro.

Boris e il resto del gruppo discendono le scale della torre medievale per unirsi ai festeggiamenti, dopo aver udito il brindisi in onore dell'ufficiale Thomas, lasciando nella torretta Silvia, Trudi, Carlotta, Alberto e la statua di pietra di Adriana.

«Il segno sulla tua guancia sinistra è sparito, Alberto. La maledizione è stata scongiurata. Abbiamo vinto. Ben fatto, Trudi, siete volpi coraggiose! Per quanto riguarda te, Silvia, beh… Complimenti, bel cazzotto!»

Ridono tutti, ma Alberto aggiunge tristemente: «Ettore era davvero mio amico, quindi. Ci ha salvato, ma non ha potuto salvare se stesso».

Tutti e quattro si dirigono solennemente verso il bordo della torre, guardano oltre la cinta muraria e scorgono il corpo senza vita di Ettore, accanto alla statua di pietra di Monica.

«Ho sempre pensato che Ettore fosse dalla parte del bene, e alla fine l'ha dimostrato. Onoreremo sempre il gatto nero col cappello che ha salvato il mondo» sussurra Carlotta ai suoi amici, in lacrime.

19
Epilogo

Gala di Mezza Estate – Foxham Hill e la torre medievale – 21 giugno 1958

«Beh, sapete, è proprio vero che i gatti hanno nove vite!»

Ettore, con una coppola marrone in testa, addenta un sandwich al tonno e si rivolge a Stefano Romano, a sua moglie Aria e alle loro figlie Gabriella e Beatrice, che ridono gioiosamente alla sincera dichiarazione del gatto. È questo lo stato d'animo di stasera, al Gala di Mezza Estate di Foxham: risate, amore e felicità, con l'aggiunta di una bella dose di sfottò.

Il momento finora più esilarante della serata è dovuto a Boris. Mentre la band di calypso di Notting Hill composta da cari amici di George e Betty esegue i suoi pezzi, Boris decide di danzare al ritmo di questa musica pulsante e ipnotica. L'unico problema è che Boris non sa ballare.

Suvvia, non vi stupite! Non vi aspettavate mica che – nel corso di una serata estiva in un villaggio pieno di volpi, umani e altri animali – gli orsi della Campania, un gruppo della comunità londinese delle Indie Occidentali, volpi da Londra Est, una strega buona dalla straordinaria somiglianza con Marilyn Monroe, la gang di duri di Mario, due fratelli lupi pugili e un vario assortimento di altri personaggi incredibili fossero sempre così sentimentali, vero? No, al contrario!

Ad ogni modo, Boris non si cura delle prese di giro, e non gli importa del fatto che effettivamente non sa ballare. Neanche agli altri importa sul serio, visto che sono tutti felici di essere ancora in vita, e ormai sanno con certezza che il mondo, almeno per il momento, è fuori pericolo.

Charles Renard è piacevolmente stupito dal modo hanno tutti contribuito alla sconfitta di Enoch e delle streghe di Benevento, pertanto si è assicurato che chiunque sia presente: da Rocco, il capitano del peschereccio Viaqua, a Mathias e Nora, i genitori di Otto. A questa meravigliosa schiera di anime belle e coraggiose si aggiungono l'ambiente e il paesaggio di Foxham, una magnifica selezione di cibi – prelibati piatti caraibici, italiani e britannici – e un'ampia varietà di bevande, dalle bibite gassate alla birra, quest'ultima fornita e servita da Horace del Six Bells.

Per quanto riguarda intrattenimento, comicità e musica, dopo la fantastica band di calypso salirà sul palco Basil Brush, il comico preferito da tutta Foxham, e una volta sistemata la questione risate, Foxy e Ferdy suoneranno i loro dischi rock and roll preferiti. Per il gran finale sono previsti i Quarrymen, che si esibiscono per la seconda volta a Foxham, a grande richiesta.

Durante la loro prima visita, Charles aveva chiesto a George, John e Paul di suonare ancora nel villaggio, ed essi avevano risposto di sì senza esitare. Solo per questa serata speciale, Chester suonerà la batteria con loro: quando lo avevano conosciuto, i ragazzi di Liverpool gli avevano chiesto di fare qualche serata insieme. Chester, però, suonerà solo per divertirsi, poiché è convinto di non potersi guadagnare da vivere come batterista della band.

Visto che quest'anno il Gala di Mezza Estate è più affollato del solito, tutti i residenti – da Oliver a George – hanno messo a disposizione qualche stanza per ospitare tutti, e Charles ha disposto delle roulotte davanti al municipio di Foxham, dato che tutti si aspettano che la festa duri almeno una settimana.

■ ■ ■

Ettore, che ha ripreso conoscenza dopo aver gettato Monica giù dalla torre, è pronto a lasciare Foxham quella stessa sera. Il gatto parla a gran voce delle sue intenzioni, ma parte di ciò che dice è sovrastato dagli applausi. Sapendo della partenza imminente del felino, Charles gli chiede che tipo di lavoro vorrebbe fare, ed egli – un po' assonnato – risponde: «Mi piacerebbe avere un negozio di cappelli». Charles a sua volta replica: «Dammi un giorno o due, e avrai il tuo negozio».

In meno di tre mesi, il negozio Ettore's Hats è diventato un punto di riferimenti per gli amanti dei cappelli, dal Norfolk al Cambridgeshire fino all'Essex, con un fiorente commercio per corrispondenza.

In quanto a Ferdy, l'ispettore delle tasse gli sta ancora dando la caccia. Questo, almeno per ora, è tutto ciò che abbiamo da dire sull'argomento.

■ ■ ■

Foxham, dopo i danni provocati dall'invasione e dall'incendio, è stata ricostruita dai suoi stessi abitanti, con l'aiuto di qualche amico. Le volpi di Londra Est e i fratelli e gli amici di George hanno impiegato le loro giornate libere per dare una mano, con viaggio, lavoro e alloggio pagati da Charles. Con la stazione quasi completata, inoltre, il villaggio è più grande e più bello che mai.

Anche gli amici italiani di Foxham, insieme ai corvi norvegesi e a quelli londinesi si erano offerti di restare per aiutare a ricostruire il villaggio: Charles li ha però ringraziati e ha comunicato loro che non ce n'era bisogno, visto che non mancava certo la manodopera. Gli orsi Beniamino e Guglielmo, tuttavia, hanno deciso comunque di restare, e risiedono ancora oggi a Foxham. Dopo la ricostruzione del centro, hanno preso delle stanze in affitto dall'adorabile pensionato Reggie e hanno iniziato a cucire cappelli per Ettore. Questa sera, tutti questi personaggi si trovano a Foxham per il Gala di Mezza Estate.

Le streghe di Benevento, ora trasformate in statue, sono state trasportate da una gru al limitare del bosco di Foxham. Il luogo, ora noto come L'Angolo delle Streghe, viene usato dagli abitanti come area picnic e ricorda loro la vittoria che ha salvato il mondo.

Tuttavia, nonostante la grandiosità degli eventi, il resto del mondo non ha idea del coraggio dimostrato da Foxham nell'affrontare e sconfiggere le forze oscure. L'unica menzione della battaglia, infatti, si trova all'interno di un anonimo quotidiano, in un breve articolo in cui si riferisce di cinque vecchie signore terrorizzate dalle volpi del Norfolk. Charles crede che Enoch – di cui si è persa ogni traccia dopo l'incidente con l'autobus – abbia parlato con amici influenti del mondo dei media; di qui, lo scarno articoletto. Così, la battaglia diventerà parte del folclore del Norfolk, ma coloro che conoscono la verità non se ne curano, poiché non cercano approvazione né consenso: vogliono solo che il mondo resti al sicuro.

In cima a Foxham Hill, accanto alla torre medievale, Trudi e Carlotta, abbracciate, osservano con piacere come la serata sta procedendo magnificamente. La volpe chiede all'amica: «Che bello rivederti! Resterai con noi, questa volta?»

Carlotta sorride e risponde «Sì, ora posso farlo. Alberto è ormai al sicuro e inoltre adoro le volpi di Foxham».

■ ■ ■

In una cella buia e umida, da qualche parte nel Norfolk: «Desiderate ora il vostro tè e la vostra torta al cioccolato, signora Painshill?»

«Sì, signora Duka, e in fretta. Ho saputo che le streghe di Benevento hanno fallito. La mia trisavola June D'Abernons conosceva bene Monica. Se il mio piano per incastrare quei maledetti volpacchiotti avesse funzionato, noi streghe avremmo vinto. Adesso, invece, non abbiamo altra scelta che evadere. Vedete, signora Duke, sono una volpe strega, legata in qualche modo alle altre streghe. Una volta fuori di qui, mi aiuterete a trovare un manoscritto e una pozione magica provenienti dalla Sardegna, che faranno avverare una profezia… Il secondo ritorno delle streghe di Benevento!»

La signora Duke, che avrebbe preferito scontare la sua pena senza ulteriori fastidi e scocciature, deglutisce per la paura non appena Penelope Painshill inizia a ridacchiare da strega malvagia…

A CRAFTY CIGARETTE
TALES OF A TEENAGE MOD

Foreword by John Cooper Clarke.
'I couldn't put it down because I couldn't put it down.'

'*Crafty Cigarette, all things Mod and a dash of anarchy. Want to remember what it was like to be young and angry? Buy this book. A great read.*'
Phil Davis (Actor Chalky in Quadrophenia)

'*A Great Debut That Deals With The Joys and Pains of Growing Up.*'
Irvine Welsh

'*A coming of age story, 'A Crafty Cigarette' maybe Matteo Sedazzari's debut novel but it's an impressive story.*'
Vive Le Rock

'*It's a good book and an easy read. That's pretty much what most pulp fiction needs to be.*'
Mod Culture

'*A work of genius.*'
Alan McGee (Creation Records)

'*Like a good Paul Weller concert the novel leaves you wanting more. I'll be very interested in reading whatever Matteo Sedazzari writes next.*'
Louder Than War

A mischievous youth prone to naughtiness, he takes to mod like a moth to a flame, which in turn gives him a voice, confidence and a fresh new outlook towards life, his family, his school friends, girls and the world in general. Growing up in Sunbury–on–Thames where he finds life rather dull and hard to make friends, he moves across the river with his family to Walton–on–Thames in 1979, the year of the Mod Revival, where to his delight he finds many other Mods his age and older, and slowly but surely he starts to become accepted...."

A Crafty Cigarette is the powerful story of a teenager coming of age in the 70s as seen through his eyes, who on the cusp of adulthood, discovers a band that is new to him, which leads him into becoming a Mod.

ISBN-13 : 978-1526203564

MORE BOOKS FROM ZANI
www.zani.co.uk

Feltham Made Me – Paolo Sedazzari
Foreword by Mark Savage (Grange Hill)

The poet Richard F. Burton likened the truth to a large mirror, shattered into millions upon millions of pieces. Each of us owns a piece of that mirror, believing our one piece to be the whole truth. But you only get to see the whole truth when we put all the pieces together. This is the concept behind Feltham Made Me. It is the story of three lads growing up together in the suburbs of London, put together from the transcripts of many hours of interview.

ISBN-13 : 978-1527210608

The Secret Life Of The Novel: Faking Your Death is Illegal, Faking Your Life is Celebrated - Dean Cavanagh

"A unique metaphysical noir that reads like a map to the subconscious." **Irvine Welsh**

A militant atheist Scientist working at the CERN laboratory in Switzerland tries to make the flesh into Word whilst a Scotland Yard Detective is sent to Ibiza to investigate a ritual mass murder that never took place. Time is shown to be fragmenting before our very eyes as Unreliable Narrators, Homicidal Wannabe Authors, Metaphysical Tricksters & Lost Souls haunt the near life experiences of an Ampersand who is trying to collect memories to finish a novel nobody will ever read. Goat Killers, Apocalyptic Pirate Radio DJ's, Dead Pop Stars, Social Engineers and Cartoon Characters populate a twilight landscape that may or may not exist depending on who's narrating at the time.

ISBN-13 : 978-1527201538

7P'S Paperback – A.G.R

The 7 P's. An unusual title you may think, but its meaning will become as apparent to you as it did for four friends and comrades who, in a desperate move of self-preservation, escaped the troubles of 1980s Northern Ireland, and their hometown of Belfast, only to find themselves just as deep, if not deeper, in trouble of a different kind on the treacherous streets of London.

ISBN-13 : 978-1527258365

ZANI SUI SOCIAL

215

Dopo aver letto *Le volpi di Foxham*, ti invitiamo a seguire i canali social di *ZANI*.

Segui ZANI su Twitter!
twitter.com/ZANIEzine

Segui ZANI su Facebook!
facebook.com/zanionline

Segui ZANI su Instagram!
instagram.com/zanionline

BIOGRAFIA DI MATTEO SEDAZZARI

Matteo Sedazzari, nato a Londra, ha iniziato a interessarsi alla scrittura nel 1989, all'apice dell'epoca acid house, producendo la fanzine in lingua inglese.

Positive Energy of Madness, che ha cessato di esistere nel 1994. Nel 2003, la pubblicazione è tornata in vita sotto la veste di *webzine*, per poi trasformarsi nel 2009 in *ZANI*, una *ezine* dedicata alla cultura pop e alla controcultura. *ZANI* promuove attivamente ciò che definisce *online optimism*, oltre ovviamente a pubblicare articoli, recensioni e interviste a personalità come l'attore e musicista pop Luke Goss, la leggenda del soul Bobby Womack, Clem Burke dei Blondie, Chas Smash dei Madness, Shaun Ryder dei Black Grape e degli Happy Mondays, e molti altri ancora.

In seguito a queste esperienze, Matteo ha pensato di dedicarsi per la prima volta alla scrittura di un romanzo, *A Crafty Cigarette – Tales of a Teenage Mod*, ancora inedito in italiano.

Le influenze dello scrittore includono Hunter S. Thompson, Harlan Ellison, Kenneth Grahame, Arthur Conan Doyle, Mark Twain, Irvine Welsh, DH Lawrence, Alan Sillitoe, Frank Norman, Joyce Carol Oates, Mario Puzo, Iceberg Slim, Patricia Highsmith, Joe R. Lansdale, Daphne du Maurier, Robert Bloch, George Orwell, Harry Grey e tanti altri.

In qualche caso, la fonte d'ispirazione proviene dai fumetti americani, e in particolare da *Batman*, *Superman* e *Spiderman*, nonché da film come *La parola ai giurati*, *Una maniera d'amare*, *Il seme della violenza*, *Z – L'orgia del potere*, *Babylon*, *Io sono un campione*, *Kes*, *Un uomo da marciapiede*, *Scum*, *Wild Tales*, *The Boys*, *Fuga di mezzanotte*, *La commare secca*, *Le cinque chiavi del terrore* e moltissime altre pellicole.

Per quanto riguarda la musica, si può dire che qualsiasi autore appassionato, vibrante e dotato di un'anima può finire nelle *playlist* di Matteo.

Oggi Matteo Sedazzari risiede nell'Inghilterra sud-orientale, per la precisione nel Surrey, ed esplora maniacalmente la contea in cui vive con la sua mountain bike.

Matteo tifa Juventus, viaggia spesso in Italia e in Spagna, mangia e veste come si deve e non manca di godersi la vita.